ハヤカワ文庫 SF
〈SF2280〉

鉄の竜騎兵
新兵選抜試験、開始

リチャード・フォックス
置田房子訳

早川書房
8501

IRON DRAGOONS

Terran Armor Corps Book 1

by

Richard Fox

Translated by
Fusako Okita

First published 2020 in Japan by
HAYAKAWA PUBLISHING, INC.
This book is published in Japan by
direct arrangement with
RICHARD FOX.

鉄の竜騎兵　新兵選抜試験、開始

登場人物

ローランド・ショー………孤児院出身の装甲機動兵希望の新兵候補

トマス・ショー……………ローランドの父。大尉。深宇宙で戦死

キャサリン・ショー………ローランドの母。大尉。月(ルナ)で戦死

ジェリー……………………ローランドの孤児院時代のルームメイト

マサコ・ヤナギ……………装甲機動兵希望の新兵候補

バーク………………………同新兵候補

ジョナス・エイナー………装甲機動兵志願者。レンジャー部隊軍曹

チャ＝リル…………………同志願者。異星人ドタリ。中尉

マーテル……………………地球連合装甲機動兵団の連隊長。大佐

イークス……………………同兵団所属の女性軍医

ギデオン
トンゲア　}…………………同兵団新兵選抜担当士官。中尉

ヘイル………………………〈残り火戦争〉の英雄。もと宙兵隊大佐

スタンディッシュ…………ヘイルの戦友。もと宙兵隊員

ソフィア……………………ジャンプ・ゲート〈るつぼ(クルーシブル)〉の世話係

プロローグ

　火口からもくもくと立ちのぼる煙と火山灰が、黒い柱となって上空に達し、激しい風に吹き流されて惑星シグナス2の空に広がっていた。カルデラの周囲に溶岩の滴（しずく）や冷えてゆく軽石の破片が降り注ぎ、山腹にへばりついた苔木（モス・ツリー）のやぶに、いくつも焼け跡を作っている。

　大型の旅行用トランクほどもある大きな岩が斜面を転がり落ち、昔の噴火でできた玄武岩に衝突して、破片を飛び散らせた。岩は、さらに巨石にぶつかってギザギザの先端を砕いた。次の瞬間、巨石が大きく動き、黒と灰色の火山灰の流れに乗って山腹をくだりはじめた。

　巨石がはずれた跡の大きな穴から蒸気が噴き出し、身長四・五メートルの巨大な装甲服に身を包んだ二人の兵士が現われた。二人の背後には、冷えて固まった溶岩流にできたトンネルが、噴火する火山の深部までつながっている。兵士たちは金属の関節をきしませて、装甲服に降り積もった灰や塵を振り落とした。二人がトンネルから出てくると、まわりの空気がゆらめいた。火山の内部を移動してきたため、装甲が熱くなっている。

先を進む兵士が兜状の頭部を振って灰を振り落とし、谷を見まわした。装甲の胸当てに、〈聖堂騎士団〉の紋である赤い十字形がついている。北から、ねらいがそれたガウス砲やプラズマ砲の発射物が残した焦げくさい臭気がただよってくる。ゴロゴロと大きくなる噴火の音に交じって、遠くの爆発音が聞こえた。

兵士は火山のふもとの開拓地を指さした。コルベット級の航宙艦よりも大きい小惑星をいくつも地面に埋めこんだような形の建物群を、二重の防壁が丸く囲んでいる。建物のひとつから大型バスよりも太いケーブルが伸び、火山の山腹につながっていた。

「あそこだ、ギデオン、見つけたぞ」先を進む兵士が、斜面の下を指さした。

ギデオンの背に伸びる電磁加速砲の細い板状の二本のレールを、電流が駆けのぼった。

ギデオンはこぶしで、胸にある金色のユリの紋を叩いた。

「ここに腰を据えて、電磁加速砲の一発でこの戦争を終わらせよう」と、ギデオン。

「そんなことをすれば、ヴィシュラカスのマグマ・コイルで惑星全体がやられるぞ。マーテル大佐がわれわれをここへよこしたのは、確実な勝利をおさめるためだ。大きな犠牲と引き換えに得る勝利ではない」

「それじゃ、卵を抱えたヴィシュラカスの女王を見つけようか、ブラザー・トンゲア」

〝ブラザー〟を強調したギデオンの返事は、かえって侮辱のように聞こえた。「祈りで時間を浪費するかね？　それとも、一緒に来るか？」ギデオンは斜面を跳びおりた。大きな金属製の靴が山腹をおおう灰に食いこみ、そのまますべりおりると煙のように灰が舞い上がった。

あとから進むトンゲアは、背中の装甲つきケースから伸びる弾帯で、右の前腕（まえうで）にある二連砲身のガウス砲に弾薬を装塡（そうてん）した。左肩のガトリング砲の砲身が回転しはじめた。

「聖者が立ち会ってくれますように、〈竜騎兵（ドラグーン）〉よ」トンゲアは言った。

「われは装甲。われは憤怒。われは失敗せず。われは装甲……」ギデオンはマントラをつぶやきながらモス・ツリーの茂みの端に近づいた。自分の背丈と同じくらいのやぶのなかを突き進み、やがて足取りをゆるめて止まると、わずかに身をかがめてから空中へ跳び上がった。両脚と尻にスラスターがあるので、枝を避けて飛べる。弧（こ）を描いて下降すると、装甲服が斜面を利用して予想より少し遠くまで飛ばしてくれた。そばを勢いよく空気が通り過ぎ、外部のマイクに口笛のような音が入った。音は、装甲服の中心部におさまったギデオンの身体と、身体を包む装甲子宮とをつないだ神経ケーブルを通して、直接ギデオンの脳に届く。

「ヴィシュラカスの基地が動きだしたぞ」と、トンゲア。「赤外線で見ると、プラズマ砲塔の温度が上がっている」

「われわれが気づかれずにこんなところまで来たから、驚いているんだろう」と、ギデオン。装甲の足が上がり、くすぶるモス・ツリーの枝を踏みつける直前に、脚部スラスターが火を噴き、もういちど跳び上がった。身体が上昇するにつれて、背面のスラスターが炎の筋を引いた。

一個の赤いプラズマ砲弾が山腹に当たり、燃える枝が飛び散ってギデオンに降りかかった。

ギデオンは画面を拡大してプラズマの発射源を見つけ、砲台のパワー・ケーブルを目でたどって、どこにつながっているかを確かめた。内側の防壁付近の小さなドームだ。異星人ヴィシュラカスは、通常パワー・セルを空爆から守るために地中に埋める。だが、火山灰と煙で空がくもり、航空機が飛行できなくなったため、その点を心配しなくなったか、作業をなまけはじめたかだろう。どちらにしても、その報いを受けさせてやる。

ギデオンはガウス砲を発射した。二連砲身からビシッと鋭い音を立ててコバルト被覆の高速弾が飛び出し、地上のパワー・セルに命中した。パワー・セルは白い炎を上げて爆発した。岩の破片が飛び散り、近くのプラズマ砲の台座を破壊した。プラズマ砲が崩れて落ちた。

ヴィシュラカスの兵士たちは四本の脚をあわただしく動かして、煙を上げる砲から逃げ去った。ギデオンがガトリング砲を発射すると、弾丸が地面に線を描いて進み、ドーム型の建物の隣にあるふたつの退避所に食いこんだ。

ギデオンは外側の防壁のそばに降り立つと、ジャンプして、防壁の上を走る蛇腹状の鉄条網に両手をつき、防壁を跳び越えた。もう少しで、ひょろ長いプラズマ・ライフルを持ったヴィシュラカスの兵士にぶつかるところだった。

異星人を地球の動物分類法にあてはめることはできないが、ギデオンはヴィシュラカスを肉に包まれた昆虫とみなしている。直立したアリのような歩きかた。後ろの四本の脚が移動用で、前の二本が腕。なかに骨を持つ身体の外殻の上に、灰色の厚い皮膚がある。ヴィシュラカスが身につけるのは、実用的な装備だけだ——武器か工具を付けた姿しか、ギデオンは見たことがない。遠く離れた相手とどうやって会話するかは謎だ。

ギデオンの足もとにいるヴィシュラカス兵が、鉤爪（かぎづめ）でつかんだ自分のライフルに目を向けた。それから地球人の装甲機動兵を見上げ、大あごをゆがめた。

ギデオンは手の甲で兵士をはらいのけ、内側の防壁に叩きつけた。砕ける音とともに、兵士は黒い血のかたまりに変わった。ギデオンが内側の防壁を蹴りつけると、その部分が壊れてヴィシュラカス基地まで飛んだ。飛んだ金属板は地面に当たって跳ね返り、パワー・セルの残骸のなかに落ちた。

ギデオンは突進し、逃げまわるヴィシュラカス兵たちに照準をロックしたまま、肩のガトリング砲を左右に振って連射した。異星人は全部、退治してやる。ただ一人を残して。

プラズマ砲弾が続けざまにギデオンの横で爆発し、溶けた土をガラスに変え、装甲の両脚を焦がした。ギデオンが左手を身体の前に出してかまえると、ケースから凧型の盾が出て広がった。さらに二発のプラズマ砲弾が盾に命中し、肩の作動器に大きな力がかかって、ギデオンは一歩だけ後退した。

地面にめりこんだ小惑星のような建物の屋根から、小さなプラズマ砲がひょいと向こう側へ消えた。ギデオンが建物の向こう側へガウス砲弾を飛ばすと、大きな岩のかたまりが宙に舞い上がり、建物の一部が壊れた。プラズマ砲が臨界に達し、白炎が激しく噴き上がった。

「おれを撃ったら、すぐ逃げるべきだったな」と、ギデオン。

近くの建物のドアがスライドして開き、三人のヴィシュラカス兵士が走り出てきたが、ギデオンを見ると勢いあまってよろけながら立ちどまった。ギデオンは兵士たちを蹴り、いちどに三人を片づけた。中央の一人は建物のなかへ飛ばされ、ほかの二人は横へふっとんだ。

ギデオンは右腕の火炎放射器を作動させ、開いたドアのなかへ発射した。窓のない建物に青い炎が注入される。腕を引くと、燃えるヴィシュラカスたちのかんだかい悲鳴が聞こえた。

「トンゲア、女王がいそうか？」ギデオンは、同僚のガウス砲の発射音がした方向へ走った。

「敵が反撃してきたぞ」トンゲアが装甲服の赤外線リンクで通信してきた。「連中が守っているドームが、女王の居場所だろう」

空中にうなりと震動が走った。次の瞬間、ドームの陰から異星人の反重力戦車が現われた。反射装甲が周囲の炎を照り返している。平たい涙滴型の砲塔がクルリと動いてギデオンにねらいをつけた。ギデオンは上体をかがめ、戦車に向かって走った。

空中のうなりが高くなり、ギデオンは戦車が発砲する直前に横へ跳んだ。圧縮されたプラズマ砲弾がギデオンの盾の端に食い入って切り取った。腕がはずれそうなほど引っぱられた。

ギデオンは体勢を立てなおして宙に跳び上がり、振り上げたこぶしを戦車の前部の隅に叩きこんだ。衝撃で反射装甲がゆがみ、戦車の後部が跳ね上がった。宙に舞った戦車はギデオンの頭上を越えて逆さまに着地し、金属の砕ける音がした。ギデオンは戦車の側面——乗員区画がある位置を、かかとで蹴りつけた。戦車は折れ曲がり、反重力発生機から火花を散らして砕けた。

卵形の建物のてっぺんが開き、ゆっくりしたヴィシュラカス語が基地全体に響いた。

「情報部の話では、敵兵はみな前線に出ているということだったぞ」と、ギデオン。背中の電磁加速砲にパワーを送りこみ、足を踏みしめた。

「帰ってから、情報部と話さなきゃならないな」トンゲアは答え、近くのドームに駆け上がった。

開いた棺桶(かんおけ)から急に死体が立ち上がるかのように、巨大な建物の開いた屋根から異星人の歩行装甲機(ウォーカー)が出てきた。形はヴィシュラカスの身体に似せてあり、両腕の先端はプラズマ・ビーム砲になっていて、直立すると、高さが地球人装甲機動兵の二倍近くになる。

ギデオンはウォーカーの左肘をねらって発砲した。ガウス砲弾は猛スピードで右の前腕を離れ、ウォーカーの外殻に当たって、へこませた。続いてトンゲアが発射したガウス砲弾で、ウォーカーの腕の関節が砕け、プラズマ・ビーム砲がはずれて落ちた。

ウォーカーは身をよじって、もう一方のプラズマ・ビーム砲を向けた。砲口の輝きが強まる。

プラズマ・ビームが空中を切り裂き、トンゲアは盾を広げてその陰に身をかがめた。ビームは盾を貫通し、トンゲアを後ろに撥(は)ね飛ばした。

ギデオンはウォーカーの頭部にあるセンサーの集合点を撃って命中させ、バラバラにした。プラズマ・ビームはそのまま横に流れて建物のひとつを突き破り、まっすぐギデオンに向かってくる。ギデオンは端を切り取られた盾を上げた。

ところが、一メートルほど手前で急にビームが消え、後ろに引いたギデオンの足が何かにぶつかった。ぶつかったものにかかとのアンカー・スパイクを食いこませて身体を固定し、ウォーカーを撃ちつづけると、鉄の靴の重みで下の岩が崩れた――これも、ヴィシュラカスの建造物だ。

「トンゲア、女王を見つけたぞ。ウォーカーがおれを撃たないのは、女王の隠れ家に当たるとまずいからだ」

「まず、急を要することから片づけよう」トンゲアがウォーカーに突進すると、ウォーカーの胸部から装甲板がすべり落ち、超小型ミサイルが怒ったスズメバチの群れのように飛び出してきた。ギデオンのガトリング砲が連発した弾丸によって、ミサイルのいくつかが撃ち落とされた。

いくつかが――だ。

十二発の超小型ミサイルが、トンゲアの一メートル手前で爆発した。爆発でゆがんだ小さなウラニウム・レンズが、溶けた槍となってトンゲアの手足を引き裂き、盾を突き破って胸当てに食いこんだ。

トンゲアは苦痛のうめきをもらし、地面に膝をついた。

ウォーカーは負傷した装甲機動兵を片づけようと、前進しながら腕のプラズマ・ビーム砲を上げた。

ギデオンは、ガウス砲を赤く光らせて跳び出した。

ウォーカーが胴をひねって上体をギデオンに向けた。しまった！　ウォーカーは、動かなくてもプラズマ砲でトンゲアを片づけられたはずだ。戦車の操縦士は、ギデオンを女王の隠れ家から引き離して確実にしとめるために、わざとトンゲアに近づいたのだ。

ギデオンはスラスターにパワーをまわして飛び上がり、スラスターに過負荷をかけながら高く舞い上がった。足の数センチ下を、ウォーカーのプラズマ・ビームが通った。

ギデオンはウォーカーの上に跳びおり、片手で首のサーボ装置をつかんだ。ウォーカーの胴体に足を踏みしめ、右腕を引いて、操縦士の反応を待った。センサーがほとんど壊れたから、ウォーカー内からはもう何も見えないはずだ。操縦士が、おれの居場所を正確に知りたければ……。

ウォーカーの装甲板が横にすべるように開き、強化ガラスの向こうにヴィシュラカスの姿が見えた。ヴィシュラカスは、ギデオンの兜の視覚装置を見つめた。ギデオンは前腕に隠していた長さ九十センチの剣を出し、強化ガラスをものともせずにヴィシュラカスの胸を突き刺して、コックピットの奥に釘づけにした。

ギデオンは剣を引き抜き、地面に跳びおりた。ウォーカーは腕の砲口を地面に引きずって、上体を落とした。

トンゲアが片脚を引きずりながら、女王ヴィシュラカスのいる掩蔽壕（えんぺいごう）へ向かった。片腕を脇腹に当てている。

「ひどくやられたか？」と、ギデオン。

「装甲子宮が……損傷した。女王を捕まえろ。戦いを終わらせるんだ！」

ギデオンはトンゲアのそばを駆け抜けた。トンゲアの装甲の背に開いた親指の爪ほどの穴から、透明な液体が漏れている。ギデオンは叫び声とともに掩蔽壕にこぶしを叩きこみ、外壁にひびを入れた。そのまま荒々しく岩を打ちつづけて穴を開け、自分が通れる大きさになると、なかに入った。

高い台座に女王がすわっていた。装甲姿のギデオンと同じくらいの大きさだ。女王の腹部にはふくらんだ卵囊（らんのう）が付いており、若いヴィシュラカスが何人か、女王の身体のまわりを忙しく動きまわっている。周囲に張りめぐらされたホロ・スクリーンで、付近で行なわれている地球人とヴィシュラカスの戦闘の様子や、掩蔽壕のまわりの惨状が見える。

付き添いのヴィシュラカスたちがキーキーと恐怖の声を上げ、女王を囲むコンピューターの列まで後退した。一人がプラズマ・ライフルを頭上にかかげてギデオンに向かってきた。ギデオンはそのヴィシュラカスを踏みつぶし、火炎放射器のスイッチを入れて女王に向けた。

「降伏しろ」と、ギデオン。装甲服がこの言葉を、キーキーカリカリというヴィシュラカス語に翻訳して伝えた。

「わらわを殺せば、この惑星は荒廃する」女王は答えて立ち上がり、片手から伸びた何本もの触手をコントロール・パネルに向けた。ギデオンは火炎放射器から一瞬、炎を噴出させ、卵嚢にねらいをつけた。女王は凍りついた。

「降伏しろ。噴火を止めれば、おまえと残りのヴィシュラカスには手を出さない。この惑星を去って、ヴィシュ宙域に戻るがいい」言いながら、ギデオンは視野の隅に現われた地図を見た。谷の反対側のはずれで、マーテル大佐がひきいる地球軍に、ヴィシュラカス軍が立ち向かっている。だが、ヴィシュラカスの防衛ラインは破られていた。地球の装甲機動兵部隊が逃げる敵を踏みつぶすと、次々と死傷者の報告が入ってくる。

「わらわは瞬時に噴火を加速できる」と、女王。「おまえは、わらわを止められるほど速くは動けぬ。わらわは、おまえも、おまえの背後にいるほかの怪物も殺せる」

「われは装甲。自分の命など、はるか昔に捨て去っている。だが、そいつらには未来がある」ギデオンはヴィシュラカスの女王に近づき、火炎放射器で卵嚢を指した。「降伏しろ。さもないと、おまえは死ぬより先に、そいつらが焼け死ぬ光景を見るはめになるぞ」

「地球人よ、おまえたちは銀河系全体を手にすることはできぬ！　ここはわれらの惑星じゃ」女王は両手を胸に引き寄せた。子供たちが女王に駆け寄り、庇護を求めて手のなかに身を隠した。

「おれの知ったことじゃない」ギデオンはわずかに火炎放射器の筒先を下げた。「われわれは頭上に広がる大宇宙を支配している。われわれにはジャンプ・ゲート〈るつぼ（クルーシブル）〉がある。おまえの軍勢は破られた。この戦いで、おまえは何も手に入れられない。腹いせに美しい惑星を荒らすばかりだ。生きるか死ぬかを選べ。いますぐだ。おれがしびれを切らさないうちに」

女王は卵嚢を抱いた。大あごが何度かカチカチと音を立て……頭の中央に集まった無数の目から涙が流れた。

「おまえの……慈悲にすがろう」と、女王。

ギデオンは女王にねらいをつけたまま、火炎放射器のスイッチを切った。

「トンゲア」赤外線リンクで呼びかけた。兜状の頭部をひねって振り返ると、トンゲアの姿が見えた。自分の装甲の背で建物の出口をふさぎ、外にいるヴィシュラカス兵と二台の反重力戦車に腕のガウス砲を向けている。

「聖者が……」トンゲアが苦しげに声を絞り出した。「……われわれをごらんになっている。この場に立ち会われている」

「終わったよ。すぐに医療プロトコルを作動させろ」ギデオンはトンゲアの装甲にアクセスした。装甲子宮のなかで、トンゲア本人の腕が真っ赤に光っている。トンゲア本人が感じる痛みに加えて、装甲服に接続したプラグを通して神経に伝わる苦痛が加わり、最高レベルの痛みでいまにも脳が焼け切れそうだ。

「聖霊の恩寵（サンクティ・スピリトゥス・アドシット・ノビス・グラティア）がありますように。カレン、鉄の心（フェルム・コルデ）……」トンゲアはゆっくりと、〈聖堂騎士団〉の祈りをとなえた。

「あんたの装甲をシャットダウンするぞ」ギデオンはトンゲアの背の装甲板のすぐ下に指を差し入れ、パネルを押した。トンゲアの壊れた装甲のパワーが切れた。通信機能と生命維持システムだけが働いている。

「だめだ！」トンゲアは叫んだ。「戦場を離れるわけには……」ショックで舌がもつれている。

「戦いは終わったよ、ブラザー」と、ギデオン。トンゲアの装甲子宮に指令を送ると、なかの擬似羊水にどっと鎮静剤が流れこんだ。

ギデオンは装甲から出て尾根に立ち、谷から空へ上昇するヴィシュラカスの最後の輸送船を見つめた。近くの火山がまだ薄い煙を出しているが、シグナス2の大気を変質させるほど大きな噴火の恐れは、もうない。ギデオンは指で、首飾りから下がるトスの鉤爪をこすった。ギデオンの顔の横に、上下に走る長い傷跡を残した爬虫類型異星人の爪だ。

ギデオンの装甲は本人の背後でひざまずいた姿勢をとり、胸当てと装甲子宮が開いていた。周囲には煙と硫黄のにおいが立ちこめている。尾根には、ほかの装甲機動兵たちもいた。

マーテル大佐は、ひざまずいて祈っていた。片膝を地面につけ、もう片方は前に立てている。その前にある装甲は大佐と同じ姿勢で、長さ百八十センチの剣の切っ先を下に向け、尾根を薄くおおう火山灰の層に突き立てていた。大佐は片手を剣の刃に当て、その手に額（ひたい）を押しつけた。

　ギデオンは火山灰に食いこんだかかとをきしらせて、身体の向きを変えた。この音で、大佐はヴィシュラカスがこの惑星からいなくなったことに気づいてくれるかもしれない。祈っている相手に話しかけるのは無駄だ。

　マーテル大佐は十字を切り、よろけながら立ち上がった。大佐の手足は痛々しいほど細い。一年前にシグナス2に足を踏み入れてから、いちども装甲から出ずに過ごしたからだ。

「トンゲアの具合はどうですか？」ギデオンはたずねた。

「片腕を失ったが、まだ装甲は装着できる。回復には時間がかかるだろう」と、大佐。

「きみは女王を殺せたのに、なぜ殺さなかった？　あの女王は、この戦争を始めた張本人だぞ」

「死に物狂いになった敵は、手に負えなくなるばかりです。大佐は戦場でヴィシュラカスを負かしました。わたしが女王を殺したら、ヴィシュラカスには頑強に抵抗する道しか残されません。われらは装甲です。最後の抗戦が何を意味するか、知っています。わたしはヴィシュラカスに、ここを立ち去れば戦闘は終わると示唆しました……そうすれば、この泥だらけの惑星の生態系を荒廃から救えます」ギデオンは肩をすくめた。

「よくやった」

「わたしは名誉を挽回したと思われますか？」

「したとも」

「では、約束のものをいただけますか？」ギデオンの表情が厳しくなった。「わたしの〝槍〟をいただきたい」

「与えよう。だが、自分で一から鍛(きた)えあげる必要があるぞ」

「地球へ戻るのですか？　訓練しに？」

「装甲機動兵団に、〈鉄の竜騎兵(アイアン・ドラグーン)〉をよみがえらせろ」マーテル大佐は自分の装甲の脚に寄りかかり、片手で禿(は)げ頭をなでた。「失敗するなよ」

「われは装甲。われは憤怒。われは失敗せず」ギデオンはうなずいた。「家に帰るのは久しぶりです」

1

記念館の内部は、天井のステンドグラスを通して日光が差しこんでいた。長い廊下の天井一面に、地球の空を守る大きな航宙艦の集団と、付き添う天使たちの絵が広がっている。壁には半円形の凹所がズラリと並び、その前に大理石のベンチがひとつずつ置いてある。

ローランド・ショーは空いているアルコーヴを捜して、ゆっくりと廊下を進んだ。追悼に来てアルコーヴが開くのを待つ人々のそばを、次々と通り過ぎた。何十人もいるにもかかわらず、廊下は静まり返っている。ローランドは何度もここに来ているので、追悼の流儀は人それぞれだとわかっていたが、ここでは誰もが静かにしたいらしい。生きた人間の気配を見せると、死者の霊がおびえて逃げると思っているかのようだ。

通り過ぎたばかりのアルコーヴのプライバシー・スクリーンが横にすべるように開き、黒いベールをつけた女が急ぎ足で出てきた。薄いハンカチを目に押し当てている。ローランドは脇へよけ、アルコーヴの前のベンチにすわっているヒスパニック系の男に目を向けた。男は、女や子供の衣服を着けた骸骨の彫像のひとつを手に取ってじっと見た。膝に果物の袋を置き、物思いにふけっている。

　ローランドは小さく咳払いをした。

　男はうなずき、立ち上がりかけて、ローランドの姿を一瞥した――漆黒のズボンと象牙色のボタンダウンのシャツ、腕にかけた黒い上着。

「きみは、まもなく仕事が始まるのかね？」男はささやき声でたずねた。

「はい」

「では、先に入りたまえ。死者は待ってくれる。生きている者には、いろいろとすることがある」男はベンチに腰を落ち着け、ローランドに手を振ってアルコーヴに入るよう、うながした。

　ローランドは小声で早口に礼を言い、アルコーヴに入った。背後でシュッという音とともに、壁からプライバシー・スクリーンが出て、入口をふさいだ。アルコーヴの壁は、なめらかな黒曜石でできている。床の近くに、さまざまな花と封を切った酒のボトル、数枚の小さな絵が並んでいた。

　雑音を消す技術は完璧で、頭上で冷風を噴き出すエアコンの音も、記念館内部のほかの音も聞こえない。設計者は、アルコーヴを完全に私的な場所にしたかったらしい。ローランドの胸に、いつものように哀悼の気持ちがあふれた。

「訪問したい相手は誰ですか？」コンピューターの声がたずねた。

「大西洋連合航宙軍のトマス・ショー大尉とキャサリン・ショー大尉。遺体は見つかっていません」

短い間を置いて、黒曜石の壁に囲まれた空間に両親の姿が現われた。母の映像は笑って手を振っており、その動作ばかりが何度も繰り返して再生される。父は軍服姿で、あいかわらずストイックな表情だ。十八歳になったローランドは、二人が死んだ年齢に少しずつ近づいてゆく。両親は、二十代なかばで命を落とした。二人の顔の横に、その生涯や勤務成績の情報が現われて流れた。母の最後の記録から、月で死亡したことがわかる。来襲したザロスがルナの防衛ラインを砕いた。父は宇宙空間で行方不明になった。深宇宙へ向かう直前の第八艦隊に配属され、深宇宙で全クルーとともに消えた。

「やあ、母さん、父さん。ぼくは今日、十八になったよ。兵役につく歳だ。ここはいま、地球連合になってる。コロニー惑星の艦隊がしじゅう出発して、わくわくするながめだ……わかってるよ、母さん。父さんが死んでからは、ぼくを軍に入れたがらなかったね。でも、入隊は正しいことなんだ。母さんも父さんも、地球を……ぼくを、ザロスから守るために戦った。ザロスはもう二度と現われないけど、宇宙にはまだ悪いやつらがたくさんいる。そりゃ、工兵や兵站の仕事をすれば安全だろう。でも、父さんも母さんも戦った。実戦から逃げることなんか考えたら、ぼくは二人に合わせる顔がない。だから、実戦を含む仕事につくというのが、ぼくの選択だ。父さんと母さんの名誉を讃（たた）えるためだよ。怒らないで。

ぼくはウェイターの助手をして小遣いを稼いでる」腕にかけた上着を、わずかに上げた。「こんな仕事はロボットのほうが、ずっとうまくできる――上司がいつも、そう言ってるよ。ぼくはちゃんとした技能が必要だし、兵役期間でそのチャンスが増える。ね、父さん？　ぼくだって役に立てるようになるかもしれない。

どこの都市にも、記念館が建設された。どの航宙艦にも、どの惑星にも。そのほうが、母さんと父さんがぼくと一緒にいて、ぼくが二人と一緒にいることを実感できる。孤児院のミズ・ゴットフリートは親切だけど、父さんでも母さんでもない……。とりとめもない話になっちゃったね。二人とも、愛してるよ」

ローランドが壁から後退すると、両親の映像が薄れて消えた。プライバシー・スクリーンが開き、ローランドは急いでアルコーヴを出ると、ベンチにいる男と短い笑みを交（か）わした。それから、外へ通じる両開きのドアへ向かった。

記念館を出ると、どっと熱風が押し寄せた。フェニックス（アリゾナ州中部の都市。州都）の夏は乾燥が激しく、ときおり砂嵐が訪れる。近くのバス停まで歩きはじめると、額（ひたい）とわきの下に汗が吹き出た。周囲の高層ビルが日を照り返し、ドローンやエア・カーの列が何本も上下に重なって、大都市の空中に多層の通路を作っている。

二千五百万人の故郷であり、地球連合の首都となったフェニックスは、地球上で最大の都市だ。ローランドはバス停の日よけの下に入って、考えた——なぜ政府は、もっと温暖な気候の場所に落ち着こうとしなかったんだろう？　いままでにも何度となく疑問に思った。

スマート・ウォッチが震え、電話がかかってきたことを知らせた。表面に指をすべらせると、ローランドと同年配の少年が現われた。しまりのない白い顔で、ローランドと同じ黒と白の制服を着ている。アルバイト仲間のジェリーだ。

「おお、よし。まだ死んでないな」と、ジェリー。

よく見ると、ジェリーの背後に黒い上着姿がある。

「なぜ仕事をしてるんだ？」と、ローランド。「ぼくたちのシフトまで、まだ一時間はあるだろう」

「スミスが朝早く、全員に電話をかけてきた。ぼくはずっと、きみを捕まえようとしてたんだぞ。予約時間の終了間際に、大物の予約が入ったんだ。スミスは、店をいつもより清潔に見せようとしてる。すぐ、ここに来い。スミスの頭がおかしくなる前にな。いったい、どこにいたんだ？」

バスの時刻表を見て、ローランドは顔をしかめた。次のバスに乗って、二回の乗り換えをすれば、いつもの勤務時間の五分前には着く。

「チャンドラー（フェニックスの郊外）の記念館だよ。そんなに早くは行けないな。うまくカバーしてくれ」

電話の向こうで遠いどなり声が聞こえ、ジェリーがびくっと首を縮めた。

「スミスが、冷凍庫にちょっと古くなったチキンが入ってたとわめいてるんだ。タクシーを拾って、こっちへ来い。スミスの話じゃ、VIPの客は〈残り火戦争〉の英雄ヘイル大佐とミスタ・スタンディッシュ――太陽系じゅうの酒を支配してる男だぞ」ジェリーの言葉に、ローランドは驚いて頭をのけぞらせた。「こんな大物、まず来ないぞ。いますぐ、ここへ来い。チップのことを考えてみろ」

「ヘイルとスタンディッシュ、二人ともか？　タクシーで行く」前腕（まえうで）を叩くと、スマート・ウォッチに預金残高が出た。金額は少ないが、タクシーを使えば、ユースカル・タワーのレストランまでタクシーで行くくらいはある。だが、孤児院まで帰るバス代は残らない。

「ジェリー、ぼくに二十ドルばかり借りがあるんじゃないか？」

「もう切るぞ。バーイ」電話の向こうのどなり声が大きくなり、ジェリーは電話を切った。

「ハイリスク・ハイリターンか」ローランドはスマート・ウォッチの画面から少し指を浮かせて円を描き、タクシー・アプリを開いた。

ユースカル・タワーは地球上で、異星人ザロスの攻撃で破壊されなかった数少ない建物のひとつだ。ローランドが勤めるレストランはこのタワーの五十階にあり、超高層から見る大都市の景観も魅力とされている。だが、ローランドが窓の前で足を止め、ガラスに映った自分の影を見ながらネクタイをなおしたときには、外の風景など気にもとめなかった。〈レストラン・デコ〉は人間の従業員しか置いていない。接客主任からウェイター、ウェイトレス、厨房(ちゅうぼう)の料理人にいたるまで、全員が人間だ。ロボットならどの仕事も人間より早くこなし、安上がりでミスも少ないが、フェニックスには昔ふうのレストランを好む客が多い。支配人は戦争孤児に弱く、孤児院のミズ・ゴットフリートと親しい。だから、ローランドとジェリーは、希望者が殺到するウェイター助手の仕事にありつけた。

この大量自動化の時代に、ティーンエージャーが多少ともカネを稼ぐ機会を与えられるなど、めったにない。

ローランドは誰も注意を払わないドアを開け、忙しい厨房に隣接する通路を急ぎ足で進んだ。厨房ではウェイターとウェイトレス全員が壁を背にして立ち、接客主任のスミスがその列に沿って進みながら、厳しい点検を始めていた。ローランドはジェリーの隣に並び、すばやく上着をなでつけた。

「全員に、賓客(ひんきゃく)を迎える場合のエチケットを思い出してもらおう」と、スミス。「写真を撮(と)るな。雑談をするな。お客が食事をともにした相手のことなどは、絶対に口にするな。

〈レストラン・デコ〉は分別があるという評判だ。この評判を守らない者は、ここで働く資格はない」

スミスが横向きに進んでローランドの前に立ち、渋い顔で、ローランドの襟から何かをつまみあげた。一本の長い金髪。ローランドのものではない。スミスはローランドを見て片眉を上げ、ローランドは言葉もなく赤面した。

「VIPテーブルはターニャに担当してもらう」と、スミス。ベテランのウェイトレスを指名した。「助手はジェリーだ」ヘイルやスタンディッシュの近くに寄れないと知って、ローランドの心は沈んだ。

スミスが二度、手を叩き、ウェイターやウェイトレスがゆっくりと店内へ入りはじめたとき、表側から接客係の女性が六人の客を連れて入ってきた。

ローランドはジェリーのあとについていった。ジェリーはカーテンで仕切られたテーブルへ進んだ。レストランの大部分から見えなくなる場所だ。

「ジェリー、その役、ぼくにゆずってくれ」と、ローランド。

「冗談だろ。この前、VIPが来たときのことを覚えてるか？　スタンディッシュの酒の商売を一手に引き受けてる、オロスコって男だよ。あいつ、帰りぎわに、ぼくに百ドルくれたんだ。オロスコの雇い主ならどれだけくれるか、考えてみろよ」

「最初から最後までVIPテーブルで給仕させてくれとは言わない。いちどだけ、飲み物を注がせてほしいんだ。〈残り火戦争〉の英雄が二人もいる。こんな有名人に接近するチャンスなんて、これっきりだ。ぼくたちは二、三日のうちに入隊するんだぞ。忘れてないよな」

「どうだろう……今夜のスミスは、やけに罰を厳しく設定したからなあ」

「今夜ぼくがもらったチップを、きみにやる。全部だ」

「まあ……きみが、そこまで言うなら。二人が席についたら、ぼくのすぐ後ろについて、一緒に来るといい。それでいいか？」

「決まりだ」

ローランドはウェイター助手の待機コーナーへ行き、フィジーのミネラルウォーターを水差しに注いだ。六番テーブルへ向かったとき、スミスがスーツ姿の二人の男と、髪を固くひとつにまとめた、きちんとした感じの女性をＶＩＰテーブルまで案内した。スミスはこれ見よがしにカーテンを横に引いて開け、三人が入ると小さく頭を下げた。ローランドには三人の頭しか、よく見えなかった。

ウェイターの一人がローランドのそばをすり抜け、肘でつついた。ローランドは、はっと自分の仕事を思い出し、担当のテーブルへ向かった。

夜が更けてゆくあいだ、ローランドはＶＩＰコーナーから目を離さず、ウェイトレスのターニャが飲み物や前菜を持ってカーテンの向こうに出入りするのを見ながら、出番を待った。ジェリーが半分だけ水の減った水差しを持って出てくると、ローランドに小さくうなずいた。

ローランドは伸び上がって厨房を見た。スミスはアントレ（北米では、前菜のあとに出される肉料理や魚料理のことをいう）をチェックしに行って、姿が見えない。ローランドは急いでジェリーを追い、水差しを受け取った。

「前菜は、だいたい終わった」と、ジェリー。「ターニャは気にしてないけど、スミスに見られないうちにテーブルの上を片づけてくれよ。いいか？」

「わかった、わかった。九番テーブルはアイス・ティーが少なくなってる。ぼくの代わりに補充してくれ」

ジェリーがローランドの肩に軽くパンチを入れ、ローランドの水差しから水が跳ねた。

ローランドはカーテンの端からVIPテーブルをのぞいた。ヘイル退役大佐は、ニュース映像や映画で見る姿より老けたようだ。映画《惑星タケニ最後の砦》は、ヘイルと攻撃巡航艦〈ブライテンフェルト〉がどんなふうにザロスの侵攻から異星人ドトクを救ったかという、プロパガンダじみたものだった。しかし、もと宙兵隊員のヘイルは、日常的に身体を鍛えている者らしい体格で、目には鉄の意志を秘めている。

スタンディッシュの姿は、どこの酒屋の前にもある、実物より大きな彫像で見慣れていた。実物は、きれいに整えた黒髪と大きすぎる金時計が、ローランドが抱く〝ヘイルと一緒に戦ったベテラン宙兵隊員〟というイメージとは対照的だ。スーツは光に反応して、スタンディッシュが動くたびに微妙に色が変わり、本人の目鼻立ちを強調する。まるで公開写真の撮影会のようだ。

二人の連れの女性は立って壁に寄りかかり、データ板を見ていた。

スタンディッシュが水を飲みほし、グラスを置いた。チャンスだ――ローランドの胸は高鳴った。ローランドは背筋を伸ばして咳払いし、大きな笑みを浮かべてすばやくカーテンの向こう側に入った。

「わたしは言ってやったんですよ」スタンディッシュが話していた。「〝シャワーを浴びたが、まだかゆいんだ〟と」

ヘイルが含み笑いを漏らし、顔を仰向けてグラスを干した。

ローランドはスタンディッシュのグラスを満たした。テーブルクロスの上に一滴もこぼさないよう、注意を集中した。

「スタンディッシュ」ヘイルがグラスを上げて光にかざし、内側に薄く付いている琥珀色の液体を見た。「きみが商売を始めるきっかけになった酒を、どこで見つけたか、いちども教えてくれなかったな」

「企業秘密でしてね」と、スタンディッシュ。「しかし、あなたはもうすぐテラ・ノバ行きの移民船に乗るんだから、打ち明けましょう。待った――若いの、名前は？」

ローランドは凍りついた。

「ぼくですか？」

「きみのポケットにいるネズミに言ったと思うか？」

「ローランド……ショーです。ぼくはただ、水を補充してテーブルの上をきれいに――」

「ローランド、わたしは心から信頼する友人――昔の上官に、秘密を打ち明けようとしている。この話が外に漏れたら……」スタンディッシュはローランドに指を突きつけ、顔をしかめた。

「漏らしません。絶対に！〈レストラン・デコ〉は分別があるという――」

「われわれが最初にフェニックスに降下して、このビルからイバラを連れ出したときのことを覚えているでしょう？」スタンディッシュがヘイルに言った。「忘れるはずがない。まったく、ひどい一日だった。わたしがトラックの点火装置をショートさせて動かし、あなたが後部からザロスめがけて手榴弾を投げているとき、大きな酒屋が無傷のまま残っていることに気づいたんです。ケレスの戦いが終わって落ち着いてから、わたしは班をひきいて急襲をかけました――陸上軍や航宙軍のやつらが汚い手をつける前に、あの店の中身を解放してやりたくてね」

「で、きみは艦隊じゅうに酒のブラック・マーケットを開設した」と、ヘイル。

「仕事に役立つ物資の、市場の隙間を見つけたんですよ」と、スタンディッシュ。目をきらめかせ、ウィスキーをひとくち飲んだ。

「お客様がた、前菜がおすみでしたら、皿をおさげいたします」と、ローランド。

「いくつだ、若いの？」ヘイルがたずねた。

　ローランドは身体をこわばらせた。ほとんどスープの残っていないヘイルの皿に伸ばした手が、途中で止まった。

「年齢ですか？」と、ローランド。額とわきの下に汗がにじんだ。

「十八歳くらいだな」と、ヘイル。「兵役期間が来たら、どの職種を選ぶか、考えたかね？」

「攻撃宙兵隊はやめとけ」と、スタンディッシュ。「新兵募集係は嘘をつくぞ。深宇宙艦でぶらぶらして映画を観るだけだ……宇宙を運ばれる歩兵になるんだから、どこへも歩く必要はないと言われる。惑星ニビルーの、顔を食う異星人のことや、一人でフェニックスを核攻撃から救わなければならなくなることなんか教えてくれない」

「なんだと？」ヘイルが横目でスタンディッシュを見た。「一人じゃなく、ベイリーとイーガンがきみと一緒に――」

「いま話をしているのは誰です？　あなたですか？　わたしですか？」すかさずスタンディッシュが頭を振り、ローランドに向かって指を振りながら言った。「新兵募集係は嘘をつくんだ、若いの。どいつもこいつも、つねに。きみは自分が何に向いているか、わかるだろう。勧誘されても、自分が本当になりたいもの以外は承諾するなよ。軍務を自分で選択しようと思えば、入隊時が最初で最後のチャンスだ。入ってしまえば、きみの希望など無視され、再考もしてもらえない」

「開拓部隊の最初の任務で、わたしがジャングルの惑星へきみも連れていったのを、まだ怒っているのか？」と、ヘイル。

「発疹がまだ残っているんです。見ますか？」

「ぼくと同じ孤児院にいた仲間が何人か、軌道砲兵隊に入りました」ローランドは皿を集めながら、口をはさんだ。「ちょっと退屈だと言ってます」

「開拓部隊のもと指揮官として言えば」ヘイルが言い返した。「移住に適した新しい惑星を探し出せる、意欲的な部下を、いつも必要としていた」

「そして、異星人のテクノロジーを復元する才能を持った者を」と、スタンディッシュ。「だから、最初のころの任務に、きみが必要だったんだ。きみは……食糧の徴発がうまいという評判だったからな」

「何ひとつ後悔はしていませんよ」スタンディッシュの表情は、どこか自慢げだ。

カーテンが脇へ押しやられ、スミスが恐ろしい目でローランドをにらんだ。その後ろで、ジェリーが恐怖に目を見開いている。

「申しわけございません、お客様」スミスは言った。「こちらの従業員が、大変な失礼を

「——」

「われわれが引き止めたのだ」と、スタンディッシュ。「この若いのは、いい仕事をしているよ。実際……ちょっと待て……」身体をひねって壁ぎわの女性を振り返った。「ジュリー、わたしはこの店の所有者か？」

「はい、そうです、ミスタ・スタンディッシュ」

「この若いのが、入隊する日までここで働いていなければ」と、スタンディッシュ。フォークを取って、テーブルクロスを叩いた。「わたしは、とても平静ではいられないだろう。わかったか（カピッシェ）？」

「はい、ミスタ・スタンディッシュ」

「若いの」ヘイルの声に、ローランドは陶器の皿をカチャカチャ鳴らして振り向いた。「軍に入ったら、がんばれよ。一緒に働く仲間の面倒を見ろ。そうすれば、きみも面倒を見てもらえる」

「ありがとうございます」

「スミス」スタンディッシュがフォークで、空（から）のワイングラスの側面を叩いた。「とっておきのシュバル・ブランを開けてくれ。友人が長い旅に出るんだ。喉が渇（かわ）いたまま行かせることはできない」

その晩の最後の客がようやくレストランを出てゆくと、ローランドはテーブルをきれいにした。もう真夜中を過ぎている。〈デコ〉はフェニックス第一のレストランとして、地球上はもちろん、太陽系じゅうから来る人々に食事を提供しているが、来客の多くは、まだ睡眠周期をフェニックス時間に合わせていない。日が出ているあいだにディナー料金を払う客はいないから、レストランは真夜中まで営業する。

ローランドは集めた皿をカートに載せ、袖で額を拭った。スタンディッシュとヘイルは数時間前に去ったが、ローランドにとって二人との出会いの印象はまだ鮮烈だった。兵役期間が近づいており、二人の古参兵から質問されるまで、軍のどんな仕事をしたいか自分でもよくわからず、気になっていた。

スミスがデータスレートを女性接客係の待機コーナーと照合すると、今晩の受領金額が一致する信号が出た。チップの分配が始まる。ふたつ向こうのテーブルで働いているジェリーがスマート・ウォッチに視線を落とし、心配そうに下唇を噛んだ。

ローランドのスマート・ウォッチがかすかに震動した。今夜の収入総額は……ゼロだ。

「やった!」ジェリーがターニャに駆け寄り、なにごとかと青ざめたターニャにハイタッチした。「ああ、ミスタ・スミス、ぼく、仕事を辞めます!」一瞬前までウェイター助手だった少年はエプロンをはずして投げ出し、自分だけに聞こえる音楽に合わせて指を鳴らしながら、大股にレストランを出ていった。

ローランドは、ひとつ置いた隣の、ジェリーの担当だったテーブルを見た。あの後始末を、全部やらなければならない。

「ミスタ・ショー」スミスが近づいてきて声をかけた。

「はい」

「〈デコ〉では約束は守られる。きみはジェリーに、自分のチップ全額を渡すと約束した。わたしは、きみの入隊の日まで、きみを雇っておくと約束した。帰る前に、すべてが食器洗浄機にセットされたかどうか、確認したまえ。では、また明日」スミスは、うなずいて去った。

ローランドは銀器を取り上げ……孤児院まで帰るバス代がないことを思い出した。

ローランドは片方の肩に上着をかけて歩道を進んだ。空気は乾いているが、こんな真夜中でも、まだ不快なほど暑い。フェニックスの夏は過酷だ。せめて停留所のいくつかでも空調のきいたバスに乗って、孤児院の近くまで行くカネがあれば助かったのに。ふたつの満月――ルナとケレス――が街を照らしている。ルナより小さいケレスを見上げると、ケレスを周回するジャンプ・ゲート〈るつぼ(クルーシブル)〉のきらめきが見えた。ゲートが開いて閃光が見える夜もある。銀河系の、どこか遠い場所につながるワームホールが造られる瞬間だ。だが、今夜、仕事が終わってからは、ゲートに動きはない。

ジェリーにちょっとした借金を申しこむEメールを何度か送ったが、返事は、市内の悪名高いバーで、酒のボトルと裸に近い服装の女たちに囲まれている写真ばかりだった。ジェリーは数週間前に十八歳になったので、酒が飲める。ローランドがまだバーに行かないのは、現金がないからだ。行きたくないのではない。

「人生初の二日酔いを楽しめ、相棒」スマート・ウォッチに入ってきた写真に、ローランドは言った。ジェリーがシャンパン・グラスを上げながら、両の頰にキスを受けている。

角を曲がったローランドの足取りが遅くなり、止まった。記念公園のなかを通る道が、ホロ・テープでふさがれている。公園の周辺を警察のドローンが警戒し、公園内では装甲機動兵広場がライトアップされていた。大理石を刻んで等身大の装甲機動兵を表わした彫像が十体、高い台座の周囲で輝いている。

「うわ……なんてこった」ローランドはスマート・ウォッチの画面に指をすべらせ、公園を迂回(うかい)するルートを出そうとした。日の出前には孤児院に帰りたい。

木の葉を揺らすような、かすかな風の音がした。

「記念式典は毎年、同じ日にあるのよ」女の声が言った。

ローランドは急いで振り返った。話しかけてきた年配の女性は、髪は灰色だが、声はもっと若かった。宇宙で働く者の簡素なジャンプスーツを着ている。近くの建物はどれも照明が消え、開いている気配もない。この人、どこから来たんだ?

「ぼくは子供のときから、ここに住んでます」と、ローランド。「式典の日は、よくある休日のひとつでした。あまりにも身近で、わざわざ見ようとはしなかった。人ごみとか、観光客とか、いざこざとかが苦手で。こんな夜中に、ここで何をしてらっしゃるんですか？」

「わたしは相当な宵っぱりなのよ。あなたは、どうなの？　仕事用の服装に見えるけど」

「仕事を終えたところです。いつもはバスで帰るんだけど……カネを使い果たしたんです。月末まで、まだあるのに。暑い夜に長々と歩いたことを、成長のための苦い経験として記録にとどめなきゃ」

「その教訓を、いつまでたっても学ばない若い宙兵隊員を、たくさん知っているわ。わたしと一緒に、公園のなかを通りたい？　わたしは通行許可証を持っているの。名前はソフィアよ」

「うわ、いいんですか？　ぼくはローランドです」ローランドは片手を差し出した。ソフィアは一瞬、その手を見てから、握手に応じた。鉄のような力で握られ、ローランドはすばやく手をひっこめた。

義手に違いない――ローランドは思った。でも、戦傷者はたいてい、培養した人工器官を移植されるんじゃないか？　新しい腕ができるまで、一日か二日しかかからないのに。

ソフィアがホロ・テープを切るように手を振ると、テープは緑色に変わった。

「いらっしゃい」と、ソフィア。「装甲機動兵はまだ、ここには来ていないわ。だから、わたしも、こんなことをしていられるの。装甲機動兵を怒らせるのはまずいわ」ソフィアは公園の周辺部を通り、足早に記念碑へ向かった。

「ありがとうございます。感謝します。式典のときは、火星から装甲機動兵が全員来るってほんとですか？　子供のころ、学校でいちど見学に来ました。装甲機動兵が隊形を組んで、宙兵隊と陸上軍がつとめた儀仗兵（ぎじょうへい）の隣にいました」

「ほかの惑星に配備されていない装甲機動兵は全員、記念日の式典に来るわ。何人かは式典前夜に着いて、記念碑の不寝番をするの」

「不寝番ですか……。式典のあいだ、そこらじゅうに市警察のドローンがいますよ。写真を撮るためでも、ただ装甲機動兵を見たいだけでも、誰も近づけません。逮捕されて、罰金を取られるのが落ちですから。装甲機動兵は何をするんですか？　ごらんになりました？」

「祈るの——全員じゃなく、〈聖堂騎士団（テンプラー）〉の教義を守っている兵だけだけどね。自分の装甲から出て、日没から日の出まで祈る。兵士たちにとっては神聖な行事よ。だから、こんなに警備が厳しいの」

　記念碑に近づくと、十体の彫像が細部まで見えた。どれもポーズが違う。それぞれ剣か槍を持ち、前腕に巨大なガウス砲がついている。見えない敵に盾（アイギス）を向けた像もある。

「これは、戦争に勝った記念碑でしょう?」ローランドはたずねた。「十人の装甲機動兵がザロス・マスターたちを指揮艦艇にとどめているあいだに、何かの爆弾でマスターたちが無力にされたんですよね? それで、ザロスのドローン艦隊は自爆した」

「その日、ザロスを食い止めたのは、装甲機動兵だけじゃなかった。でも、あなたのいまの話は真実に近いわ」

「ぼくは、まだ兵役についてません。あの決断がどんなに難しかったか、想像もできません。爆弾が爆発したとき、装甲機動兵は十人とも死んだ。自分が死ぬことを知ってたんでしょう?」

「知っていたわ」ソフィアはゆっくりとうなずいた。「装甲機動兵は、ほかの分野の兵とは種類が違うの。装甲機動兵は死を恐れない。恐れるのは、仲間を失望させ、任務に失敗すること。終戦から一年目の記念日に、生き残った装甲機動兵が全員、ここに来て……嘆き悲しんだわ。エリアスやカリウス大佐が死んだからじゃなくて……死んだときに自分が一緒にいなかったから。いまは毎年、〈聖堂騎士団〉が罪をつぐないに戻ってくる。わたしは毎年、こうすれば十人の犠牲者が救われたのではないか……ああすればよかったかと、あれこれ考える」

「えっ? あなたも……いたんですか?」

「いいえ」ソフィアはそっけなく答え、歩調を速めた。

「装甲機動兵に詳しいようですね……ぼくが志願したら、入隊させてもらえるでしょうか？」

ソフィアは足を止め、目の隅でローランドを見た。

「なぜ入隊したいの？」

「ぼくの両親は戦争中に死にました。ぼくの——地球の——安全を守るために死んだんです。装甲機動兵ほど大きな犠牲と功績じゃなかったけど。でも、入隊するのに、危険を避けて快適なものを求める努力をするべきだとは思えないんです。両親に報いたい……両親の名誉を讃えたいとは思いますが」

「戦争中に失われた命は、どれも等しく価値あるものよ。無駄な犠牲など、ひとつもない。ザロスが最初に地球に到着して人類をほぼ一掃したときに、地球に残っていた人たちも、最後の瞬間に死んだ人たちも……異星人の惑星で、ちょっと名を上げた人たちも。ご両親のことは、お気の毒だと思うわ」

「みんな誰かを失ってます」ローランドは肩をすくめた。

ソフィアはふたたび歩きだし、先に立って記念碑のそばを通り過ぎた。

「装甲機動兵団は、いつも新兵を募集しているわ。何年もかけて、少しずつ兵士の数を増やしてきたの。あの部隊が求めるのは、身体を装甲につなぐプラグを受け入れられる者ではなく……心に鉄を持つ者よ」

「自分が心に鉄を持っているかどうかなんて、どうしてわかるんです？　そもそも、それ、どういう意味ですか？」

「装甲機動兵の新兵募集方法は、火星以外の場所ではあまり知られていないけど、わたしは関係者を何人か知っているわ」と、ソフィア。「あなたが受け入れられたら、向こうが、あなたの魂に鉄を見つけてくれる……でなければ、あなたは挫折する。兵役をつとめるには、もっと簡単な方法もあることを知っておきなさい」

「ぼくは、装甲機動兵になれそうもないですか？」

「あのね、わたしが前に一緒に仕事をした宙兵隊員のなかで最優秀の一人が、選抜試験に落ちたわ。それから、生まれたての子ネコみたいにきゃしゃな身体つきの女性が、装甲を装着して、戦場で悪鬼のように活躍した例もある。必要な資質が自分にあるかどうかを知るには、志願するしかないの」

二人は公園の反対側まで歩き、周辺部のホロ・テープを横切った。

ローランドは言った。

「公園を通らせてくださって、ありがとうございました……でも、兵役期間中にどの仕事をするかについては、あなたと話しはじめたときと同じくらい、五里霧中です」

「あら、また若返ったの？　自分で決断し、自分の人生に責任を持つようになったら、人は大人になるのよ」

「おたずねしてよければ……戦争中は何をなさってたんですか？」

「しばらくは攻撃宙兵隊にいて……そのあと、別の仕事についたわ。がんばってね。兵役期間が、順調に早く終わるといいわね」

「〝順調に早く〟というのは、退屈そうです」

「戦争は、けっして楽しむものではないのよ」と、ソフィア。ローランドの背後の街路を指さした。「あれ、タクシーじゃない？」

ローランドが街路へ向きを変えると、自動タクシーがスピードを落としてそばに止まった。乗客席の窓にローランドの名が現われ、〝支払い済〟の文字が光った。

「あなたが呼んでくださったんですか――」振り返ると、ソフィアの姿は消えていた。

「このことは誰にも言いません」と、ローランド。「幽霊話なんか始めたら、入隊試験の精神鑑定で落ちる。ひとりごとでも危ない」

タクシーのドアが勢いよく開いた。

2

一台のバスが歩道に近づき、窓が整然と並ぶ数階建ての建物のそばに止まった。開いた二枚のドアの左右に、地球軍の宙兵隊や航宙軍など、さまざまな職種のめざましい活躍を褒め讃えるフルモーション・ポスターが並んでいる。

ドアの上に、〝入隊処理局フェニックス支局へ、ようこそ〟というホロ文字があった。

ローランドはバスの側面のドアから出ると、開いた貨物ベイで自分のバックパックを見つけた。あとから降りたジェリーは顔がむくみ、日なたでしきりに目をしばたたいている。ローランドはジェリーのバッグをつかんで、そっとジェリーの胸に投げた。

「ぼく、なんで、あんなにたくさん……あんなに長々と飲んだんだろう？」と、ジェリー。

「ぼくたちの小さな部屋のトイレで何度も吐いてたけど、そのあいまに、自由を求める最後のあえぎ――とかなんとか言ってたぞ」ローランドはバックパックを肩にゆすり上げた。

入隊処理局のそばの広い歩道にローランドと同じ年ごろの男女が列を作り、そのまわりに家族が集まっている。ローランドは胸が詰まった。両親がここにいて、ぼくの姿を見られたらよかったのに。

「思いきりはめをはずしたからなあ。もっと、よく覚えておけばよかった。あの女の子の名前は……ダコタだったか？」ジェリーはスマート・ウォッチを見て激しくまばたきしてから、表面で指を横にすべらせた。「うん、ダコタだ。高いものばかり頼む娘がチェリーだ」

「二カ月分の収入を三日で使い果たしたとは、信じられないよ。軍で経験を積んで、自分の財産をもっとうまく管理できるようになればいいな」ローランドはバックパックの取っ手をつかみ、建物に入ろうとした。だが、なぜか足が重くて動かない。

「たぶん、今朝、きみにバス代を貸したよな」と、ジェリー。「きみはスカウト訓練を受講したり、ジムの会員になったりして、カネを使い果たしただろう。そんなこと、軍に入れば全部教えてもらえるぞ。ただで」

ローランドはゆっくり深呼吸をして、たずねた。

「入隊の覚悟はできたか？」

「兵役は強制だ……入隊がいやなら、ロッキー山脈の不法居住者の集落へ逃げて、自分で育てたり捕まえたりできるものだけを食って暮らすしかない。それに比べれば、孤児院やウェイター助手の仕事はパラダイスだ。がんばれよ……きみは、どの職種を志願する？」

「まだ、はっきり決めてない」

「それも早く考えないとな。金星のテラフォーミング任務には、まわされないようにしろよ。太陽系内で、火星よりひどい場所かもしれないからな」ジェリーはピシャリとローランドの腕を叩いた。「また、なかで会おう。がんばれよ」そう言うと、入隊処理局に入った。

ほかの者たちがジェリーのあとに続き、ローランドはポスターの列を上から下まで見ました。三分から五分の周期で繰り返す映像を見るかぎり、どの職種もおもしろそうだ。軌道砲兵隊でさえ、太陽系の外惑星から辺縁部の壮大な風景を誇らしげに再生している。だが、ひとつだけ、見あたらないポスターがあった——装甲機動兵部隊だ。

「やっぱり、装甲機動兵部隊は新兵を募集してないのかもしれないな」ローランドはバックパックを肩に引き上げ、建物のなかに入った。

入口を通ると、湿気を含んだ涼しい風が吹きつけた。ロビーの向こう端まで何列も自動受付機が並び、関節でつながった腕を持つロボットが一体ずつ割り当てられている。部屋の長さと同じ巨大な地球連合の旗が、灰色の壁いっぱいに張られていた。フェニックスの位置に星のついた西半球が、両側に鳥の翼を広げた図案だ。翼の羽根の一枚は、〈残り火戦争〉中に地球を救うために倒れたすべての人々を記念して、黒い。壁の上方に沿って走る通路の下に、軍のさまざまな職種の旗が並んで垂れている。鎖かたびらに包まれたこぶしが剣を握る装甲機動兵団の旗が目に入り、ローランドはかすかな希望を感じた。チャンスはあるかもしれない。

ローランドは自動受付機のひとつへ行き、センサー・パッドに手のひらを押しつけた。

「ようこそ、ローランド・L・ショー」ロボットが顔を上げ、金属の両手を二度、触れ合わせた。「あなたは割り当てられた出頭日時に到着しました。よくできました。バックパックを置き場に置いてください」

自動受付機の足もとのパネルが開き、持ってくるよう命じられた手まわり品が、すべて入るくらいの空洞ができた。

「禁制品のリストにある物を持っていますか？」ロボットがたずねた。「次の物品を申告せずにいると、罰を受けます——一般医薬品、麻薬、アルコール飲料、許可を受けていない電子機器——」

「持ってません」

「——生きた、あるいは死んだ動物、武器、三百地球ドルを超える金額の現金。以上の物品を所持している場合は、罰として新兵を必要とする任務を課され、刑事訴追されます」

ローランドは荷造りの様子を思い出して確認した。着替え一着、数枚の家族写真、データ板（スレート）ひとつ——禁制品は何もない。

「持ってません」ローランドはもういちど答え、バックパックを置き場に入れた。カチャリとパネルが閉まった。

「ありがとう……ローランド・L・ショー。これが、入隊処理局フェニックス支局における、あなたの本日の予定表です。いまは、ここが、あなたのいるべき場所です。指示にしたがって、各評価ステーションに出頭してください。許可証を提示せずにこの建物を出ようとすると、無許可離脱をはかったとみなされます。関連する罰則については九＝Y（ヤンキー）のタブをチェックしてください。では、幸運を」

スロットから白いデータスレートが上がってきて、画面にローランドの名が現われた。

「待って……ぼくの持ち物は、いつ返してくれるんです？」と、ローランド。

ロボットは片手をデータスレートに向けて振り、もう一方の手で通路の端を指した。

「母さんはいつも、軍隊生活は楽だと言ってた。命じられたことを正確にこなせば、誰にもどなられない――と」ローランドがデータスレートを取ると、医療評価ステーションへ行けという指示が現われた。ローランドは画面をスクロールし、眉をひそめた。今日じゅうに、たくさんの場所へ出頭しなければならない。

「少なくとも、昼食には十五分かけられる」と、ローランド。

講堂には、緊張した何百人もの新兵候補たちの会話が満ちていた。みな、胸ポケットに名前が刷られた灰色のジャンプスーツ姿だ。ローランドは、後方にすわっているジェリーの姿を見つけた。両手で顔をおおっている。

「おい、うまくいってるか？」ローランドは孤児院時代のルームメイトの隣にすわった。

「二日酔いのまま、これを全部こなすなんて、ろくでもない決心だった」ジェリーはローランドに顔を向けてから、足もとに視線を落とした。「きみは制服が似合うな。きみにはうってつけかもしれない」

「医療検査で、ロボットたちにつつかれたり押されたりしたあとで、もらった。ほかにも、反射テストやら空間認識テストやら、数学やら、あらゆるものの歴史——十二以上のテストがあった。テストの結果を受け取っただろう？」

「試験官から不満げな目を何回か向けられただけだ。きみはこれから……十二号室か？ぼくが行ったときは、背広を着たどこかの男がいて、ぼくにどなりはじめた。〝ここは議論する部屋ですか？〟ときいても、どなるばかりだから、出てきた」

「ぼくも同じ目にあったよ」ローランドは眉をひそめた。「でも、十二号室じゃなかった。ぼくは何も言わずに出てきた。そうしたら、データスレートに次の指示が出た。不気味だな」

「いまここで何をすることになってるのか、よくわからない。フェニックス市内の高校の卒業生が、ひとり残らず集まったみたいな光景だな」

ローランドはデータスレートに指をすべらせた。

「査定前のブリーフィング……二時間。それから、夕食だ」

「注意して聞いたほうがいいんじゃないか？　兵役期間の重要な情報があるかもしれないぞ」

「もちろん、これにはゲーム・アプリなんか入ってないし」ジェリーは自分のデータスレートを叩いた。「二時間？　軍ではなぜ、なんでもこんなに時間がかかるんだろう？」

「わかったよ、ミスタ・責任感」ジェリーは椅子の背にもたれて腕を組んだ。

「ちょっと失礼」ストレート・ヘアのアジア系の娘が、二人のあいだに頭を突き出した。

「お二人のどちらか、最新のボーナス点リストを持ってない？」

「ボーナス？」と、ローランド。

「コロニー配属の点数。昨日リストを見たけど、前の検査から戻ってきた友だちの一人が、リストが変更になったと言ったの。あなたがたが何か聞いてないかと思って」

「何も」ジェリーは肩をすくめた。「地球外コロニーへの配属は、くじびきで決まると思ってた」

「くじびきは、ひとつだけじゃないのよ。あなたがた、別の惑星に行ったことある？」

照明が薄暗くなっては明るくなり、何度か同じことが繰り返されて、講堂は静かになった。

データスレートの電源がひとりでに切れ、ローランドはデータスレートを太もものポケットにしまった。

宙兵隊の制服を着た長身の女性が講堂に入ってきて、演壇に上がり、両手を後ろで組んだ。

「ようこそ、新兵候補のみなさん」各自の席に付いているスピーカーから女の声が出た。一、二メートルしか離れていない位置で話しているかのようだ。「わたしはグレンジャー大尉、あなたたちが入隊処理局フェニックス支局にいるあいだの指揮官です。残念ながら、すでに六人の除籍決定書にサインしました。スキャナーをごまかして禁制品を持ちこめると思ったのです。さらに、三人の体内に麻薬が見つかりました。兵役期間中にバカなことをするつもりなら、いまのうちにしておきなさい。入隊処理局の段階で極端な愚か者やまぬけを排除しておけば、地球連合の大事な時間や資源の節約になります」

ジェリーが笑い声を上げた……笑ったのは一人だけだった。ローランドは上体をジェリーから遠ざけた。グレンジャー大尉に、浮かれた新兵候補だと思われたくない。

「あなたたちの最初の評価は、すべて終わりました」と、グレンジャー大尉。「まもなく自分の点数を受け取れます。このブリーフィングのあと、各職種の新兵募集係との面談が行なわれますが、そのとき、この点数が参考にされます。新兵候補の時期が終わらないうちに志願先を決めることを、強くすすめます。さもないと、希望とは関係なく、新兵が必要とされる場所に配属されることになります。金星から、また労働者の要求が届きました」

「ぼくが言ったとおりだろ」ジェリーがささやいた。

大尉の頭上にホロ・スクリーンが現われ、地球を中心に置いた宙図が出た。地球人が定住した星系を示すいくつものアイコンが太陽系から広がり、銀河系で地球の東側に当たる〝ルハールド宙域〟というラベルのついた、黄色がかった空間に向かっている。

「地球連合は、付近の星系や、ジャンプ・ゲート〈るつぼ〉で結ばれた宙域の、より地球に似た惑星へ、精力的にコロニーを拡大しています。優先順位の高い惑星への移住者には、税制上の優遇措置や住居の補助、すべての高校教育に要する授業料の免除などの特典が与えられます。いくつかのコロニー惑星は……牧歌的です――」ホロ・スクリーンが、紺碧の空が広がるハワイに似た群島を映し出した。「――ほかの惑星はそれほど牧歌的ではありません。宙兵隊は現在、カードバ2が地球連合の惑星であることを、異星人クシエに思い出させる軍事行動に従事しています。

コロニー惑星への配属に応じる者には、兵役期間中の条件にもとづいた優先権が与えられます。需要の多い職種であればそれだけ、優先権が点数の形で加わります。新兵募集係と面談するときは、この点をよく考えるように。さらに、あなたたちが民間の学校教育で示した適性と今日の評価で、向いている仕事が決まります。単純なことです。これ以上の説明を求める者は、評価の点数から五点を差し引きます」

ローランドはまた、ジェリーからわずかに身を引いた。ジェリーが、大尉の言葉の最後の部分を冗談だと思わなければいいが……。

「よろしい」グレンジャー大尉は片手を上げた。「点数を発表します」

ポケットのなかで、データスレートがブーンと音を立てた。ローランドは片手をポケットに叩きつけ、歯を食いしばった。未来の多くが、割り振られる職種で決まってしまう。亡き両親に早口で祈った――ぼくが向いているとされるのが、父さんと母さんの名誉を傷つけない仕事でありますように。カイパー・ベルトの最外縁に設置した巨大砲の清掃なんかが当たったら、とても自慢にならない。

ローランドはデータスレートを出して画面を見た。

「八十八点だ」と、ローランド。「これは、いい点数かな？」

「ぼくが三十七点？」ジェリーは不機嫌な顔になり、上体をひねって赤毛の娘を振り返った。

「わたしは百二点」娘は笑顔だ。ローランドに向かって言った。「あなたの点数は、希望が通る可能性としては〝中〟くらいよ。お友だちは……あまりよくないわ」

ローランドが画面に触れると、自分がつける職種の一覧表が出た。各職種に、ふたつの数字が添えられている。ひとつはその職種につくために必要な最低点、もうひとつはコロニー惑星への配属を受け入れた場合に加算される点数だ。上位の職種は薄い灰色にかすんでいる。

「これで医療隊は絶望的……上級量子空間技師もだ――どんなものか知らないけど」と、ローランド。コロニー配属の場合の加算点をもとに、表を組みなおした。楽園の惑星に配属される最高のチャンスとともに現われた仕事は、すべて戦闘職種だ。宙兵隊、レンジャー部隊、戦闘機パイロットなどがトップに入っている。

「よっぽど戦死者が多いんだな」と、ジェリー。「前線でもっと人員が必要になる理由は、それしかない」

「地球連合は、いま戦争なんかしてないぞ」と、ローランド。「公式には」

「ゴミ収集作業員だと？」ジェリーは自分のデータスレートを見て冷笑した。「悪くはないが、ごめんだ。ぼくは宙兵隊員になる。宙兵隊の活動で他人のゴミなんか集めなきゃならないかどうか、見てるがいい」

ローランドは、もういちどリストをスクロールした。

「きみのリストに、装甲機動兵はあるか？」ジェリーにたずねたが、ジェリーはぶつぶつひとりごとを言うばかりで答えない。ローランドは赤毛の娘に同じ質問をした。

「わたしは見つけたわ」娘はローランドに見えるよう、腕を伸ばして自分のデータスレートを突き出した。「別のラベルのところに隠れてた。でも、何かの間違いじゃないかしら……装甲機動兵はゼロ＝ゼロよ、新兵の必要性も、コロニー配属の場合の加算点もない」

「誰も採用したくないみたいだな」と、ローランド。

「姉が装甲機動兵に志願したけど、選抜試験を受けることになったあと、一日ももたなかった。それしか話してくれなかったわ。内容を明かさないという同意書にサインさせられたから」

「きみたち二人は好きなだけ、プラグでブリキ缶につながればいいさ」と、ジェリー。

「宙兵隊がぼくを呼んでる。ぼくがあのヘイル大佐と会ったことを知ってるかい？」娘に向けた問いだ。「二、三日前に、ぼくのレストランに来たんだ」

「すごいわね」娘は手を振って、ジェリーをしりぞけた。「じゃ、あなたは装甲機動兵になろうと……」

「ぼくはローランドだ」

「マサコよ」

「装甲機動兵の記念碑のそばに行ったんだ……兵役として最高の職種だと思う」と、ローランド。

「そう。がんばってね」マサコはローランドに笑顔を向け、立ち上がった。マサコのデータスレートに部屋番号が現われた。「これから、新兵募集係と面談らしいわ。じゃ、またね」

「ぼくたちは、しばらく待たされるぞ」と、ジェリー。「ぼくが面談に呼ばれるまでに、宙兵隊員の口が残ってるといいな。きみは本気で装甲機動兵になりたいのか？　それとも、あの娘にアピールしたかっただけか？」

「本気でなりたい」

「それで、女たちと遊ぶ機会が増えると思うか？　青の礼装軍服の宙兵隊員と、頭蓋骨の根もとにプラグをつけた装甲機動兵だぞ。だいたい、あの歩く戦車みたいな装甲の外に出てる兵士を見たことがあるか？」

「セックスとカネだけがすべてじゃないよ、ジェリー」

「ぼくが過ごしたような一週間を味わってたら、きみのものの見かたも変わっただろうにな」

　ローランドのデータスレートがうなりを上げ、部屋番号と指示が現われた。

「最後の宙兵隊員の口を取るなよ」ジェリーがきつい口調でささやいた。

「宙兵隊員なら、この状況をなんて言う？　〝適者生存〟かな？」ローランドは立ち上がり、ジェリーの肩を軽く叩いた。

　ローランドはドアの部屋番号とデータスレートが指示する番号を、もういちど照らし合わせた。真鍮の番号のすぐ下に、〝ハリス二等軍曹〟と名札が出ている。ローランドはノックした。

「どうぞ！」

ローランドは細くドアを開け、首を執務室のなかへ差し入れた。小さな部屋で、奥にデスクがあり、その前の椅子は、次々と現われる新兵候補を迎え入れるために、デスクではなく横を向いている。ハリス二等軍曹はデスクに肘をつき、一列に並んだデータスレートを前にしていた。

「よろしい、ミスタ・ショー」ハリスは横を向いた椅子を指した。「すわれ」

ローランドは急いでなかに入り、椅子に腰かけた。スイッチの切れたデータスレートをいじりながら、背筋を伸ばした。

ハリスはキーボードから少し手を浮かせてスワイプし、ホロ映像でローランドの人事ファイルを出した。添えてある古い写真は、マレット（頭の左右の毛が短く、後ろだけが長いヘアスタイル）の流行が短期間だけ復活したときに撮(と)ったものだ。

「入隊の準備はできたな」と、ハリス。「何を期待されているかの手がかりもつかめずに、ここに入ってくる候補が多すぎる。ザロスの襲来が終わったあと、太陽系内では一発の砲弾も発射されていないから、兵役とは政府が継続を決めた道楽のひとつだと思っているんだ。きみはスカウトの訓練を完了しているし、評価は……インストラクターは、きみがレンジャー隊員に向いているとしている。よくやった。身体トレーニングは七十八パーセント以上の達成率だ……驚くにはあたらない。科学、技術、数学、工学の点数は……そこに出ている」ハリスは椅子ごとデスクから離れ、掘り出し物を査定するような目でローランドを見た。

「希望する職種はあるか？　地球の法律では、きみの最初の希望を考慮することになっている」

「疑問がありました……装甲機動兵について。装甲機動兵には志願できますか？」

ハリスの顔は暗くなった。

「宙兵隊にも向いているんだがな。いいかね、ミスタ・ショー、装甲機動兵団は、最後の戦争への貢献度ゆえに大いに注目を集めている――目立ちすぎと思えるほどにな。装甲機動兵団は、ほかの職種すべてから切り離されていて、独自のやりかたで活動する。ほかの部隊の者に理解できるやりかたばかりではない。だから、忘れるな――わたしが提供できる情報はかぎられている。これだけは確実に言える――装甲機動兵の志願者の九十五パーセントが、本拠である火星まで到達できない。三分の二は、入隊処理局での最初の選抜試験をパスすることさえできない」

「ぼくのファイルに、ぼくに装甲機動兵は無理だと思われる要素がありますか？」

「確率の問題だ、ミスタ・ショー。わたしが一日の稼ぎを、装甲機動兵志願者の一人一人について、選抜試験にパスしないほうに賭けたら、わたしはいまごろ大金持ちになっている。装甲機動兵団は、選抜を行なうにあたって、身体上あるいは教育上の条件を出さない。きみの点数では、上級の技術分野や医療分野には行けない……だが、宙兵隊なら――攻撃宙兵隊でも——すぐに入隊できる。コロニー惑星では、攻撃宙兵隊の優先ポイントが高い——わたしが見たなかでは、いちばんだ。フェニックスなど腐敗して燃えるゴミ箱かと思えるような世界で、新しい生活を始めたければ、連れていってやろう」ハリスはデータスレートをひとつ、ローランドのほうへ押した。画面に出ている攻撃宙兵隊員は、若いころのヘイル大佐のように疑わしげな顔つきだ。

ローランドはデータスレートを見たが、手を触れなかった。

「じゃ、ぼくは装甲機動兵団に行くこともできるんですね？」

ハリスは重い吐息をついた。

「もちろん、できる」と、ハリス。まず片手をキーボードの上方で振り、キーを打ちはじめた。「まず、きみに関していくつか確認しておかなければならない。わたしの公式資格では、この質問は人工出産法で禁じられているが、医療関係の問題だから許される。きみは生粋の人類か？」

「ぼくが知るかぎりでは、そうです。ぼくは、人工出産児はみんな、培養チューブを出る前から、成長や家族の記憶を持ってると思ってました。人工出産児は自分が何者か、わかってるんですか？」

「まさしく、そこだ、若いの。ザロス襲来時、マーク・イバラは艦隊再編のために兵士を確保する必要があり、人工出産児を急速に成長させなければならなかった。異星人の魔術を利用して自分で技術を生み出し、九日で大人の身体にして、それぞれ違う精神を植えつける。その方法で生まれた何百万という人々が、ザロスとの戦いに加わった。人工出産児が持つ記憶は、古い時代に地球で生まれた人間と変わらない。地球を救うのに、人工出産児が力を貸した。これは間違いない」

「ぼくが人工出産児かどうかが、なぜ問題なんですか？」

「装甲機動兵団は人工出産児を受け入れない。人工出産児は、装甲服と身体を接続するプラグを受けつけないからだ。培養チューブのなかで急激に成長させられたための副作用らしい。わたしは人工出産児だが、ここに入ってくる通常出産で生まれた人間たちと何か違いがあるかどうか、自分ではわからない」ハリスは小さな立方体を取り出した。ひとつの面に、指を入れる穴がある。

「人工出産児かどうかを、官職の――いや、本当はどんな職であれ――基礎条件にするのは、普通は違法だ。だが、この場合は医療上の必要度が高いため、罰則は免除される。指を差しこんでくれ」ハリスは立方体のそばのデスクを叩いた。

ローランドが立方体の装置に指を入れると、装置が光った。自分が戦争前に生まれたことは知っている。人工出産児が現われたのは、ザロスから〈クルーシブル〉を奪う戦いにギャレット提督が勝ったあとだ……いま、この瞬間まで、自分が生粋の人類かどうかなんて気にしたこともなかった。

装置の光が点滅し、消えた。

「はい、けっこう」ハリスは装置を取り、デスクの引き出しに戻した。「染色体を、末端小粒までチェックした。きみは生粋の人類だ。この項目に、チェックずみのしるしをつけておこう。次の確認だが、装甲機動兵の志願者は、兵役期間中にサイボーグ的な強化措置を受けることを知っているか？」

「頭蓋骨の後ろにプラグを……知ってます。でも、永久的なものじゃないんでしょう？」

「医者と面談したときに、たずねるといい。わたしには、その情報は手に入れられないのだ。あとひとつ、問題がある。装甲機動兵の選抜をパスした者の兵役期間は、〝戦争が終わるまで〟とされている。民間人の生活に戻りたい者は、装甲機動兵団の司令官から許可を得なければならない。宙兵隊かレンジャー部隊に入れば、数年で除隊になる。装甲との接続プラグを埋めこまれれば、隊を離脱できるのは、基本的に、死んだときだけだ」

「誰も除隊させてもらえないんですか？」と、ローランド。両手を握りしめ、別のデータスレートに目を向けた。画面上で黒いベレーのレンジャー隊員が、砂漠の惑星でプラズマ・ライフルを構えている。

「正確には、違う。選抜試験の最終段階で火星まで行けた装甲機動兵志願者は、誰ひとり除隊を希望していないのだ。軍人を生涯の仕事にするほうを選ぶらしい。そこで、確認だ。きみが志願者でいるあいだは、装甲機動兵の選抜に落ちても、自分から脱落しても、なんの罰も与えられない。採用できないと言われたら、あるいはきみが自分には向かないと思ったら、いまの点数のまま入隊処理局に戻ってこられる。配属コロニーの加算点は違ってくるかもしれないがね」

「でも、ぼくがまた宙兵隊の基礎訓練で脱落すれば……」

「兵役の必要性は変わらない」と、ハリス。渋い顔になった。「それがどういうことか、知りたくはないだろう」

「装甲機動兵団は、なぜ、そんなに簡単に志願者を排除するんですか？　まるで、入隊の努力さえしてほしくないみたいですね」

「装甲機動兵になれるのは、ある種の人間にかぎられている。わたしは装甲機動兵の選抜方法に詳しくはないが、志願者が選抜試験にパスする割合は、恐ろしく低い。九十五パーセントは火星へ行けないと言っただろう？　きみが選抜試験のどの段階で脱落しても、罰は受けない。さて、場に出ているこれらのカード全部を見ても——」ハリスはデスク上のたくさんのデータスレートに目を配った。「——まだ、装甲機動兵になりたいか？　それとも、兵役期間の終了時に、もっと楽しい未来があるところへ行きたいかね？」

ローランドは航宙軍のデータスレートを取り、画面をスクロールして、土星の輪の上にいる艦隊の写真を出した。両親が移民艦隊を連れて土星へ航宙する予定について、最初に話してくれたときのことを思い出した。宇宙ステーションでの胸がおどる生活のこと……

大人になったら数かぎりないチャンスがあること。二人とも、地球を離れることに興奮していた。

そのあと、戦争が始まって両親が死んだ。父は深宇宙の空間で、母は、ザロス艦隊が最初に太陽系に来襲して月(ルナ)を壊滅させたときに。

思いは、記念公園で装甲機動兵の記念碑のそばを通ったときのことに移った。あの不思議な女性は、十人の装甲機動兵がどんな心がまえで死んだかを教えてくれた。

「安全を優先して、自分の可能性を引き出すチャンスを逃したくはありません」ローランドはデータスレートをデスクに戻した。「装甲機動兵になりたいです」

「なれるだろう、ミスタ・ショー。なれなかったら、またここで会おう。戻ってきて、別の道を選ぶだけだ」ハリスはしばらく猛烈な勢いでキーボードを叩いたあと、スワイプしてホロ映像のファイルを消した。

ローランドの膝でデータスレートがブーンと鳴った。

「次は医療評価だ」と、ハリス。「移動しろ」

3

ローランドの椅子が後ろに傾き、首筋がヘッドレストに押しつけられた。上からライトに顔を照らされ、ぎらぎらした光にローランドは目を閉じた。

「歯医者にいるみたいな気分です」と、ローランド。

「歯医者さんでは、こんなことをする？」と、女性の臨床検査技師。データ板（スレート）のボタンを押すと、ローランドの手首と足首が拘束具で固定された。

「まもなく、ドクターが来ます」臨床検査技師はそう言って、部屋を出た。

「待って……これはなんのテストですか？」ローランドが片腕を動かそうとすると、拘束具がきつく締まった。腕の力を抜くと、拘束具もゆるんだ。

室内は異様に静かだ。ライトの光は圧迫感があり、医療評価ステーションではなく、軍情報部の評価ステーションへ送られてしまったのかと不安が湧く。前にローランドと同じ孤児院にいた仲間が、兵役期間に情報部に配属され、そこでの荒っぽい話をたくさん書き送ってきた。

ドアが開いて閉まる音がし、薄茶色の目をした初老の女性が、上体でライトをさえぎってローランドの顔をのぞきこんだ。白衣からタバコの煙のにおいがただよってきた。

「わたしはドクター・イークス」と、女性。「待たせてごめんなさい。いつでも好きなときにテストを終わらせて、選抜から脱落してけっこうですよ。準備はいい？」

「正確には……ぼくはここで何をされるんですか？」

「標準の神経プロファイリング。あなたの身体がプラグを受けつけられなければ、ほかの検査をする意味はないでしょう？　ちょっと締めつけられる感じがしますよ」

ヘッドレストが首と頭の後ろを包むように固まった。頭蓋骨の下部に、小さな冷たい金属が触れるのを感じた。ローランドは拘束具に逆らって身をくねらせ、力を抜けと無理やり自分に言い聞かせて、規則的な呼吸を心がけた。ドクター・イークスは前腕（まえうで）のコンピューターが投影したホロ・スクリーンを見ている。スクリーンに、赤と青の神経が脈打つ身体の輪郭が現われた。

「閉所恐怖はありますか？」と、イークス。

「いいえ」

「あなたの一族に、神経に問題がある人はいましたか？　多発性硬化症とか、パーキンソン病とか、そのような病歴は？」

「知りません。子供のときに両親が死んだので。伯父たちの誰かがちょっと狂ってるとか、そういう話はしたことがありません」

「拘束状態にユーモアで対応。けっこうね」イークスは手の甲のパッドを叩き、ローランドの両親のファイルを出した。「兵士は、どのように装甲機動兵になりますか、ローランド？」

「ぼくは……正確には知りません。脳プラグをつけるんですよね？」頭の後ろの金属片に押される感じが強くなった。「その状態で、兵士は装甲を動きまわらせる。これ、知ってなきゃならないいんですか？」

「兵士は、装甲と身体を接続する神経分流器を受け入れます。兵士が装甲を動きまわらせるのではありません。兵士は装甲そのもの、そのものです。これを持って」イークスは金属の棒をローランドの左手に押しつけた。

「これは──うわっ！」電気ショックがローランドの腕を走り、筋肉が収縮して、棒を握ったまま手が広げられなくなった。ショックは一秒以内に止まり、イークスがローランドの指をこじあけて棒を取った。

「ごめんなさい。トラウマ表示度数を見る必要があって……なぜ、装甲機動兵になりたいのですか？」

いらだちがつのり、ローランドは歯を食いしばった。

「間違った答えというものは、ありません。志願者全員にたずねています」と、イークス。

ローランドの神経系を表示したホロ・スクリーンから目を離さない。

「自分の力で影響を及ぼすため。両親の名誉を讃えるため」

イークスはあごをさすり、何度か舌打ちした。

「この時点では、あなたは選抜試験を続ける資格があります」と、イークス。冷たい金属がローランドの首から離れ、ヘッドレストがゆるんだ。「引き続き生体測定データを集めなければならないので、この精巧な小型モニターを装着してもらいます」

ドクター・イークスは黒い輪を見せた。幅が二・五センチのプラスチック板が付いている。

「装着すると、これはあなたの肌の色合いに順応し、数時間後には付けていることも忘れます。これをはずすと、あなたは選抜から脱落します。わかった?」

倒れた背もたれが持ちあがり、ローランドの上体が起きた。

「それは何をするものですか?」

「データを集めます。神経分流器を接続すると――あなたが受け入れを選べば――さまざまな……望ましくない副作用が現われる恐れがあります。その影響を排除するよう、最善を尽くしていますが……」

ローランドはモニターを見た。医療装置につながれると思うと、あまりありがたくない。

「宙兵隊員やレンジャー隊員になっても、いろいろと望ましくない副作用はあるんでしょう？　弾丸や宇宙戦の後遺症とか」ローランドはあごを胸につくほど深く引いて首筋を上に向けた。

「そんなことを言われたのは、はじめてです」イークスは輪を開いてローランドの首にまわし、板状のモニターを背骨に押し当てた。輪が閉じて首に密着すると、震動が背筋を伝わってくだった。

「プラグをつけるのって、どんな感じですか？」と、ローランド。

イークスは横を向いて髪を持ち上げ、頭蓋骨の下部に何もない普通の首筋を見せた。

「チャンスがあったら、責任者にききなさい。モニターがあなたに同調するまで、あと数秒かかります」イークスがローランドの手首の拘束具を二度たたくと、すべての拘束具がはずれた。

「検査の内容を口外しないとかいう同意書に、サインするんですか？」ローランドは首の後ろに手をまわしてモニター板をさすり、すぐに手を引いた。

「ここでは、その必要はありません」と、イークス。「あなたがプラグを受け入れる最低限の基準を満たしていても、いなくてもね。モニターに触れたり、そのままシャワーを浴びたりしても大丈夫ですよ。はずすのは、簡単ではありません。無理にはずそうとすれば、選抜から脱落することを忘れないように」

イークスの前腕のコンピューター画面がビーッと音を発した。

「さあ、終わりました。地下一階Cの仮想現実室へ出頭しなさい。次の評価ステーションです」

「でも、もう遅いんじゃないですか？　夕食は——いえ、わかりました」

イークスは含み笑いを漏らした。

「あなたを見ていると、何年も前に会った、小柄でやせっぽちのクルド人の子を思い出すわ。本当に装甲機動兵になりたいのなら、聞きなさい。がまんしてはだめ。けっしてがまんしないこと」イークスはローランドの頬を軽く叩き、ドアを指さした。

「さあ、行きなさい。わたしはまだ二十人の志願者の相手をしなければならないの」


コントロール・ルームでトンゲアとギデオンが、スクリーンを見ていた。何もないVR室内を、ローランドが行ったり来たりする様子が映し出されている。ホロ映像投影機がローランドの視点に合わせて映像を補正するにつれて、四角く光が当たった床や壁、天井などが視界に入ったり消えたりする。

「イークスは、この候補者を最低点ぎりぎりと記録していた」と、ギデオン。

「医療評価で最低ぎりぎりの者は、たいていパスしている。気になるのは、あの志願者の心理プロファイルだ」と、トンゲア。前腕のコンピューター画面に触れてローランドの神経系の映像を出した。「アドレナリン値が上がっている……戦闘態勢を整えたぞ」

「いまのうちに切り捨てることにして、第一段階が終わった時点で応募しなおすよう、すすめたほうがいいと思うな」と、ギデオン。腕組みをした。

「マーテル大佐がわれわれをよこしたのは、ここで装甲機動兵を見つけるためだ。われわれの負担を軽減するためじゃない。あの志願者に峡谷を走らせよう。わたしが、あの子を担当する」

4

ローランドは周囲の白い深淵に手を伸ばした。仮想現実(VR)室は、入ったときから何も変わっていない。空間を認識する手がかりは、床を横切る自分の影と、背後の閉じたドアだけだ。三歩だけ前に進むと、指先が壁に触れ、その衝撃がさざなみのように壁に伝わった——池に投げこんだ小石が波紋を広げるように。

壁の色がベージュに変わり、ローランドはあわてて手を引いた。まわりに砂漠の風景が構成され、床がかすかに震動した。遠くの山並みの上方に黒い嵐雲がうねり、熱風が吹きつける。振り向くと、ドアは消えていた。

「志願者ショー」天井から声が降ってきた。ローランドには紺碧(こんぺき)の空に見えるホロ・パネルの陰に、スピーカーがある。「これから与える装備を受け取って、地図に示した位置まで行け。これは制限時間のあるテストだ」

天井に円形の穴が開き、ドローンがゆっくりと降りてきた。上にコンピューターの内蔵された戦闘用籠手(こて)とガウス・カービン銃が載っている。ローランドは左の前腕(まえうで)に籠手をはめ、カービンを取った。ドローンは頭上の穴へ戻り、投影された空の向こうへ消えた。

ローランドはガウス・カービンの弾倉を抜いて、すばやく調べた。弾倉の最上部のまわりに青い線が入り、最初に発射される弾丸も細い青線に囲まれている。訓練用の弾丸だ。ローランドは弾倉を銃に戻し、弾丸を発射可能な位置に送った。バッテリーが磁気加速器にパワーを送ると、ダーツ状のコバルト被覆タングステン弾が発射されるが、表示を見ると、バッテリーは消耗寸前だ。あと二、三発しか撃てない。

「装塡するのが訓練用弾丸なら、この銃は棍棒として使うほうが、ずっと威力がある。バッテリーもお粗末だし」ローランドが籠手を上げると、地図が現われた。峡谷の底に明滅する点があるが、自分の現在位置は表示されていない。だが、羅針盤がついていた。

ローランドは振り返って、遠い山の頂上を確認した。連なる山々の峰が、東へ行くほど低くなっている。ローランドは地図を籠手の上でまわし、地形の特徴と一致する位置を見つけた。後方の方位角を求め、自分の位置を算出した——明滅する点から数キロ南。

週末をスカウトの訓練で過ごした経験が、ものを言うはずだ。ローランドは歩数を数えながら北へ走った。背後でエンジンの音がとどろいた。六機のイーグル戦闘機が頭上を飛んでいる。尾部につけている所属中隊マークが見えるほどの低空飛行だ。戦闘機は近づく嵐雲のなかへ消えた。

ローランドは、胸が激しく上下し、鼓動が頭に響くほど高鳴るまで走りつづけた。一本のメスキートの木陰に片膝をつき、木に触れようとしたが、指はホロ映像の木を通り抜けた。籠手の地図を見ると……明滅する点が消え、はるか西に新しい点が現われた。ひどく遠い。

「冗談だろう」ローランドは立ち上がり、新たな目的地の方位角を測ると、平均したジョギング・ペースで走りだした。

背後から熱風が吹きつけ、巻き上げられた砂で遠い山頂がくもった。振り返ると、ものすごい勢いで砂の壁が迫ってきた。ローランドは反射的に両腕を上げて顔をおおったが、VR室では一粒の砂も身体に触れない。まわりのすべてが茶色の障壁だ。

ぼくは七歳のときからフェニックスで暮らしてる。こんな景色は見たことがない。何をテストする気だろう？　アリスみたいに不思議の国で、ぼくがどれだけうまくやるか見ようってのか？

風に乗って砲声が聞こえ、一メートルしか離れていない場所に砲弾が落ちて砂を飛び散らせた。二機のイーグルの音がピッチを上げて近づき、頭上でエンジン音を響かせた。ローランドは籠手を上げて西へ向きを変え、ふたたび走りだした。空で何が起ころうと、わずらわされたくない。

狂ってる――ローランドは思った。ぼくは装甲機動兵になりたいのに、なぜ、昔の戦争みたいに砂漠を走らされるんだ？

バリバリという雷鳴とともに、砂嵐を切り裂いて黄色い閃光が走った。煙を上げる大きな金属のかたまりが地面を打ち、撥ね返ってローランドに向かってきた。ローランドが地面に身を伏せると、金属の残骸は頭上を通り過ぎた。

バカ。これはホロ映像だぞ。ローランドは立ち上がって、また走りはじめた。数分後に砂嵐が弱まり……ローランドが移動の目印にしていた山並みが消えた。小さな丘と広い塩の平原に囲まれている……数メートル離れたところでパラシュートがうねり、その横にパイロットの射出席が転がっていた。

何か意味のわかる手がかりがあればいいと思いながら、ローランドは射出席へ向かった。ガウス・カービンを担え銃の姿勢で持ち、射出席に近づくと、背もたれの向こうからうめき声が聞こえた。

椅子の向こう側へまわると、パイロットがぐったりとハーネスにひっかかっていた。ヘルメットは脱げて土にまみれている。近づくローランドの足がヘルメットにぶつかり、ヘルメットが転がった。

「ホロ映像じゃないのか？」ローランドは足で射出席をつついた。これも本物の感触がある。

横に膝をつき、そっとパイロットの肩をゆすると、パイロットの口の端から血が漏れた。フライトスーツの脇腹に醜い裂け目が走り、真っ赤に濡れている。

「ちょっと、聞こえますか？」と、ローランド。座席の下にある明るい黄色の箱に気づき、ひっぱり出した。なかに医療キットと非常用トランスポンダーと食糧パックがあった。

パイロットがうめき、ゴボゴボと湿った咳をした。ローランドは医療キットから急速凝固パッチと縫合レーザーを出し、フライトスーツの裂けた部分を慎重にはがした。はみ出した腸が血だまりのなかで震えている。ローランドは短い叫び声を上げ、フライトスーツをもとどおり閉じて押しつけた。急速凝固パッチが地面に落ちた。

「助けて……くれ」パイロットが言った。

ローランドは両手の血を拭い、あたりを見まわした。平坦な砂漠しかない。籠手が低いうなりを上げ、地図に新しい点が出た。点の横にミュール輸送機のアイコンが現われた。

「助けがこっちへ向かってます。ちょっと考えさせて」ローランドは黄色い箱をひっつかみ、トランスポンダーを調整した。プラスチックのカバーを撥ね上げて赤いボタンを出し、顔を上げた。はるか頭上で空中戦が行なわれており、空でガウス弾の閃光とエネルギー爆発が十字に交錯している。

「ぼくがこのボタンを押したら、助けが来てくれます。いいですね？」と、ローランド。

パイロットの返事はうめき声だった。ローランドの頭に、六つのシナリオが浮かんだ——パイロットをここから動かし、助けを待つ。射出席に立てかけたガウス・カービンを見た。もしかして、この人はいま、断末魔の苦しみを味わってるんだろうか……？

「そういうわけじゃない」ローランドがボタンを押すと、トランスポンダーが閃光を発しはじめた。ローランドはトランスポンダーを黄色い箱に戻し、箱を射出席の下に押しこんだ。座席の下に、ホルスター・ベルトにおさまったガウス・ピストルがあった。ローランドはピストルを抜いてパイロットの両手に握らせ、ホルスターから予備のバッテリーを出して自分のガウス・カービンにはめた。

「助けがここに来るか、ぼくがあなたをそこへ連れていくか——です」ローランドは地図上の点に向かって走った。数秒ごとにパイロットを振り返った。前方に、熱風でゆがんだ輸送機が見える。

砂漠の風景がかすみ、VR室の四角い光が戻った。ローランドは急停止し、勢いあまって肩を壁にぶつけた。くるりと向きを変えると、部屋の反対側でパイロットが射出席にすわっていた。パイロットが顔の血を拭うと、あごと顔の脇にマオリ族の部族を表わすタトゥーが見えた。トンゲアだ。

「銃を渡せ」と、トンゲア。「籠手もだ」

ローランドは息を切らしてパイロットに近づいた。ガウス・カービンを、台尻を先にしてトンゲアに差し出しかけ、あわてて引き戻した。パワーを切り、弾倉を抜いてから、あらためて渡した。兵士が別の兵士に武器を渡す場合のプロトコルがある。スカウト訓練を受講したときに、装塡したライフルを*もと*訓練教官に渡すというミスをして、苦い教訓を学んだ。

「ぼくは……パスしたんですか？」ローランドはたずね、籠手をはずした。

「この訓練は完了した。きみが選抜から脱落すれば、すぐに知らされる。それまでは、通常の評価が続く。わかったか？」

「はい」

「なぜ、わたしを置き去りにした？」トンゲアはローランドに厳しい目を向けた。

「あなたは……死にかけてました。そんな感じでした。医療キットにあったものでは、ぼくはたいしたことはできません。ミュールまで行き着けば、あなたのところへ人を連れていけると思ったんです。でなきゃ、ぼくが戻る前に、あなたが捜索救難隊に助けられるとか」

「きみの任務は、データを籠手の地図に表示された位置まで届けることだった。その情報しだいで、戦闘の方針が……場合によっては、戦争全体の方針が変わったかもしれない。だいたい、わざわざわたしを助けようとしたのは、なぜだ？」

「ただ置いていくことはできなかったんです……任務も救出も、どっちもできる方法を見つけようとしました。間違ってましたか？」ローランドはいらだち、両腕を身体の脇でばたつかせた。

「これは比較的、単純な訓練だ。これから行なう作業は急速に難しくなる」と、トンゲア。

「選抜試験を続けたいか？」

「はい」

「廊下を進んだところにシャワー室があって、新しい服が用意してある。きみの左側、三つ目のドアだ。入隊処理局のコンピューターが、きみに宿泊室を割り当てる。きみが引き続き選抜試験に参加できるかどうかは、明日の朝、わかる」トンゲアは上体をひねって、壁の小さな装置を指さした。カチリと音がして、ドアが現われた。

トンゲアの頭蓋底にあるプラグが、ローランドにはよく見えた。ローランドは片手で自分の首筋に触れた。

「この訓練は終了した。質問しようと口を開きかけ……ためらった。移動しろ」トンゲアは現われたドアに向けて手を振った。ローランドは急いでうなずき、VR室を出た。

ドアが閉まると、トンゲアは顔を上げた。

「あの志願者は道草を食った」スピーカーからギデオンの声がした。「切り捨てよう」

「いや。正しい本能の持ち主で、ストレスに負けない。それがあれば、やっていける」

「朝までに脱落するぞ」

「見てみよう」

ローランドは一人用の部屋で、ベッドに腰をおろした。質素な部屋だ。ベッドのほかには小さな木製のデスクと椅子、持ち物や予備のジャンプスーツを入れるオープン・クローゼットしかない。この部屋は最上階にある。ここに来るまでに、宙兵隊の志願者たちに割り当てられた、二段ベッドがあるドアのない区画をいくつか通り抜けた。奇異な目を向けられ、首筋のモニターのことをひそひそ話す声を耳にしながら、隔離された装甲機動兵志願者用の宿舎に着いた。ローランドは後頭部に触れた指を下へすべらせ、なめらかなプラスチックのモニターをなでた。

　突然、立ち上がって両手で頭をかかえこんだ。

「失敗した」ローランドはつぶやいた。「パイロットにかまわず、走りつづければよかったんだ。きっと、うまくいかない。朝までに、宙兵隊へ移される。モニターを付けてる変人だと思われる前に、宙兵隊志願者の区画へ出ていって、友だちを作ればよかった……」

　ローランドはベッドのマットレスに身体を沈め、私物のデータ板(スレート)を取り上げて——五年も使っているオンボロで、画面にひびが入っている——かろうじてつながった民間データ網に接続した。ジェリーからはなんの連絡もないが、孤児院のミズ・ゴットフリートからEメールが届いていた。読みたくない。いろいろと詮索(せんさく)されるだろうし、装甲機動兵の選抜試験に加わったことを知らせれば、ただでさえ見こみの薄い現状をさらに台なしにされそうな気がする。

「サミー」ローランドはデータ・アシスタントを呼び出した。「装甲機動兵のインタビューを見つけてくれ。〈残り火戦争〉の勃発時点より古いものは、いらない」

ザロスのドローンと戦う装甲機動兵の短い映像が、画面のまわりにたくさん現われた。戦争中のものだ。ローランドは、繰り返し再生されるひとつの映像に目をとめた。ハワイの塹壕（ざんごう）ラインを越えて突撃する装甲機動兵部隊が、腕の砲を赤熱させ、着陸した爬虫類型異星人トスに対抗している。装甲機動兵部隊の動きは人間らしく優美で、フェニックス周辺でこつこつ働くヒューマノイド・ロボットなどの、次の動作が予測できるぎごちなさは少しもない。

「データが手に入りません」と、データ・アシスタント。「《惑星タケニ最後の砦（とりで）》購入のさいに付いてきた特集をごらんになりたいですか？」

「あの映画はもう千回も観た。いらない。戦後の、軍務についてない装甲機動兵が集められた映像はあるか？」

「データが手に入りません」

「アクセスが制限されてるのか？　それとも、データが存在しないのか？」

「データが手に入りません」

ローランドは目をぐるりとまわし、データスレートをベッドの枠に叩きつけそうになった。無礼な口のききかたを罰してやりたい。

「火星の装甲機動兵団の要塞について、手に入る
データはなんだ？　オリンポス山にある

要塞だ」

火星の周回軌道上から撮った、太陽系最大の山の写真が出た。斜面を薄い雲が横切っている。写真の下に、地質データが次々と現われて流れた。

「オリンポス山にある地球連合装甲機動兵団の本部は、太陽系内でもっとも活動的な軍事施設のひとつです」と、データ・アシスタント。「〈第二次ザロス侵入〉で損害をこうむった場所は、現在、民間人はすべて立入禁止となっています」

「そこには、何人の装甲機動兵がいる？」

「データが手に入り――」

「去年、装甲機動兵団が出した戦死者数は？」

「データが手に――」

ローランドはデータスレートのスイッチを切ってデスクの上に放り投げた。

「ぼくはなぜ、こんなことをしてる？　極秘任務をやりたければ、情報部を志願するべきだ。それなら、脳にとげを刺される必要もない」ドアへ向かい、首筋のモニターの下に指をひっかけた。「こいつをはずすだけだ。宿舎の入口にいたロボットのところへ行けばいい。みんな忘れて……」モニターをひっぱりながらドアを押し開けた。

ドアの縁が、部屋の外に立っていた誰かにぶつかった。ノックしようと手を上げていたマサコが跳びのいた。苦痛でギュッと目を閉じている。

ローランドはぽかんと口を開け、その場に凍りついた。

「ごめんなさい」マサコが肘をさすりながら言った。

「いや、こっちこそ。きみがいるとは知らなかったんだ」ローランドはモニターの下から指を抜き、モニターを皮膚の上になでつけた。

「食堂で、これを付けたあなたを見たような気がしたの」と、マサコ。自分のモニターを叩いてみせた。「隣の部屋の男の子が、あなたの部屋はここだと言ったから、わたし……」

「きみは医療隊に行くと思ってた」

「そのつもりだったわ。でも、こんなチャンスは二度とないかもしれないと思って……〝もし、あのときこっちを選んでたら？〟なんて、死ぬまで考えるのはイヤ。それに、これがうまくいかなくても、医療隊は待っててくれるわ」マサコは肩をすくめた。「あなたは、うまくいってるみたいね」

「よくわからないんだ……次は何をするか、わかるかい？」

「見当もつかないわ」マサコはチラリと廊下を見、ローランドのほうへ身を乗り出した。「ハワイでのVRシミュレーションみたいなこと、させられた？」

「いや、ぼくはスーパースティション山脈（アリゾナ州中南部にある）の近くに行かされた。フェニックスの東だ。そこにパイロットがいて――」

咳払いが聞こえ、ローランドは驚いてドアの取っ手にぶつかった。三メートル離れた部屋のドアが開いて、ギデオンが立っていた。肩章は中尉で、胸にうずたかく積み重なったいくつものリボンの上方に、装甲機動兵団の記章である銀の兜が輝いている。

ローランドはあわてて、できるだけ〝気をつけ〟に近い姿勢をとった。マサコは両手を胸の前で握り合わせた。

「すみません」と、マサコ。「わたしたち——」

「あと十分で消灯だ」と、ギデオン。「二人とも、できるだけ眠っておくほうがよい」

「はい。ありがとうございます」マサコは廊下の端の手洗い所を指さした。「わたしは、ただ……その……」

ギデオンは自分の部屋に入ってドアを閉めた。

「あの人、怖い？」と、マサコ。ささやき声だ。

「うん、少し。もう一人の試験官ほどじゃないけど」

「そう。明日、がんばってね」マサコはウィンクすると、急いで立ち去った。

ローランドは返事をしようとして口ごもり、後退して部屋に入った。首筋のモニターに手を伸ばし……力を抜いて手をおろした。

「明日はどうなるか、見てみよう。とにかく、いい仲間がいるんだから」

かんだかい叫び声と金属がぶつかり合う音で、ローランドは目覚めた。こもった音は、壁の向こうの開放区画から聞こえてくる……床下でも、同じ音がしている。データスレートの時計を見ると……朝の五時五分前だ。

ドアの下の隙間から差しこむ光を誰かが横切り、シュッと床をすべる紙の音がした――小さな封筒だ。その影が伸びて、暗闇に溶けこんでいる。ローランドは素足を両方とも冷たいリノリウムの床におろし、しばらくその手紙を見つめた。

「〝読め〟と書いてあるかもしれない」拾ってみると、薄明かりで〝志願者ショー〟という文字が見えた。明かりがつき、デスクに置いたふたつのデータスレートのうち、入隊処理局で与えられたほうから、トランペットの音が流れた。

ローランドは親指の爪で緑色の封筒を切り、たたまれた紙きれを出した。

「〝十二号室A。〇五三〇時。選抜試験時の服装〟？　なんだ？」ローランドは紙を裏返し、別の手がかりがないかと探した。そのとき、すり足で廊下を近づいてくる音が聞こえた。ドアを開けると、二人の志願者が通り過ぎていった。二人とも肩に荷物をかけ、手にモニターを持っている。一人は赤い封筒を握りしめ、ひとりごとをつぶやいていた。

向かい側の部屋のドアから髪をとかしていない寝起きのマサコが顔を出し、ローランドを見て緑の封筒を振った。ローランドも自分の封筒を見せた。希望が湧き、胸が高鳴った。

ドアを閉めると、窓から叫び声が聞こえてきた。外を見ると、隊列を組んだ若者たちが、オリーブ色の戦闘帽をかぶった教練担当軍曹たちに何度もどなられながら、徒手体操をしていた。軍曹たちは刻々と怒りをつのらせているようだ。ジェリーは夜明け前から、あそこに出てるんだろうか？　自分の選択に、ぼくよりも自信を持ってるだろうか？

ローランドは指示が書かれた紙をピシャリと手のひらに押しつけた。

「きっと、この新しい部屋で起こることのほうが、外の訓練教官たちより怖いぞ」

十二号室Aは、仕切りでふたつの小部屋に分かれていた。なかに入ると、一人の男が片膝をつき、頭を垂れて祈っていた。男の頭蓋底にあるプラグを見て、ローランドは息をのんだ。男は剣の柄(つか)を握り、切っ先を足もとのカーペットに突き立てている。柄頭(つかがしら)は丸く、〈聖堂騎士団(テンプラー)〉の赤い十字形がついており、男はローランドには理解できない言葉をとなえていた。

時計を見ると、ローランドは一分だけ早く着いたようだ。ローランドは片手を上げてノックしようとしたが、祈っていたトンゲアが立ち上がったのは、五時三十分きっかりだった。

トンゲアは小部屋のなかに手を伸ばして鞘(さや)を取り出し、剣をおさめてから、ローランドを振り返った。ローランドは、まだノックしたほうがいいかと手を上げていた。トンゲアの軍服には名札と、装甲機動兵団の銀色の記章と、剣と同じ赤い十字のついた白い円しか付いていない。

「あごを上げろ」トンゲアは言ってあごを上げてみせ、ローランドは真似をした。トンゲアがローランドの首筋のモニターに二本の指を走らせると、小部屋のなかのデータスレートがチャイムを鳴らした。「きみは試験を続行してよろしい。わたしについてこい」

ローランドはトンゲアのすぐあとについて廊下を進んだ。

「あの……質問していいですか？」

「もう、した」

「はい。いえ、あの、別の質問をしていいですか？ いまのは含まずに。ほかの質問です」

「してもいいが、わたしの指示内容を確認するためのものでなければ、答えないぞ」と、トンゲア。ローランドは唇を噛んだ。たぶん、黙っているほうが無難だろう。

薄暗い廊下に入ると、進むにつれて湿気が多くなった。トンゲアが白いドアを開けた。塩水のにおいがした。なかには大きな棺桶ほどの白いポッドがある。ポッドのハッチが上がると、なかの水が光を照り返してきらりと光った。衝立で仕切られた部屋の反対側には、ベンチとシャワーがある。

「志願者ショー、きみは感覚遮断の訓練を始める。時間制限はない。きみが参加を見あわせるか、早めに練習を終わらせることを選べば、きみは選抜から脱落する。質問は？」と、トンゲア。

ローランドはポッドを見た。なかは塩水のにおいがした。

「なかで……何をするんですか？」

「きみが練習を開始したら、先を説明する」トンゲアはドアのそばにある籠（かご）を開け、海水パンツを出してローランドに渡すと、衝立の向こうを指さして部屋に背を向けた。

ローランドは肩をすくめ、衝立の向こう側で着替えた。ポッドに片足を入れた。塩水は生温かい。なかに入ると、簡単に身体が浮いた。塩辛い水しぶきが唇にかかり、ローランドは味を消そうと唾（つば）を吐いた。

「時間制限はないとおっしゃいましたが、正確には――」

トンゲアがローランドの裸の胸に皮下注射器を押しつけると、胸骨から胃まで冷気が広がった。

「ちょっと、これはなんですか？」

トンゲアはポッドのハッチを閉め、ポッドのなかに明かりがついた。ローランドは手を伸ばして頭の上のハッチを押した。びくともしない。

「消化抑制剤だ」頭上のスピーカーからトンゲアの声が出た。「その理由は、明らかだろう。練習はまもなく始まる」

「待って……ぼくはここで何をするんですか？」

「装甲とのインターフェイス接続は、ポッドに似ている。志願者はそのような状態に耐えられなければならない。この練習で、きみの精神面および身体面の回復力をテストする。きみは何もしなくていいが、ポッドのハッチを開けようとすれば、この訓練が終了し、きみは選抜から脱落する」

ローランドはバシャバシャと周囲の水面を波立てた。狭苦しい水槽に入れられた特大の魚になった気がする。

「じゃ、ただ……ここでじっとしてるんですか？」

「そうだ」

ポッド内の明かりが消え、ローランドは暗闇に取り残された。心臓の激しい鼓動が耳のなかで鳴った。片脚を横へ動かし、そっとポッドに触れる……頭と肩が壁にぶつかった。このポッド、小さくなったか？ 片手を上げると天井のハッチに触れた……水面からほんの数センチしか離れていない。

間違いなく、小さくなってる。ローランドはゆっくり息を吐くと、自分に言い聞かせた——ぼくは、閉所恐怖の兆候はないはずだ。全然。それに、いまは恐怖症を治す時間じゃない。

もちろん、装甲機動兵として装甲を動かすのは、車の運転や飛行機の操縦とはわけが違う。同じだとしたら、脳プラグは使わないだろう……それじゃ、装甲に入った兵士は、どうやって物を見るんだ？　ローランドは片腕を胸の前に出し、もう一方の腕の二頭筋をつねった。何もないポッドのなかで短い痛みを感じ、安堵した。

これ、いつまで続くんだろう？　ぼくをここで餓死させたいわけじゃないだろうし……いや、先に喉の渇き（かわ）で死ぬだろうな。これは塩水だから飲めない……前に、誰かがこの水を使ってないだろうか？　水中で小便したかな？

ローランドは両手をポッドの両側につっぱった。心臓が早鐘を打ちはじめたが、トンゲアに注射された消化抑制剤のことを思い出すと、落ち着いた。

ポッドに入って完全に孤立するのは、いつもと違う体験だ。ローランドは子供のときから孤児院で育ち、つねにほかの子供たちに囲まれていた。こんな孤立無援の気分になったのは……ザロスの二度目の侵入時、ユタ州でのことだった。

セントジョージ（ユタ州南西端の都市）は、異星人の占領後に、部分的には無傷で残った数少ない都市のひとつだった。ローランドは、軍人の親を失ったほかの子供たち十二人と一緒に、セントジョージ市外の山地にあるシグナル・ピークの塹壕に隠れていた。異星人の攻撃のあいだ、若い女性が子供たちを落ち着かせようと努力していた。名前は忘れたが、目に恐怖の色があったことは覚えている。

近くの塹壕が次々と直撃を受け、ライトが消えてゆくと、胸に氷山のかけらのような恐怖が芽生え……女性の手を握りしめた。女性は周囲で泣き叫んだり、すすり泣いたりする子供たちの母親のようにふるまっていた。

ローランドは首を振って、その記憶を追い払った。

ぼくはもう、おびえた子供じゃない。戦争は終わった。ぼくはここにいる。フェニックスに。これはただのテストだ。

ローランドは無理やり、最後の戦いを思い出そうとした。惑星タケニで装甲機動兵部隊〈タバコを吸うヘビ〉（スモーキング・スネーク）がザロス軍を押し返して時間を稼ぐあいだに、異星人ドトクの難民を満載した航宙艦が、滅びゆく惑星を脱出した。あの戦いを描いた映画は士気高揚のために〝粉飾〟されていたが、〈タバコを吸うヘビ〉の兵士たちは、質問や強制もされずに志願して惑星上に残り、自分の命を犠牲にしてドトクを逃がした……その部分を疑問視する者は一人もいなかった。

なぜ、あんな行動をとったんだろう？　死ぬことが確実にわかっていて突撃するなんて、どうすればできるんだ？　ぼくならできるかどうか、わからない。

ローランドは天井に触れ、腕を緊張させた。いますぐハッチを押し開けて、このテストを終わらせよう——時間がたつにつれて、まずい選択だったとしか思えなくなる。

いや。母さんはあきらめなかった。父さんだって、そうだ——ローランドは思いなおし、腕をおろして水面に浮かせた。

思いは、装甲機動兵の映像の記憶へ……宙兵隊にいるジェリーへ……マサコへと移った。

しばらくして――正確に何時間かは、知るすべもないが――闇のなかにいくつかの形が現われ、うねる黒と白のフラクタル（どこの微小な一部分を取っても、全体の形に似ているような図形）がローランドの視野を横切った。

「おおっと……」ローランドが両脚で水をかきまわすと、奇妙な映像は遠のいた。「いまのは錯覚かな」鼓動が速くなり、恐怖が襲ってきた……水槽のなかに何かがいて、見られているかのようだ。

連中は、ぼくにいたずらしてる。

ローランドは力を抜き、顔の横を登ったりくだったりする塩水の感覚に注意を集中した。それはそうと、みんな、この水槽に何時間くらいいるんだろう？　航宙艦のクルーや宙兵隊員、戦闘機パイロットは、ザロスを相手に数日間ぶっつづけで戦った……装甲機動兵は、装甲から出たんだろうか？

視界を白い線が横切った。また幻覚かと思って無視すると……ハッチが開いてポッドの明かりがついた。トンゲアがポッドのなかに手を伸ばしてローランドの上腕をつかみ、上体を起こさせた。

「どのくらいたったんですか？」と、ローランド。

「この訓練課程は完了した。出ろ。さあ」

ローランドは力を振りしぼろうとしたが、筋肉がまるでゼリーのようだ。何度か必死で

――ばつが悪いほど――力をこめたあと、ようやく向きを変えることができた。片脚を振り上げて水から出すと、前とは違う部屋にいることに気づいた。ポッドの隣にスパーリング用のマットがあり、その向こうには別のポッドがある。別のポッドの開いたハッチのそばにギデオンが立ち、ローランドと同じ苦労をした別の志願者に話しかけていた。

「きみはスカウト訓練を受けたことがあるな?」トンゲアがローランドに言った。

「はい」ローランドはポッドから出て、よろよろと片足を前に出した。

「では、素手での格闘のルールを知っているだろう。ここでは、そのルールは適用されない。きみが次にするのは、スパーリング・マットの中央にある装甲機動兵の記章を回収して、わたしのところへ持ってくることだ。相手の志願者も同じ指示を受けた」トンゲアはマットの中央の、小さな銀細工を指さした。「行け」

もう一人の志願者はローランドよりも頭半分だけ背が高く、肩幅が広く、はるかにたくましい。大柄な志願者は目から塩水を拭って、ギデオンの言葉にうなずいた。

ローランドは、ふらつきながらマットに上がった。ひと晩ぐっすり眠って目覚めたばかりのような気分だ。相手も同じように歩きにくそうだが、この相手と格闘して勝てるとは思えない。ローランドは銀色の記章に目を据(す)え、いきなり前傾姿勢で駆けだした。

二人の志願者が記章に迫ると、ローランドに、相手の濡れた足がマットを踏みしめる音が聞こえた。

ローランドは前方へダイブし……記章の三十センチ手前に落ちた。ぐらつきながら前方の銀の記章をひったくったとき、そばを走って通り過ぎた対戦相手が記章をすくいあげようとし、その手がマットをかすめた。ローランドは記章を握りしめた。金属のふたつのとげが手のひらに食いこむ。ローランドは立ち上がり、自分とトンゲアのあいだに立つ対戦相手に向かって身がまえた。

「いますぐそれを手放せば、おまえを傷つけない」と、対戦相手。

「邪魔をしなければ、おまえを――」ローランドは勢いよく繰り出された腕をかいくぐり、相手のあばらにパンチを叩きこんだ。湿った音がした。肩にカウンターパンチを食らって、腕がはずれそうになった。

ローランドはすばやく相手の内ももを蹴ったが、濡れたマットで軸足がすべり、身体が一瞬、空中でほぼ水平になった。ローランドはドサッと音を立てて落ち、頭がマットにぶつかって撥ね返った。相手の攻撃を防ごうと両手を上げたとき、ローランドの上に相手の身体が落ちてきた。ローランドは相手のあごをなぐり、相手の顔が横を向いた。

大柄な対戦相手は頭をのけぞらせてから、額をローランドの顔に打ちつけた。ローランドの頭はもういちどマットにぶつかり、周囲がぐるぐるまわりはじめた。相手は記章を握りしめたローランドの指に自分の指先を突っこみ、こぶしをこじ開けようとした。

ローランドの指がゆるみ、記章が胸に落ちた。すぐさま別の手で記章を握った。

相手はローランドの首をつかみ、後ろのモニターを引きはがそうとした。ローランドはパニックになり、記章を落として相手の手首をつかむと、モニターをはがされまいと首を左右によじった。相手は手首をつかまれた体勢を利用してローランドをマットから三十センチ持ち上げ、ローランドの頭をマットに叩きつけた。

ローランドは相手の手首を離さなかったが、両腕が自分のものではないような感じだった。相手はまたローランドを持ち上げ、別の手でローランドの鼻をなぐってつぶした。もういちど頭をマットに叩きつけられると、ローランドの全身から力が抜けた。目が焦点を失い、ローランドは血を吐いて咳をした。

相手は記章を拾うと、意識の混濁したローランドから目を離さずに、ギデオンのところへ持っていった。

渦を巻く天井のライトを見つめて、ローランドは、ここがどこで、自分は何をしなければならないのかを思い出そうとした。トンゲアが手首のマイクに向かって何か話しながら、ローランドの上にかがみこんだ。

「あいつを戻せ！」と、ローランド。起き上がろうともがいたが、トンゲアにそっと押し戻された。

「あいつが……盗った」血で口がふさがれ、転がって横向きになった。飲みこまなかった血が口からあふれ、マットにたまった。

「たぶん、あいつは勝っていないわよ」ドクター・イークスの声がした。首の脇にハイポスプレーが押しつけられ、ふいに周囲がはっきり見えた。ローランドは誰かにひっぱり上げられてすわらされ、うつむかされた。トンゲアからガーゼを渡されて折れた鼻に押し当てると、皮膚の下で軟骨がくにゃくにゃと動いた。

　何かが手首に触れた。壊れて首からぶらさがっているモニターだ。

「違う！　ぼくがはずしたんじゃない」ローランドはパニックで目を見開いた。「ぼくは、まだここにいたい。まだ試験を続けたい。切り捨てないで。ぼくは――」

「わたしはすべて見ていた、志願者ショー」と、トンゲア。「きみがはずしたのではない。きみは、まだ選抜試験を受けられる」

　イークスが二度こぶしを握ると、指先に光がともった。イークスはローランドの顔の前で手を振り、前腕の画面にざっと目を走らせた。

「軽い脳震盪（のうしんとう）……しかし、脳脊髄（せきずい）液の注射で症状がやわらぎました」と、イークス。指をパチリと鳴らすと、指先の光が薄れた。「鼻が折れている――これは、十五年も医学を学んだ者でなくても、わかりますね。新しいモニターを付けるために、医務室へ連れていきます」

「鼻はどうなりますか？」と、ローランド。大量の血を飲みこんだ。

「いまは横を向いているわ。前より、よくなったようね」

ローランドは激しく目をしばたたいた。どれほどひどく頭を打ったんだろう？

「鼻も治します。どれも早急に対処しなければ」イークスとトンゲアはローランドの上体を持ち上げて立たせた。

「予定が遅れる」と、トンゲア。

「はじめてのことじゃないから、すぐ片づきますよ」トンゲア。次の犠牲者が出るころには、わたしはここに戻っているわ」イークスはピシャリと答え、ローランドをドアまで案内して、明るく照らされた廊下へ連れ出した。ローランドはガーゼを鼻に押しつけたまま、血を床に垂らさないよう注意した。

「ぼくは落ちこぼれだ」と、ローランド。「記章を、試験官のところへ持っていけなかった」

「途中でやめたの？」と、イークス。

「いや。ボロ負けしたんです」

「それなら大丈夫。装甲機動兵団が求めるのは、ある特定の人材です。志願者たちに、なにごとも負け知らずで勝ち進むことを要求していたら……誰も採用されません。格闘しなければならないとわかったとたんにテストを放棄する志願者が、どんなに多いか知ったら、あなたはびっくりするでしょうね。なぐり合いに勝てと教えることもできるけど、わたしたちは、学ぶ決意を持っている志願者かどうかを知っておきたいの」

「選抜試験は毎回、こんなに痛いんですか?」ローランドがたずねたとき、女子の志願者のグループがそばを通った。水着姿で塩水と血に濡れたローランドを見て、ささやきかわしたりクスクス笑ったりしている。

「さあ、まだ始まったばかりよ」と、イークス。

5

ローランドは食堂の丸テーブルにつき、自分のトレーを見つめていた。鼻は自動手術でもとどおりに修復されたが、ずきずき痛む。首筋の新しいモニターは前よりきつく密着しているようだが、そう感じるのは、たぶん、対戦相手にひっぱられた皮膚や肉が腫れているせいだろう。ローランドは鼻に触れて、ひるんだ。治してくれたロボットは、痛みは一日かそこらで消えると言ったのに……モニターが薬物の効果を抑えるので、アスピリンより強い薬でも痛みは鎮まらない。

隣で椅子を引く音がし、マサコがすわった。疲れた顔で、目のまわりの黒いあざと裂けた唇が、疲労の色をきわだたせている。

「新兵募集のコマーシャルとは違うわね」と、マサコ。

「ぼくたちが、どのくらい長くポッドに入っていたか、わかるかい?」ローランドはたずねた。

「たぶん……十二時間くらい。朝食前に入って、出てきたらなぐり合いが始まって、いま夕食でしょ。あなたは勝った？」

「いや。きみは？」

「顔にタトゥーを作って、記章を教官のところへ持っていったわ」マサコはエビの炒め物の皿にフォークを突き刺し、顔をしかめた。「対戦相手は、会ったこともない女の子だった」

　誰か大柄な人物が、マサコとは反対側からローランドに近づき、二人に影を落とした。

「やあ、ローランド」話しかけてきたのは、ローランドをさんざん打ちのめした相手だった。湯気の立つ椀を載せたトレーを持っている。「ローランドだよな？　おれは……悪かった。あんなケガをさせる気はなかったんだ。アドレナリンのせいだよ。気分がよくなるようなら、言っておく――きみは、おれの肋骨を二本、折ったぞ。おれの名前はバークだ」

「きみは、ぼくの顔をめちゃくちゃにしたよ」ローランドは空いている隣の椅子に足をかけ、バークに向けて押した。

「ありがとう。モニターの一件で、どこへ行ってもやたらと不気味な目を向けられるんだ」バークはトレーをテーブルに置き、ドンとローランドの肩を叩いた。

「ちょっと待って……あなたがた二人は、急に友だちになったの？」と、マサコ。

「二人とも、相手に腹を立ててなぐり合ったわけじゃないから」と、バーク。一枚のコーン・ブレッドをかじった。「ただ、なぐり合いのためのなぐり合いだった。ローランドは何発か、いいパンチを打ってきたよ」

「バークは、スパーリング・マットが味方じゃないことを教えてくれた」ローランドはチキンカツを切り、なんとか小さく嚙み取った。

「男ってやつは……」マサコはあきれて頭を振った。「女は、なぐり合ったら死ぬまで敵どうしになるわ」

「胸にずらっとリボンを並べた試験官を見たか?」と、バーク。「シグナス作戦のリボンもあった。あの戦いは終わったばかりだ。あの試験官は、きっと披露したい話を抱えてるぞ」

「もう一人の試験官は、新しく培養した腕をつけてる」と、ローランド。「こっちの試験官のほうが年上らしいけど、リボンはつけてない。おかしいと思わないか?」

「あなたがた、それを本人にたずねてみる度胸はある?」と、マサコ。刻んだ野菜をスプーンですくい、唇が切れていないほうの端から口にすべりこませた。

二人の男は首を振った。

「わたしも、ないわ」と、マサコ。

ギデオンはホロ・スクリーンに片手をすべらせ、映像を変えた。食品混合機の列に並んでいるレンジャー隊員が出た。

「この志願者か?」ギデオンはトンゲアにたずねた。

「ポッドのテストのとき、三時間でボーダーライン・パーソナリティに特有のパニック発作を起こした」トンゲアがコントロール・ステーションの画面を叩くと、レンジャー隊員の勤務成績が現われた。「惑星ビクトリアで、崩壊したビルから仲間の分隊を救出したあと、青銅星章を授与されている。そのあと、心理プロファイルが目立つ変化を示した」

「闘争のテストのあいだ、ためらいがちだったな。権利を温存させたまま落とそう。また別の時期に挑戦させればいい」ギデオンは腕組みをした。

「同感だ。明日、封筒を渡そう。次」

ホロ映像が、食堂にすわっているマサコとバークとローランドに変わった。

「一人はプラグ拒絶反応の危険が大きい」と、ギデオン。

「危険はつねにある。三人ともフォート・ノックスへ送って、次の段階へ進ませよう。そうすれば、イークスももっと精密な神経検査結果が得られる。三人とも自分から志願した。火星に到達するまでに、危険を充分に理解するだろう——火星に到達できる者が一人でもいればだが」

「三人とも、おれの昔の〝槍〟ほど優秀ではない」

「あの三人は鍛えられていないのだ。志願者を鍛えて装甲機動兵にするのが、われわれの義務だ」

「軍隊初心者だぞ、三人とも。いちどでも兵役について経験を積んだ者の成功率は、あんたも知っているだろう」

「偉大な装甲機動兵となった者の何人かは、直接フォート・ノックスへ試験を受けに行った。きみも知っているだろう」トンゲアは額に触れ、十字を切った。

「あんたの信仰に合わせる気はない。一人の女が、誰も通るとは思わなかったのに装甲機動兵になれたからといって、誰でも同じチャンスを与えられるとはかぎらないぞ。信仰で判断を狂わせるなよ。三人の初心者をフォート・ノックスへ連れていけば、やる気を失って脱落するだろう。脱落すれば、初心者としての権利も奪われる。二度と試験は受けられない。三人を宙兵隊か航宙軍へ送って何年か勤務させれば、一人くらいは生き残って、目的を達成するまっとうなチャンスを与えられるんだ」

「聖者の道は、聖者ご自身のものだった。この三人にも、それぞれに自分の力量を示すチャンスがあるだろう」と、トンゲア。

「わかった。最後の一人が脱落しても、〝だから言ったのに〟とは言わないことにするよ。三人に通達を送ってくれ。フェニックスを出よう」

トンゲアがコントロール・パッドを叩くと、画面上の三人の志願者が自分たちのデータ板(スレート)を見たあと、顔を見合わせた。三人は肩をすくめ、急いで食べはじめた。

6

乗降用の傾斜路をおろしてエンジンをアイドリングさせているミュール輸送機の隣に、小型自動バスが止まった。ローランドと十二人の装甲機動兵志願者たちがどやどやとバスから降り、ミュールを見つめた。ローランドは、映像ではこの輸送機を何度も見たし、おもちゃで遊んだこともある。里親一家とクリスマス休暇を過ごしたときには、リモコンで模型を飛ばした。

ローランドはいままで、フェニックス宙港の軍用ターミナルに来たことがなかった。市内を移動するあいだに、外側のフェンスを通してチラッとのぞいただけだ。実物のミュールに近づき、ジェットの排気熱や反重力スラスターから出るオゾンのにおいを感じると、夢がかなったような気がした。頭上を、大型のデストリア輸送機やイーグル戦闘機が飛んでゆく。二機の制空/制宙戦闘機が機首を大きく上げ、空いっぱいに轟音(ごうおん)を響かせた。

ミュールの傾斜路をトンゲアが降りてきた。エンジン音に逆らって声を発したりはせず、指をそろえて伸ばした片手で志願者たちを指し、続いて傾斜路を示した。

ローランドはバスの側面の貨物区画から自分のバックパックを見つけて取り、傾斜路を駆けあがった。デッキの片側に並んだ座席の近くに、高さが膝上まである、シートをかけた長い運搬用の荷台が固定されていた。ローランドは荷台の反対側の空いている座席へ向かった。すでに陸上軍や航宙軍の作業服を着た兵士たちがすわっている。兵士たちがミュールでこちら側にすわるには、何か理由があるに違いない。ローランドは二十代前半の兵士の隣に腰かけた。

「こんにちは」声をかけると、兵士は横目でローランドを見た。

「手荷物は座席の下に入れるんだ」と、兵士。スピーカーから出る声のような機械音だ。兵士の口は動かなかった。ローランドはバックパックを座席の下の網のなかに押しこみ、指を耳につっこんでくねくねとまわした。

エンジン音のせいだろう。でなきゃ、頭をぶんなぐられて耳がどうかしてるんだ——ローランドは思った。

乗ってきたほかの志願者たちの大多数は、長い荷台がある、足の置き場に困りそうな座席についた。

「選抜試験のこと、何か知ってるんでしょう?」と、ローランド。左側にいる兵士は答えなかった。

貨客ベイとコックピットのあいだの隔壁をまわって、女性の飛行特技兵が現われた。

「はじめてミュールに乗る者は、よく聞きなさい」と、飛行特技兵。「地球連合がこの輸送機を建造したのは、形式と機能のためで、快適さは考慮されていません。わたしがピーナツを持ってきてくれるとか……うやうやしく用事を足してくれるなどと思っているなら、それは間違いです。ストラップを締めなさい。パイロットは驚くほど有能ですが、凶暴な人物です。誰に意見を求めるかで、評価は変わります。いずれにせよ、楽な旅ではありません。ストラップの操作は子供でもわかるほど簡単です。わからなかったら、言ってください。そばへ行ってバカにしてあげます。わたしの名前はフィッツシモンズ。わたしを、うるさがらせないように」

ローランドが肩のストラップに両腕を通し、両側のストラップをバックルで合わせると、自動的にストラップが胸に密着した。

「腰のストラップ」スピーカーを通したような声がした。ローランドは自分の身体を見まわした。座面の縁（へり）から下に片手を入れると、三本目のストラップが見つかった。

隣の兵士が右手を上げ、カチリと音を立てて指を開いた。指先で肩のストラップをつかもうとしたが、ストラップがすべって指から落ちた。もういちどつかもうとした手が機械のようにこわばって、また失敗した。

エンジンのうなりが大きくなった。

「お手伝いしましょうか？」と、ローランド。

兵士は口を結んだままローランドを見て、すばやくうなずいた。ローランドは席を離れ、隣の兵士のストラップをとめた。顔を上げると、兵士の喉の根もとに埋めこまれた小さなスピーカーが見えた。

「ありがとう」と、兵士。返事の言葉は自然だが、単語が分離して聞こえる。

ローランドが自分の席に戻ると、傾斜路の端からフィッツシモンズが腰に両手を当ててにらんだ。フィッツシモンズは籠手についているパネルを叩き、天井のハッチを開けた。砲塔の球形銃座から、短い梯子がおりてきた。傾斜路を駆けあがってきたギデオンが梯子に跳びついて登り、球形銃座に入ると、ハッチが閉まって姿が見えなくなった。

「あそこに入ると、景色がいちばんよく見える」と、ローランドの隣の兵士。「外から狙撃されなければな。撃たれたら、目新しさなんか、あっというまに色あせる」兵士はローランドにこぶしを差し出し、ポンと音を立てて手を開いた。握手を求めている。

ローランドがそっとその手を握ると、プラスチック皮膚の下のサーボ機構が感じられた。

「ジョナス・エイナーだ」と、兵士。

「ローランド・ショーです」

「おれを目上あつかいする必要はない。おれは軍曹だったが、装甲機動兵団は、志願者がプラグを獲得するか失格するまで、全員を一兵卒としてあつかう」エイナーが話すあいだも、あごは動かず、口も開かなかった。「ミュールに乗るのは、はじめてか？　ほかの者もみんな?」

「ぼくは、はじめて。たぶん、ほかの志願者たちも」ローランドは肩をすくめた。

フィッツシモンズが傾斜路を上げると、エイナーの目がきらめいた。

「何か、知っておいたほうがいいことはある?」と、ローランド。

「できれば、眠れ」エイナーは肩をまわして座席に頭を埋めた。

突然ミュールが離昇し、ローランドはGを感じた。身体が座席に押しつけられ、続いて右側の志願者のほうへ押しつけられた。右側の志願者は、シャワーを浴びるチャンスを三回も逃したようなにおいを発している。

つらい数分が過ぎると、ミュールの機体が水平になった。フィッツシモンズは傾斜路の近くの席を離れ、床のハッチのレバーに手をかけて引きあげた。ローランドが見ていると、別の球形銃座がおりてきて、機体の下に出た。銃座の球形のガラスごしに、眼下の都市の明かりが見える。

コックピットからトンゲアが出てきて、球形銃座に跳びこんだ。

「トラブルが起こりそうなの?」ローランドはエイナーにたずねたが、エイナーは眠っていた。

貨客ベイの反対端にいるバークと目が合い、ローランドは手を振った。バークは手を振り返し、足を荷台に上げた。

ローランドは指で太ももを叩きながら、考えた――どのくらいの時間、飛ぶんだろう？　とにかく、感覚遮断ポッドのなかよりは見るものが多い。

三十分後、コックピットからフィッツシモンズが片手で腹を押さえて、よろよろと出てきた。もう一方の手をエイナーの膝に置いて身体を支え、傾斜路のそばの席まで戻った。

エイナーが身体を起こし、目をこすった。

「いったい誰が……ああ、わかった」と、エイナー。

「何？　どうかした？」と、ローランド。

フィッツシモンズはエチケット袋を口に押し当て、大きな音を立てて吐いた。乗客たちの話し声が静まり、全員が目を向けるなかで、フィッツシモンズはまた吐いた。口もとの緑色の液体を拭い、震える指で袋を密封すると、左にすわっている志願者に渡して、激しく頭を振りながら貨客ベイの前部を指した。

志願者はエチケット袋をつまんで、前の席に渡した。

ローランドの右の男が震える指で袋をつまみ、ローランドに渡した。

「捨てろと言ってくれ。早く！」男は腕で鼻をおおって言った。

ローランドは顔をゆがめて袋を受け取ると、エイナーの胸の前に身を乗り出し、手を伸ばして、航宙軍の黒い作業服を着た女性に渡した。

エイナーは「ハハハ」と笑い声を上げた。単調で機械的な声だ。

「気分が悪くなりそうだ」と、ローランド。乱気流で機体が揺れ、ゴクリと唾を飲みこんだ。

エチケット袋は、ローランドのいる列の前の端まで行った。受け取ったのは、男の飛行特技兵だ。特技兵は袋を持って席を立ち、前方隔壁の中央部にあるゴミ投下装置のところへ行った。投下装置を開けてから、袋のにおいをかいだ。

「あの人、どうかしたのかな?」と、ローランド。顔から血の気が引いた。

飛行特技兵はポケットから柄の長いスプーンを出し、エチケット袋を開けて……中身を食べはじめた。

飛行特技兵が指をなめると、志願者たちはショックと恐怖の叫びを上げた。古参兵たちが、おかしくてたまらないとばかりに笑いはじめた。

ローランドは吐き気をもよおしたが、何も出てこない。恐ろしい光景から目をそらした。

「おれの上に吐いたら、尻を叩くぞ」と、エイナー。

ローランドは片手を口に当て、胃を押さえた。

「スープだよ。ただの豆のスープだ、はなたれ小僧」と、エイナー。「フィッツシモンズはエチケット袋にスープを入れた。もうひとりの技術者が、そのジョークに乗ったんだ。落ち着け」

ローランドの不快感はおさまりはじめた。貨客ベイの反対側の座席で、マサコともう一人の志願者がエチケット袋を口に当てている。

「ほんと？」と、ローランド。

「本当だ」エイナーは口を動かさずに答えた。ローランドを見る目が、いたずらっぽく輝いている。「これは、おれの大まじめな顔だ」

「こんなジョーク、誰がするんだ？　あんな……食べるふりを――ウゲッ」ローランドはぎゅっと目をつぶった。

「あのいたずらは、飛行が始まった時代からある。志願者の誰かが本当に吐いたら、連中は何日も笑いころげるぞ」

「ほかに、知っておくべきいたずらは？」

「ない。あれだけだ」

ローランドは眉をひそめてエイナーを見た。あれだけ？　信じられない。

「知ってるかどうかは知らないけど、ぼくたちの行き先はどこだと思う？」

「フォート・ノックスだよ。かつてケンタッキーと呼ばれた荒地にある。昔の大西洋連合装甲機動兵団が生まれた場所だ。ルイビル（ケンタッキー州北西部の都市。フォート・ノックスの北）は、また人が住むようになったそうだ。もしかしたら、おれたちを合格させるために連れていくのかもしれないが、どうかな。きみは入隊してどのくらいだ？　三日か？」

「うん……フォート・ノックスへ行ったら、何が起こるの？」

「きみの推測だって、おれに劣りはしないぞ。おれは三年間、歩兵をやってた。装甲機動兵のことは、なんにも知らないと言っていい。おえらがたから聞かされたのは、絶対に装甲機動兵の邪魔をするなということと、倒された装甲から兵士を出すときのやりかただけだ」エイナーは視線をはずし、ぼんやりした顔になった。

「なぜ秘密ばかりなんだろう？　教えたら、新兵募集の努力が無駄になるわけでもあるまいし」

「教えてもらったら、何か変わるか？」

「そう……自分が何を求められてるかを考えるのに、役立つんじゃないかな」

「その結果、きみの行動が変わる。本物のきみじゃなくなる。レンジャー部隊の選抜も同じようなものだ。攻撃宙兵隊も。ストレスと不安が、求められるものを引き出すんだ。あるいは、志願者をつぶす」

「じゃ、ぼくは求められるものを持ってないのかも……うわあ」

「きみはフォート・ノックス行きの輸送機に乗ってる。つまり、ほかの志願者の六十パーセントよりも先を行ってるんだ。順調にやってると思うぞ」

ミュールが降下しはじめ、ローランドの身体が座席のなかで動いた。数分後に、ミュールは減速して空中に停止し、骨に響く激しさでドスンと着地した。窓の外には暗闇しか見えない。

「座席を離れるな！」フィッツシモンズが傾斜路をおろしながら言った。

球形銃座から出たギデオンとトンゲアが、長い荷台の防水シートをはずした。シートの下から、折りたたんだ機械と装甲の被覆板をおさめた長い箱が現われた。二人の試験官にはさまれた箱は反重力サスペンサーで宙に浮き、二人が傾斜路を通って外に運び出した。

箱のなかで機械が動きだし、側面から、たたまれていた両腕が現われた。片方のこぶしが地面を叩き、胴体が起き上がった。肩から、古代の騎士の兜（かぶと）を模した頭部が現われ、バイザーのスリットからなかの視覚装置をきらめかせた。装甲全体が立ち上がり、高さ四・五メートルの全身を黒い被覆板がすべるようにおおうと、カチリと音を立てて全体がロックされた。

ローランドはあんぐりと口を開けた。ほかの志願者たちも無言で見つめている。

生きた装甲はトンゲアとギデオンを見おろし、こぶしで胸当てを叩いてガシャンと金属音を立てた。トンゲアがフィッツシモンズを振り返った。

「立って外へ出なさい！」フィッツシモンズが志願者たちに命じ、手のひらを上に向けて両手を大きく上下させ、命令を強調した。

ローランドは急いで座席を立って、エイナーがバックルをはずすのを手伝い、バックパックを肩にかけて傾斜路を駆けおりると、ギデオンの前に並ぶ志願者の列に加わった。発着場のまわりには暗い森があり、握りしめられるかのように重い湿気に包まれた。装甲は巨大な頭部の向きを少しずつ変えて、志願者たちを順に見まわした。

「おまえたち――」装甲機動兵の肩にあるスピーカーから、とどろくような声が出た。

「――ウジ虫連中のなかで、わたしの上に足を置いたのは誰だ？」

自分は何も悪いことはしていない――わかっていても、ローランドの背筋を恐怖がはいあがった。

装甲機動兵が頭部をぐるりとトンゲアに向けた。

「この連中は、同じことを二度も言わせる気かな？」

「おれです！」バークがかなきり声で答えた。バークがすぐ隣に来ると、ローランドは恐怖で全身が冷たくなった。「やったのは、おれです……。あの……知らなかったんです、あなたが……」

装甲機動兵は足を踏みしめ、まっすぐバークに近づくと、スピーカーから吠えるようなうなり声を出した。身をかがめ、車のエンジンほどもあるこぶしを、おもむろにバークの顔に向けて差し出した。ローランドの腕の太さぐらいある金属の指が、いきなりバークの頭の大きさまで開いたかと思うと閉じてこぶしになった。バークはすすり泣きを漏らした。

「おまえの鉄を見つけろ」と、機動兵。一歩、後退すると同時に脚が変形して走行形態になり、その場を離れて木立の切れ目へ向かった。

「志願者諸君」と、ギデオン。フラッシュライトをつけ、森へ入ってゆく機動兵を照らした。「ついてこい」

ひどい蒸し暑さと、むき出しの肌をたえず攻撃してくる蚊と、どっちが不快だろう？　ローランドにはわからなかった。志願者たちは月明かりのもと、一時間近く丘陵地を歩いた。同行する二人の試験官は、ひとことも声をかけない。ローランドは肩にかけたバックパックの位置を変えて驚いた――たいした荷物でもないのに、なんて重いんだ。

「明かりが見えたような気がする」背後からバークが言った。「おれの勘定だと、この丘の頂上を越えたら九千十二の丘を踏破したことになる」

「うん、明るい光がある」ローランドは袖で額を拭いた。

「トンネルの果ての光明だ。列車だと思うか？」と、バーク。

「シーッ」と、マサコ。「誰もしゃべってないのは、何か理由があるからだと思わないの？」

「試験官は、おれたちの会話を盗聴してる」バークは首筋のモニターを叩いた。「だれた会話なんか、聞かれたってかまわないさ」

「しゃべると……」と、ローランド。足の横にできたまめの痛みが脚全体に響き、顔をしかめた。「しゃべると、登りくだりが、ちょっときつくなるだろ？」

「航宙軍は、どこへも歩いていかないですむ。動かすのは口ばっかりだ」バークはつぶやいた。

ギデオンは、丘の頂上で足を止めた。前方の斜面の下に、谷に沿ってフォート・ノックスが広がっていた。投光照明を浴びて何列も格子状に並んだ、倉庫のような建物。周辺部では、高い補強フェンスをいくつもの小さなドローンがパトロールし、武装した保安ロボットが基地を囲んでいる。第二次世界大戦当時の白黒映像に似た小さな二階建てのビルがいくつか固まり、その隣に大きな四角い建物が見えた。大きすぎる玄関の上の看板が、ライトに照らされている。

ギデオンは鼻から大きく息を吸って言った。

「志願者諸君、フォート・ノックスへようこそ。装甲機動兵団の生まれ故郷だ」

ギデオンは一行の先に立って斜面をくだった。なぜか、くだり坂のほうが膝のダメージが大きい――ローランドは思った。外側のフェンスを通って、両側に戦車の並ぶ道を進み、丘の頂上から見えた大きな建物へ向かった。ザロスは、アメリカ西部のいくつかの都市を残して地球を壊滅させたが、戦車は、二十世紀末のM＝1エイブラムスから自慢の最終モデルまでの装甲を利用して、再生産されている。一行はガラス張りの玄関へ向かった。

玄関前で一人の兵士が、反重力荷台に志願者たちの荷物を集め、一行は建物に入った。

玄関ホールは涼しく、別の兵士がオレンジジュースを入れた紙コップを配った。

玄関のすぐ近くに一体の装甲が立ち、足の近くには台に載った真鍮（しんちゅう）の飾り板があった。

装甲の手足は金属の枠だけで、胴体は檻（おり）だ。なかにマネキンがすわって、両手で操縦桿を握り、頭に知覚ヘルメットをかぶっている。

「それはマーク1だ」トンゲアが広げた手を上げて、荒削りの装甲を指した。「イバラ工業は、二〇五八年の中国との太平洋大戦初期に最初の人型装甲を造った。こっちが次の型だ」別の装甲のところへ歩いていった。全体が金属板でおおわれ、両腕がローランドの身体よりも大きなライフルになっている。機関銃のように、弾帯で装塡（そうてん）する銃だ。「これは、オーストラリアと太平洋諸島を舞台とする戦争で使われた。地球上での戦闘だけを考えて、設計されたものだ」

玄関ホールの奥に、次の型の装甲があった――片腕は二連砲身のガウス砲になり、反対側の肩にガトリング砲がある。背には板状の二本のレールのある電磁加速砲があり、片手は前腕（まえうで）のケースに収納されて、手の位置には太いとげが出ていた。

凹（へこ）みだらけの装甲で、溶接の跡や修理用エポキシ樹脂が古傷のように残っている。胸当てに描かれた鉄色のハートの上に、名前が印刷されていた――〝エリアス〟。

「マーク3とマーク4は〈残り火戦争〉で使われた。これは盾（アイギス）が鍍金（めっき）される前の、初期の型だ」と、トンゲア。向きを変え、ひとことも聞き漏らすまいとする志願者たちを見た。

「最新モデルは火星にあるか、配備先で使用中だ」

トンゲアの背後で二枚のドアが開き、奥の講堂が見えた。トンゲアは志願者たちをひきいて、なかへ進んだ。すでに座席の半数は、新しい志願者や多少は経験を積んだ兵士たちで埋まっている。

「席につけ。前の席から順に埋めてゆけ」トンゲアは言って、脇にしりぞいた。

木製の演壇には三つの旗が立っていた。地球連合の旗、軌道上から撮った異星人の惑星のステンドグラス像を布に写し取ったもの、そして装甲機動兵団の旗。マサコのあとについて前の座席へ進む途中、ローランドは驚いて足を止めた。

座席の列の遠い端に、六人の異星人が二人ずつ並んですわっていた。青みがかった灰色の頭部の、上半分は人間と同じように見えるが、口とあごの部分は丸みのあるくちばしだ。額から後頭部にかけてヤマアラシのとげのような黒い冠毛が並んでいる。異星人どうしでしゃべっており、カチカチという早口やこもったガーガーという声が聞こえた。

バークが軽くローランドを押した。

「止まるなよ。はじめてドタリを見たわけじゃあるまいし」と、バーク。

ローランドはすり足で進み、マサコの隣に腰をおろした。

「映像では見たけど、実物ははじめてだ」と、ローランド。「それに、あの異星人はドトクと呼ばれてた」

「故郷の惑星を取り返して、すぐ名前が変わったの」と、マサコ。「あの種族の言葉で、〝ドトク〟というのは〝故郷から切り離された者〟という意味。いまは〝故郷の〟という意味の〝ドタリ〟を使ってるわ」肩をすくめた。「いまは、あの人たちもわたしたちも地球連合だけどね」

「そういうことを、どうやって知ったの？」と、ローランド。

「医療隊の次の志望が、軍情報部だったの。うまくいかなかった場合に備えて、勉強したのよ」

「同盟仲間の情報を集める必要があるとは知らなかったな。いや、冗談。なぜドタリがここにいるんだろう？」ローランドは異星人をよく見ようと、座席のなかで身をそらせた。

「記念公園の装甲機動兵広場にある像のうち、ふたつはドタリよ。知らなかったの？」と、マサコ。あきれて頭を振った。「高校で何をしてたの？」

「あまり注意してなかった」と、ローランド。

照明が何度か点滅を繰り返し、私語が静まった。

兵士が一人、壇上に上がり、かかとをカチリと合わせて立った。

「全員！　気をつけ！」

古参兵たちは一瞬で立ち上がった。新兵たちも急いで立ったが、古参兵のようにはいかない。

壇上に陸上軍の大尉が現われ、両手を後ろで組んだ。

「着席」と、大尉。「わたしはペレス大尉、フォート・ノックスにおける、きみたちの中隊長だ。ここにいるあいだ、きみたちは、装甲機動兵団に勤務するための精神的および身体的適性を審査される。ここでは、きみたちは、みな公式に見習い期間中の兵卒として登録されている——以前の階級は関係ない。きみたちは訓練の途中で、いつでも脱落を選んでよろしい。その志願者はフェニックスに帰り、新しい任務につく。人事ファイルに、不都合な情報は残らない。だが、モニターをはずしてはならない。また、志願者どうしで、ほかの訓練メニューについて話し合ってはならない」

ペレス大尉が演壇の反対側へ歩いていくとき、ごく普通の後頭部が見えた。プラグはない。

「勤務時間を終えた志願者は、立って、わたしの右にあるドアから退室しろ」と、ペレス。

十二人の古参兵とドタリ全員が講堂を出た。

「残りの者には、訓練教官を紹介する」

反対側のドアが爆発的に開いた。キャンペーン・ハットをかぶった兵士たちが、ケガをしたクジラに襲いかかるサメの群れのような勢いで入ってくると、声を張り上げて命令した。

一人の訓練教官がローランドの軍服の前をつかみ、ひっぱり上げて立たせると、どなりはじめた——育ちが悪い……やる気がない……IQは、この部屋の温度より低いんじゃないのか？

ローランドは兵舎の自分の部屋のドアを押し開け、ガクリと膝に両手をつくと、なんとか向きを変え、できるだけ静かにすばやくドアを閉めた。通路には、まだ訓練教官の叫び声が反響している。ローランドは床に倒れこんだ。汗まみれで、両腕が疲労で震える。

「しごかれたか?」部屋の奥から、エイナーの声がした。

ローランドはあわてて頭を起こし、車のヘッドライトを浴びたシカのように凍りついた。部屋の壁ぎわにベッドがふたつ、小さなクローゼットとデスクがふたつずつある。流し台はひとつ。官給品のグレーの訓練用Tシャツを着たエイナーが自分のデスクに向かってすわり、データ板(スレート)を手にしていた。

「みんな、すごく……怒る」と、ローランド。流し台のそばへ行き、蛇口から直接、水を飲んだ。「左を向いたり右を向いたり、まわれ右をしたり、左と右の区別がつかない連中と一緒に歩いたりするのに、正しいやりかたがあるなんて、知らなかった」

「新兵教練か……しごかれたっけな」エイナーはデータスレートの片端をデスクに置き、指をパッと開いて落とした。

「なぜ新米は、どなられなきゃならないんだろう?」と、ローランド。自分側のクローゼットを開けると、自分の名前が入った軍服が何着かあった。ハンガーは同じ間隔(かんかく)でかかっている。

「いちどでも兵役期間を最後までつとめた者は、みな基礎訓練を終えている。空軍の弱虫どもは、われわれと比べれば楽だったがね——時代が変わっても、変わらないものはある。きみたち未経験者も、同じ基礎訓練が必要だ」エイナーは、こわばった手でローランドのデスクを指した。「訓練スケジュールが発表されている。きみは毎日、はじめと終わりに一時間の追加訓練があるようだぞ」

ふたつのベッドはきれいに整えられ、シーツの角は四十五度に折りたたまれていた。上掛けのシーツもピタリと張りついて、この下にもぐりこめるのかと首をかしげたくなるほどだ。

「あなたが……これを全部やったの？」と、ローランド。自分のベッドの下をのぞき、きれいに磨かれた靴やブーツの列を見つけた。どれも、ひもではなくストラップで締めるタイプだ。

「その点、おれは自分勝手なんだ」と、エイナー。「訓練教官たちが入ってきて、きみがどうしようもなくへたくそなのを見たら、おれまでどやされる。さて、ここへ来たからには、きみの指定図書を読んだほうがいいぞ。おれはちょっとおねんねする」

エイナーが立ち上がり、デスクをまわって出てくると、全身が見えた。両脚とも、膝から下が人工器官だ。金属と複合プラスチックで造られた脚のなかの機械が、一足ごとにブーンと音を立てた。両方の前腕も、肘の近くに黒い輪をはめたようになっており、人工器官の端と本人の肉の境界がわかる。

　エイナーはベッドにすわり、ローランドを見た。

「質問しろよ」

「え……何を？」ローランドは目を伏せた。

「おれは惑星シグナスで撃たれた。作戦が始まった第一週だった。何年も訓練したのに、ヴィシュラカスのかみそり鉄線を詰めた榴弾ひとつで、レンジャー隊員としての経歴がきしみを上げて止まった。装甲の外傷対応システムのおかげで、失血死はまぬかれた。そのあと、自分がちょっとした目を引く医療現象だということに気づいた――培養された器官を移植できない、数少ない人間の一人だった。そこに気づくまでに、六カ所の移植を受けた」一瞬、エイナーの目が苦痛の色を浮かべた。

「除隊をすすめられた。各種手当や年金はそのまま……だが、おれは、身障者扱いされるのはいやだった。装甲機動兵団なら、審査にパスした者は誰でも受け入れてくれる。そんなわけで、ここに来た。生身の手足がない志願者は、おれが最初じゃないし、最後でもないだろう」

「ぼくが何か役に立てるなら……」

「自分のことは自分でできるようになるまで、マウイ島の病院を出してもらえなかった」

エイナーは身を乗り出し、片脚の人工器官をひねった。ポンと膝がはずれ、すねから下が床に残った。エイナーはもう一方の脚をはずし、身体をマットレスの上にずらした。

エイナーが指を一本、あごの脇に押しつけると、ポンというはっきりした音とともに口が五ミリ開いた。

「さてと、ここが微妙なところだ」と、エイナー。片腕をつかんではずし、ベッドの頭板のそばにあるデスクに置いた。それから、まだはずしていない腕を見て、デスクの上の腕に視線を移した。「ちょっと頼まれてくれるか？」

「あ、ええ、もちろん」ローランドは立ち上がり、両手を脇腹にこすりつけた。「ぼくは……」

エイナーが片手をローランドに差し出した。

「これを左側にひねってくれ」

エイナーの腕を握ると、人造皮膚の薄い革のような感触が伝わってきた。ローランドは難しい顔で、ゆっくりと腕をひねった。人工器官が勢いよくはずれ、ローランドはあとずさりしながら、よく見ようとエイナーの腕を顔の近くに上げた。

はずれた腕が自力で動き、ローランドの手首をつかんだ。

「うわっ！」ローランドはぎょっとして両手を上げた。人工の腕がガシャンと床に落ち、エイナーの「ハハハ」という単調な笑い声が響いた。

「ごめん」エイナーは片方の肘で脇腹を叩いた。「そんな顔をするなよ。悪かった」

「いまみたいな手伝いを、またさせたいの？　これじゃ役に立てないでしょ！」ローランドは腕組みをした。腹が立つというより、ばつが悪い。

「本当に、すまない」エイナーは、あごで床に落ちた腕を指した。「そいつをデスクに置いてくれるか？」

ローランドは人工の腕に触れ、感電でもしたかのように手をひっこめてから、あらためてその腕をもう一本の腕の隣に置いた。

エイナーは上掛けシーツの下に入り、寝返りを打って壁に顔を向けた。

「ローランド、ひとつ教えておこう」頭を枕に落ち着かせながら、エイナーは言った。「軍隊で幸せになるこつは、充分に眠ることだ」

ローランドはデスクに向かってすわり、データスレートを見た。明日は、驚くほど早い時間に身体トレーニングが始まり、長い空き時間のあと、また身体トレーニングと教練の時間がある。

「ここでは、なぜ、ほかの科目がないんだろう？　何も計画がないのかな？」と、ローランド。

「どっちかひとつだ――」エイナーは、あくびまじりに答えた。「試験官は、自分たちのしていることもわからず、志願者たちがたまたま装甲機動兵に変わってくれればいいと思っている。でなけりゃ、われわれに精神のバランスを失わせ、混乱のなかでの作業に慣れさせようとしている。どっちだと思う?」

「あとのほう」ローランドはデータスレートの次の見出しへ移り、自分の指定図書を見つけた――『オーストラリア紛争時代の装甲機動兵の歴史』。「宿題は高校で終わりだと思ってた」

エイナーは静かないびきをかいていた。

7

ローランドは小さな教室にすわっていた。前の時間に訓練教官と行なった身体トレーニングで、筋肉が痛む。すわっているだけなら少しはましだろうと思ったが、脚が痙攣（けいれん）するばかりだ。

ギデオンが小さな教卓を前にして立ち、細い金属のさし棒で、赤と青のシンボルにおおわれたオーストラリアの地図を指した。二十一世紀なかば、中国と大西洋連合の戦争で舞台となった国の、包囲された場所が示されている。

ローランドはふくらはぎをさすり、いくつか離れた席にいる二人のドタリを見やった。異星人たちは、ローランドとほかの十二人の志願者が来る前から、教室に入っていた。

「カリウス大佐は第四連隊に、ブリスベンのすぐ北からの包囲活動をまかせた」と、ギデオン。「中国第三軍に与えた効果は……バーク？」対戦相手を串刺し（くしざ）にしようとする剣士のように、棒を突き出してバークの胸を指した。

バークは立ち上がり、首筋のモニターをかいた。

「中国人は……やられました」と、バーク。

ギデオンはさっと棒を自分の脇におろし、険しい目をバークに向けた。

「〝やられた〟という言葉は、装甲機動兵団のことを話す場合の言いかたではない。われわれは、いつでもどこでも可能なかぎり、教義に使われる軍事用語や軍事的言いまわしを使う。きみが指揮官に通信するさいに、〝くそだめにライフルを持ったルハールド野郎がわんさといて、襲われそうです〟と報告するよりは、〝下車歩兵の大隊が、東側の尾根から交戦しようとしています〟と言うほうが役に立つ。きみには今夜、追加の任務を与えよう。すわれ」

「中国軍の前進は止まりました」と、マサコ。「大西洋連合の装甲機動兵が、二重の……包囲で、中国軍の隊列を崩しました。中国軍の戦死者数は膨大でした」

「なぜカリウス大佐は、それほどの成功をおさめた？　アメリカ軍の第一騎兵師団から来た類似の装甲部隊は――クルーを乗せ、砲塔とキャタピラーのついた戦車だが――数日前に同じ地域を攻撃し、かぎられた成功しかおさめなかった」ギデオンは志願者たちを見わたし、棒でローランドの机を叩いた。

「これは、人型装甲兵部隊が――われわれのような装甲機動兵が戦場に集結した、はじめての戦争でした」ローランドはあいまいな記憶から知識の断片を引き出そうと、忙しく頭を回転させせた。「それ以前は、装甲兵は〝槍〟と呼ばれ、四体一組で使われていました。

いちどの攻撃で、あれほどたくさんの装甲機動兵が投入されると、中国軍には対処しきれませんでした」

「適切な表現だが、答えは間違っている」ギデオンが棒で教卓の背後の壁を指すと、ホロ・スクリーンが起動した。遠くまで伸びるハイウェイだ。民間の車両がブルドーザーで排除されて路肩に追いやられ、ずんぐりした戦車と装甲兵員輸送車が何台も、一メートルあまりの間隔（かんかく）を置いて道路を進んでいる。地上から三メートルの高さにあるカメラが規則的に縦揺れするのは、重い金属の足がアスファルトを踏みしめて進んでいるからだ。

人型の装甲におさまった機動兵のこぶしが中国戦車の操縦席のハッチを打ち砕き、戦車の砲塔がゆっくりと機動兵に向けられた。装甲機動兵は弾帯から装塡（そうてん）するライフルを砲塔と外殻の隙間（すきま）に押しこみ、二度、発砲した。銃弾が発射されると、戦車の後部が爆発して炎を上げた。装甲機動兵は炎のなかを突進し、先頭の兵員輸送車に両手を叩きつけた。指が兵員輸送車の外殻をくしゃくしゃにし、車両を横倒しにした。機動兵は音を立ててアンテナを折り、金属を傷だらけにしながら、車両を押しやった。

倒れた車両のドアが開き、はい出てきた一人の中国人兵士が装甲機動兵を見上げると、手にした武器を落とし、恐怖の叫びを上げて走りだした。機動兵は逃げる兵士の脚をつかんで空中に持ち上げた。

「シャ・シ・ニ！」装甲機動兵のスピーカーから声がとどろいた。

装甲機動兵をねらってバラバラと弾丸が飛んだ。機動兵が振り返ると、動かなくなった兵員輸送車から出た三人の中国兵がいた。機動兵は、脚をつかまれておびえる兵士を高く上げ、地上の三人に向けて棍棒のように振りまわした。

骨の折れる音が聞こえ、ローランドはぎくりとした。

腕をひどく折られた一人の中国兵が、兵員輸送車のそばに縮こまった。機動兵はその兵士を一足で踏みつぶし、つかんでいる兵士の死体をハイウェイの外に投げた。死体は池の水面を跳ねる水切りの石のように、地面で何度か弾み、別の中国戦車にベシャッとぶつかって止まった。

「シャ・シ・ニ!」装甲機動兵はその戦車へ突進し、腰に付いている巨大ライフルを発射した。ほかの機動兵も、みな同じ言葉を発しながら突撃に加わった。

山腹をまわって現われたヘリコプターが、数人の機動兵の集中砲撃を受けて爆発すると、ギデオンは映像を止めた。

「装甲機動兵は、なんと言っていた?」と、ギデオン。

志願者たちは、すわったまま身じろぎした。いま見たばかりの野蛮な光景に吐き気をもよおしたらしい者も、一人ではない。ローランドは二人のドタリをチラリと見たが、二人が答えを知っているかどうかは、わからなかった。

「中国語を母国語として育った者は、地球上に数えるほどしか残っていない。ザロス襲撃のほんの数時間前に捕虜になった中国人も、何人かいたが、この教室には一人もいない」と、ギデオン。「だが、なんと言っているか推測しなければならないとしたら……どうだ、ヤナギ？」

マサコは唇をひっぱって答えた。

「ええと、〝降伏せよ〟という意味ではありません」

「〝死ぬ覚悟をせよ〟です」一人のドタリが言った。女性だろうとローランドは思った。胸に乳房のようなものがあるし、隣の肩幅の広いドタリと比べて、身体つきがきゃしゃだ。

「あるいは、そのような効果を持つ言葉です。地球の戦前の言葉は、われわれには難しいです」

「〝シャ・シ・ニ〟は」ギデオンは、いまにも居眠りをしそうな志願者の椅子を棒でひっぱたいた。「大ざっぱに言えば〝殺してやる〟という意味だ。この言葉は、戦闘で効果を発揮したか？　誰か、わかる者は？」

「恐怖を引き起こしました」と、同じドタリ。「対戦相手の地球人たちは、装甲機動兵を見たことがありませんでした。金属の箱に閉じこめられているときに、これほど野蛮なものに、くちばしとくちばしを突き合わせる形で出会うと、死は避けられません」

「きみの名前は？」と、ギデオン。

「チャ＝リル中尉です」

「なぜ、いまのような推測をした、中尉？」

「ルハールドとナルーシャの短い紛争中に、ドタリの装甲機動兵は〈X線重砲基地の戦い〉に参加しました。ルハールドは未熟な装甲戦闘車輛を持っていましたが……地球人とドタリの装甲機動兵に威圧されました」

ギデオンは手の甲の画面に触れ、ホロ・スクリーンの映像を絵に変えた。人型装甲兵が前腕の盾を広げ、サソリのような形をした異星の戦車と対峙している。もう一体の装甲機動兵は、宙に跳び上がり、両手で一本の槍をつかんで敵の戦車をねらっているところだ。画家は、空中の装甲機動兵の背に半透明の羽におおわれた鉤を加え、槍に日光を反射するきらめきを添えていた。

「恐怖か」ギデオンは教室内を行ったり来たりしながら話した。「暴力的な行動……気迫は、中国人に対して効果があった——死というものに根深い抵抗感を持つ敵に対しては、役に立つ道具だ。きみたちは、この道具の使いかたを覚える。地球人でもドタリでも、装甲機動兵には、戦場で果たすべき役割がたくさんある。電磁加速砲による火力支援。通常の軍勢では危険すぎる環境での活動。これらはみな、きみたちに教えられるが、恐怖を教えこむとなると……きみたちは自分のなかに鉄を見いださなければならない」

「わたしたちは非人道的兵器になるんですか？」マサコがたずねた。「イバラは個人用装甲を開発したとき、それを頭に置いてましたか？」

「イバラ?」と、チャ＝リル。

「マーク・イバラだ」ギデオンが棒を教卓に置いた。「発明家であり、実業家であり……操作者だった。イバラはザロス襲来について、前もって——数十年も前に——警告を受けた。その数十年を使って、圧倒的な力を持つドローン艦隊への対抗手段を立案した。ザロス襲来により、太陽系内の男、女、子供……すべての人間が殺戮（さつりく）された。だが、その対抗策により、イバラの土星移民艦隊に加わっていた者だけは助かった。人類が生き延び、ザロスとの戦争に勝ったのは、イバラの力に負うところが大きい。そして、装甲機動兵団は、イバラの遺産の一部だ」

　ギデオンが前腕の画面に指をすべらせると、ホロ・スクリーンに楕円形のドローンが現われた。表面から曲がったとげがいくつも突き出て、本体の表面には暗い青のフラクタルが渦（うず）を巻いている。子供時代の悪夢に出てきた怪物だ——ローランドの胃が痛くなった。

「これがザロスのドローンだ。ドローンは恐怖も、自責の念も感じない。プログラムされたとおり、遭遇する知的生命体をすべて殺し、根絶することと、いまは死んだザロス・マスターたちが住みついた星系内に、ジャンプ・ゲート〈るつぼ（クルーシブル）〉を設置することだけを実行した。イバラは、ザロスが何者であるか、どこが弱点かを知っていた。ザロスと戦うのに装甲機動兵団をイバラが創ろうとしたのは、なぜだ?」

「ドローンは太陽系を最初に攻撃したとき、ほとんど全部のコンピューターに侵入したんじゃないですか?」と、バーク。「装甲機動兵は、なかに兵士が入って装甲と接続されます。侵入される恐れはありません。おれは、こういう服を着るより装甲に入って戦いたいです」自分の制服を叩いた。

「教官、こういうことはみんな、イバラにたずねればわかるんじゃありませんか?」マサコが手を半分だけ上げて、たずねた。「イバラがザロスの襲来で生き残るために、自分から、ある種のホログラムに姿を変えたことは知っています。イバラは、どこにいるんですか?」

「マーク・イバラは……人目につく生活から引退した」ギデオンは両手を握りしめた。

「きみたちに答えてもらおう——装甲機動兵がザロスに対抗するために創られたものなら、ザロスがいなくなったいまでも地球連合とドタリ主導宙域が装甲機動兵団を保持しているのは、なぜか?」

「ザロスとの最後の戦いのせいです」と、ローランド。「ギャレット大統領が、死んだ十人の装甲機動兵に記念碑を捧げたとき、この犠牲のために、あと五百年は装甲機動兵団を存続させると言ったからです」

「何かを実現するには、政治家の口約束以上のものが必要だと思うぞ、志願者ショー」ギデオンは頭を振った。

「わたしはシグナス2にいました」エイナーが言った。「教室内で聞こえる声を出すために、首のスピーカーの音量をあげている。「シグナスで、あなたを見たような気がします」こわばった指を、ギデオンの左肩にある黒と黄色の肩章に向けた。「あなたがヴィシュの戦車小隊を手で引き出し、金属のかたまりを投げて攻撃機のコックピットを貫通させ、攻撃機を破壊したのを見ました。あれは、あなたでしょう?」

「わたしは〈茨のやぶ〉で戦った」と、ギデオン。

「装甲機動兵団を保持しているのは、装甲機動兵が戦場で独自の力を発揮するからです」と、エイナー。「われわれ歩兵が無線でいちばん聞きたがった言葉が、ひとつだけありますーー〝装甲機動兵の支援〟でした」

「装甲機動兵団は、勝敗を決定する軍隊だ」と、ギデオン。「指揮官は、きみたちをもっとも危険な任務につけ、もっとも激烈な戦いに送る。装甲機動兵は失敗しないとわかっているからだ。われわれは迷わない。われわれは……装甲だ。きみたちはみな自分の鉄を見いだすために、ここに来た」

ギデオンは棒を取り上げ、ペンの大きさに縮めた。

「きみたちのモニターをはずすときが来た」と、ギデオン。「ドクター・イークスが医務室で、きみたちを待っている。各自、立って医務室へ向かえ」

小さな手術室を、一台のロボット・ドクターが占領していた。おおいかぶさるカブトムシのような形の機械で、床にボルトでとめてある。六本の細い腕が側面に折りたたまれ、まわりには箱がたくさんあって、滅菌チューブに入ったさまざまの医療器具が詰まっている。

ヨードのにおいが強い。ローランドは鼻をこすり、驚異の近代技術が、なぜこんな臭気を発するのかと首をかしげた。ローランドは上半身裸で、車輪のついた寝台にすわっていた。寝台の片端に、顔が入りそうな大きさの穴がある。ローランドは両足のかかとを寝台の枠に打ちつけた。ここの空気が冷たいことや、待たされることも、テストの一環だろうか？

女医のイークスが前腕の画面に目を据えたまま、部屋に入ってきた。もう一方の手には擬似喫煙チューブを持っている。

「よろしい、ミスタ・ショー」イークスはチューブから煙をひとくち吸いこみ、鼻から出した。チューブをひねってまわし、ローランドに差し出した。「緊張をほぐす？」

「えっ？　いえ……ぼくは……ここではタバコを吸ってもいいんですか？」

「どうやら、悪い習慣らしいわ」イークスはチューブを白衣の前部にすべりこませた。

「ノースカロライナ州に新しいタバコ農場を造らせてほしいと、もっと強くイバラに頼めばよかった。あのホログラムになりさがった老いぼれのろくでなしは、わたしが持って生まれた身体を楽しめるものだから、わたしを悩ませるためだけに、実行を先延ばしにしたんだわ。モニターをはずしなさい」

イークスはロボット・ドクターのそばに寄って、ローランドの身体のホロ映像を出した。皮膚の下で、神経系が青く脈動している。

「自分ではずしたら、訓練から脱落しませんか？」と、ローランド。

「頭の働く子ね！　前に、その手で一杯食わされて、ちょっとおもらしした子がいたわ。大丈夫、脱落はしません。一段階、先へ進むところよ」イークスは画面のボタンを二度、叩いた。ローランドの首のまわりでモニターがゆるんだ。

ローランドはむき出しになった肌をなで、そこに触れる冷たい空気の感触を楽しんだ。

「プラグをもらえるんですか？」

「ハハッ、それはもっと、ずっとあとよ。いまあなたが手に入れるのは、神経タチコマ分流器です。別名〝こぶ〟――わたしのような医学的な言いまわしがイヤならね」イークスはポケットから小さい透明なケースを出し、ローランドに渡した。

なかには小さなピンが四個あった。黄色の金属製で、長いとげがある。

「これを、あなたの脳幹の根もとに差しこみます」と、イークス。手首を二度はじいて、指先に明かりをともした。イークスは冷たい手をローランドの首筋にまわし、指先で背骨を押しながら背骨に沿って手を上下させた。「すべて正常に見えます。質問は？」

「なぜ、ぼくがドクターに質問するんですか？……ほかの試験官たちは、ぼくが何に好奇心を感じても、ぼくをぶちのめしたいような顔をしますよ」

　イークスはローランドの頬を優しく叩いた。

「わかっているでしょうけど、この処置は本人の意志によるものです。あなたのお仲間のうち二人は、わたしが〝こぶ〟を渡したとたんに離脱を決めました。サイボーグ的な増強処置を受けること自体は、まだ受け入れやすくても」イークスは片手の親指でロボット・ドクターを指した。「そこにいるボリスの手で、脳の灰白質に物体を突き刺されるとなると、まったく別物です。大事なのは、あなたが、自分にどんなことが起こるかを理解していること。〝こぶ〟に対処しきれないようなら、プラグは論外ですからね」

「これは、モニターとは……それから、プラグとは、どう違うんですか？」ローランドは両手のなかでケースをひっくり返した。

「〝こぶ〟は直接、神経に接続して、装備とのインターフェイスを行ないます。その気になれば、勢いよくひっぱるだけではずせます。プラグは……大きさは昔のレール用大釘の半分くらいですが、直接、小脳と結びつきます。プラグの装着は永久的なものです」

「誰かが装甲機動兵をやめたくなったら？　民間人になるとか……家庭の事情とか、そんな理由で」

「身体機能に変わりはありません」イークスは笑みを押し殺した。「しかし、中国との戦争中に装甲機動兵団が設立されて以来、除隊を選んだ者は一人もいません。現役を終えた装甲機動兵たちは、火星のオリンポス山へ送られます。ああ、これは完全な真実とは言えないわね。でも、そういう兵士たちがどこへ行くのか、わたしたちにはわからないのよ。兵士たちが——」イークスは動きを止め、ロボット・ドクターを振り返った。

「ドクター？　なんの話ですか？」

「戦死者の話よ、お若いかた。戦死した兵士たち」イークスは早口に答えた。「安全限界を越えた者たち。戦闘中に殺された者たち。みなオリンポス山に埋葬されているわ。装甲が見つかればね」

「見つからなかった人たちは、どこへ行ったんですか？」

イークスはローランドに指を向けて威嚇（いかく）するように振った。まじめな顔だ。

「だめ。わたしは何も言わなかった。いい？」薄青い目に厳しい色を浮かべてローランドを見た。

「ぼくの聞き違いということですね」ローランドは自分の膝に視線を落とした。

「うつぶせになって」と、イークス。ローランドの手から〝こぶ〟のケースを取った。

「受け入れる用意はいい？」笑顔のドクター・イークスに戻った。

ローランドは寝台にうつぶせになって顔を端の穴にはめこみ、気を楽にしようとした。

イークスが寝台をロボット・ドクターのほうへ移動させると、床の動きが見えた。

「〝こぶ〟は、一時的な処置なんですね？」と、ローランド。

寝台が止まった。

「ミスタ・ショー、何か疑いをお持ちなら、手続きを中断して試験官を呼んでもいいですよ。試験官から話してもらえます」イークスがそっとローランドの肩に手を置いた。「わたしは長年、この作業をやってきたのよ、お若いかた。自分のプラグを手に入れて一人前と認められた兵士で、決断を後悔しているとわたしに言った者は、一人もいません。後悔は、わたしが背負います。わたしが戦争へ送り出し、二度と帰ってこなかった者たち全員のために」

ローランドは片肘をついて頭を起こし、イークスを見た。

「玄関ホールに、装甲がありました」と、ローランド。「エリアスという名前の入った装甲です。記念公園にある彫像の人ですよね。この人を知ってました？」

「こんなときに、おかしな質問をしますね」

「この前、公園に行ったとき、その……ある女性が、この人のことも話してくれました。エリアスは、ザロスを負かした突撃に加わった大佐よりも、重要人物だという感じでした。大佐たちは勇敢で、恐れを知らないはずです。エリアスは、どうだったんですか？　この人は何者ですか？　エリアスは最期を迎えるとき……恐れましたか？」

「わたしはエリアスを知っていました」イークスは悲しげに答えた。「エリアスが限界を越えたあと、助けようとしましたが、救うにはわたしより強い者の力が必要でした。エリアスは、わたしが出会ったどの志願者よりも、プラグをほしがっていた。あなたはエリアスを恐れ知らずだと思うかもしれませんが、わたしはあの人の内面を知っています」前腕の画面を叩いた。「エリアスは恐れていましたが、恐怖に負けて行動をやめることはありませんでした。最高の装甲機動兵でした。エリアスがいないいま、装甲機動兵団は一流とは言えません。あなたが無事に火星へ行けたら、もしかしたら、〈聖堂騎士団〉がもっと詳しいことを教えてくれるかもしれないわ。さあ、処置はどうします？」

ローランドはうつぶせになり、たずねた。

「痛いですか？」

「弱い局所麻酔をかけます。わたしたちが脊髄に接触しているあいだは、どこかがかゆくても、かいてもらっては困ります。その前に、かすかな痛みを感じるかもしれません」イークスが寝台をグルリとまわし、ロボット・ドクターの稼働する音が聞こえた。首筋に軽い冷気を感じ、ローランドは固く目を閉じた。

フォート・ノックスの食堂は、ある一点で入隊処理局の食堂と違っていた――すわる席が指定される。ローランドの食事には小さな平面図がついてきて、志願者たちの各クラスがどこにすわるかが指定されていた。ローランドより先に来た別のクラスの志願者たちが、ひとつふたつのテーブルについていた。

ローランドはトレーを持って、先輩志願者たちのそばを通り過ぎた。わざわざローランドを見る者はいない。両脇のテーブルで訓練教官たちが、跳びかかる寸前のライオンのように待ちかまえている。向かってきそうな教官に口実を与える前に、席についてしまいたい。

ローランドに割り当てられたテーブルのひとつに空席があったが、テーブルはほとんどドタリでいっぱいだった。肩を寄せ合い、テーブルの中央に置かれたいくつかの椀（ボウル）から料理を取って食べている。チャ＝リルが青いクルミのようなものをくちばしに入れて殻（から）を割り、むしゃむしゃ食べた。チャ＝リルはローランドに会釈をした。

ローランドは空席の後ろに立って、たずねた。

「失礼、ここにすわっても――」

「すわれ、ショー！」訓練教官がどなった。

ローランドは腰をおろし、トレーの上に身をかがめた。隣のチャ＝リルとは五十センチあまり離れている。ほかのドタリは食べるのをやめてローランドを見た。

「ごめんなさい」ローランドは声をひそめて言った。「訓練教官がどなりはじめると、事態が悪化するばかりだ」

「きみは、われわれが嫌いか？」ドタリの一人がたずねた。

「いいえ。なぜ？」

チャ＝リルがローランドの椅子の座面をつかみ、驚くほど軽々と自分のほうへ引き寄せた。ローランドは異星人と肩を寄せ合う形になった。食事のトレーは最初に置いたときのままだ。

「地球人はどうして、仲間どうしが離れてすわるの？」と、チャ＝リル。「別々に食事……ほかの人に、あなたの食事が取られると思っている？」

「われわれは、ただ……ええと……」ローランドは自分のトレーを引き寄せた。チャ＝リルの肩から少し身を引こうとすると、チャ＝リルも——ほかのドタリも——一緒にローランドのほうへ動いた。ローランドは背筋を伸ばしてすわった。装甲機動兵団はなぜ、こんな場面にぶつかる前に、ドタリの文化について教えておいてくれなかったんだろう？

「そのどろどろしたものを、どうやって食べるの？」チャ＝リルはひとつのボウルから湯気を上げるナッツをつまみ、くちばしで殻を割ってローランドのトレーに置いた。なかからのぞく白い実は、一見クルミのようだ。

「ドタリも、新生児には、あなたのような唇があるわ」と、チャ＝リル。「くちばしは、子供時代の途中まで形成されないの。そのガル＝ウッダを試してみて。故郷から送ってきたばかりの、新鮮なものよ」

「あ……ありがとう」ローランドはフォークを殻のなかに突き刺し、実をひとかけら引き出した。脊柱（せきちゅう）にとげを刺してもらうくらい勇敢な人間なら、この木の実だって食べられるさ。ローランドがナッツを口に入れて噛むあいだ、ドタリたちはローランドを見つめていた。

ローランドは水をひとくち飲み、力をこめてナッツを飲みこんだ。

「チョークみたいな味がする。ひどく苦いチョークだ」ローランドはトレーを見おろした。

「もうひとつ、いかが？」と、チャ＝リル。

「いや、けっこう」

チャ＝リルの手が、ローランドの皿の上をうろうろした。オレンジ色のソースであえたチキンとライスだ。チャ＝リルの親指には乳白色のとがった爪がいくつかある。チャ＝リルは親指をさし棒のように動かし、数本の中指をカチカチ鳴らすと、爪でチキンのかたまりを突き刺して口に放りこんだ。

すばやく何度か噛み、いったん口の動きを止めて、また噛んだ。ローランドは自分のナイフとフォークを見てから、チャ＝リルの指に視線を移した。

「これは何？」チャ＝リルがたずねた。

「チキン・ティッカ」ローランドは答え、言葉を切った。ドタリは、どのくらい鳥類に近いんだろう？　「模造チキンだよ。肉は全部、チューブで培養されて……気に入った？」

「スパイシーすぎるわ」と、チャ＝リル。平たい鼻の穴をわずかに広げた。チャ＝リルはローランドの耳に顔を寄せ、しげしげとながめた。同じ目的の器官でも、ドタリの頭部の脇にある簡単な穴とは、見かけが大きく違う。チャ＝リルは片手をローランドの頭に置き、短い髪をそっとなでて乱した。この種の行為がドタリのあいだでは普通なのかどうかわからず、ローランドはじっとしていた。

「地球人を、こんな近くで見たのは、はじめて」と、チャ＝リル。

「冗談でしょ」

チャ＝リルはローランドの首の脇のにおいをかぎ、ほかのドタリたちにドタリの言葉で何か話した。ドタリたちが見つめるなか、ローランドはできるだけ急いで食事を片づけた。

8

ローランドは身につけたボディスーツの横の密閉部にこぶしを押し当て、脇腹をなでおろした。ボディスーツは両脚と胴をピタリと締めつけ、手首と足首の先と首はむき出しのままだ。隣のバークが、ロッカーの前でボディビルダーのさまざまなポーズをとっている。

「この全身タイツを着ると、スーパーヒーローになった気がする」と、バーク。

ロッカーの向こう側で金属の足音がし、角を曲がってエイナーが現われた。ボディスーツが膝の上からフラップ状に垂れ下がり、膝から下の金属部分が見える。

「きみたちは教官を待たせる気か？」エイナーがたずねた。

「訓練教官より、あの二人の教官のほうがずっとあつかいやすいな」と、バーク。「あの二人の態度は、おれたちのことなんか、どうでもいいみたいだ。訓練教官は、おれが悪いことを考えてると、すぐ見破る」首筋の〝こぶ〟を叩いた。「きっと、独自のリアルタイム情報源を持ってるんだ」

同じボディスーツを着けたほかの志願者たちが、そばを通り過ぎてロッカールームを出ていった。

「動け」と、エイナー。こわばった金属の手をバークに向けて小刻みに何度か突き出した。

「ひとっ風呂浴びる時間らしいぞ」バークは肘でローランドをつついた。「がんばれよ」

ローランドはフェニックスでのテストを思い出して、ひるんだ。テストの夜にバークとの格闘訓練で負った傷が、また痛むような気がする。

ロッカールームを出ると、隣の部屋には十二個のポッドがあった。どれも、フェニックスで入ったものより小さい。ローランドは、ギデオンとトンゲアの前に並ぶ志願者たちの二列目に入った。壁ぎわに立つ一体の緊急医療ロボットは、その架台に並んだ状態表示ランプがどれも黄色になっている。

「志願者諸君」トンゲアが話しながら、ホロ映像のコントロール・パネルがある小さな台に上がった。ギデオンは志願者の列に沿って歩き、各志願者の首に横から皮下注射器を当てた。「この任務で、きみたちの身体的適性と精神的強度を測る。これらのポッドは、装甲のなかで使われる子宮によく似たものだ。きみたちはこのなかで、擬似羊水に全身を沈める。いつまでかはわからない。早くポッドから出たいと要求すれば、選抜から脱落する。質問は？」

「教官」マサコが手を上げた。

「手は上げなくていい。ただ質問しろ、志願者ヤナギ」と、トンゲア。

「全身を水中に沈めたら、どうやって呼吸するんですか?」と、マサコ。

「擬似羊水——装甲子宮のなかの液体は、酸素含有量が非常に多く、子宮と共同で生命維持装置として機能する。肺や胃が擬似羊水で満たされると、ショックや加速に対する耐性が増す。子宮との平衡状態に達して、それに慣れるまでは、溺れるような感じがする」と、トンゲア。

目を見開いて急に青ざめたローランドの前に、ギデオンが足を止めた。ギデオンは前腕の画面を見おろし、注射器の投薬量を調整した。ローランドは首に注射器を押し当てられ、氷水のように冷たいものが注入されて血管を駆けめぐるような気がした。

「装甲機動兵になれば、きみたちは大きなGに耐え、周回軌道上あるいは航空機類から直接、戦闘現場に跳びおりて活躍することを期待される」トンゲアはコントロール・ステーションから、ふたの開いた缶を取った。「きみたちの身体が子宮との平衡を保っていない場合、その効果は、このようなものになる」

トンゲアは缶のなかに小石を落として振った。小石がガラガラと音を立てた。

「そのなかで、どのくらい長く生きてられますか?」と、バーク。

「定期的に擬似羊水が補給されれば」答えながら、トンゲアは前列の志願者の一人をポッドへ誘導した。「永久に生きていられると言っていい。だが、たいていは数カ月で衰えが始まる。新鮮な擬似羊水がなければ、十日しかもたない。十日を過ぎれば、酸素不足で死ぬ」

待っているローランドに、トンゲアは七番目のポッドを指さした。足もとの床は冷たく、肩が震えるのが寒さのためか恐怖のせいか、よくわからない。ポッドのハッチが勢いよく開き、身体の輪郭の形をした内側が現われた。棺桶でも、これほど窮屈ではなさそうだ。

「志願者、ポッドに入れ」と、トンゲア。

ローランドは片足をポッドにかけた。内張りは、むき出しの肌に生温かく、つるつるしている。身体を横たえると、震えが激しくなった。トンゲアが小さなイヤピースを持って近づき、イヤピースをローランドに装着させると、喉の前に張りつけたボタンを押した。

「平衡状態に達したら、普通にしゃべれる」と、トンゲア。

「本物の装甲でも、同じものを使うんですか？」

「装甲では必要ない」トンゲアは自分の頭蓋底にあるプラグを叩いてみせた。「胸の上で腕を交差させろ」ローランドの頭の後ろにあるポッド内壁のパネルを開き、ホースを取り出した。先端にマウスピースが付いている。「これで、もっと楽になる。わたしを信用しろ」

ローランドは全身を震わせながらマウスピースを装着し、嚙みしめた。孤児院でハヴァス湖（カリフォルニアとアリゾナの州境にある）へ旅行したことがあったっけ……一日に何回もシュノーケルを使って潜水した。湖底を泳ぐ魚を見ていた思い出で気持ちがなごんだ瞬間、トンゲアがハッチを閉めた。

暗闇が迫った。トンゲアが次の志願者のもとへ向かい、ポッドの外の足音が遠ざかった。

「ショー」イヤピースからギデオンの声が聞こえ、驚いたローランドの頭がハッチにぶつかった。

「ショー、きみの副交感神経系は興奮している。おびえているな。このテストを終わらせたいか？」

ローランドは答えようとしたが、あごがこわばって動かない。

「いまやめたければ、うなずくだけでいい。このチャンスを逃したら、あとは不快な体験が待っているばかりだ」

ローランドは激しく首を横に振った。

温かい液体がポッドの底にたまり、ローランドの身体の上へのぼってきた。

呼吸しろ……なんとかして。

擬似羊水の水面がそろそろと上がり、目と鼻を超えた。鼻孔に入りこむ前に、砂糖水のにおいがした。マウスピースのおかげで数秒間は呼吸できたが、やがてカチリと音がした。

温かい液体がローランドの口いっぱいに入りこみ、喉を流れた。マウスピースを吐き出そうとしたが、あごも口も動かない。ポッドが身体をしめつけ、どの方向にも指の太さくらいしか動けない。胃に擬似羊水が入りこみ、吐き気をもよおした。

ローランドは、息もできないほど締めつけるポッドの力に抵抗した。肺から空気が押し出されてつぶれ、液体がドッと胸に流れこむ。焼けつくような感じとともに、窒息しそうな苦痛を覚え、ついに……いや、大丈夫だった。

ポッドが腹を締めつけ、液体が体内に出入りする動きが横隔膜のリズムと調和した。

「志願者ショー」イヤピースからギデオンの声がした。「聞こえるか？」

「はい」ローランドは答えて、凍りついた。発声器官を通して空気を振動させたわけでもないのに、どうやって言葉を出せたんだろう？

「調整器は順調に動いている。けっこう。気分はどうだ？　すばやく正直に答えろ」

「あの……小便がしたいです」答える声は、恐ろしいほどエイナーの声に似ている。

「平衡状態に対する正常な反応だ。いずれ消える。きみはなぜ、ここに来た？」

ローランドは当惑して眉根を寄せた。この教官はいままで、こんなことに興味を示さなかった。

「すみません。あのう……ぼくに話してらっしゃいますか？」

「そうだ。きみにたずねている」

「会話するには、ちょっと……変な時期かと……思いますが。ぼくは孤児です。ザロスのせいで両親を失いました。両親の名誉を讃（たた）える方法として、ここを選びました」片足でポッドの端を押すと、水が渦（うず）を巻いて脚の上をすべった。

きと同じ漆黒の闇しか見えなかった。

「信じられない」と、ギデオン。ローランドはぎょっとして目を開けたが、閉じていたときと同じ漆黒の闇しか見えなかった。

「きみのご両親は航宙軍の士官だ」と、ギデオン。「装甲機動兵は、航宙軍とはまるきり違う。われわれは自分たちの行為を、軍団の外では話さない。装甲機動兵の名前が軍団以外のところで知られるのは、兵士が死んだときだけだ。自分の子供の寿命を縮めたがる親に、わたしは会ったことがない。いまの理由では、きみは合格できないぞ。本当の答えは、なんだ？」

「ぼくは……」ローランドはポッドのなかで身をくねらせた。ギデオンが話しかけてきたときより、もっと窮屈になった気がする。「孤児院で育つのがどんなものか、ご存じですか？　誰も気にかけてくれません。ぼくがいた孤児院を運営する人たちは、ぼくにとっては、母親でも父親でもありませんでした。ぼくは、単なる管理対象のひとつだった。学校へ送りこみ、監視する。ぼくは、どうでもいい存在でした。誰にとっても。

ある晩、孤児院まで歩いて帰る途中、装甲機動兵広場まで来たとき、どこからともなく不思議な女性が現われて、あの日に死んだ装甲機動兵たちの話を聞かせてくれました。人はよっぽど立派な理由がないと、ほかの誰かと肩を並べて死のうとはしません。ただし、たがいに気にかける相手となら別です。戦う価値があるもののためなら、死ねます。〈聖堂騎士団〉や〈鉄の心〉、〈軽騎兵〉、みんな何かを見いだした人たちです。ぼくも何かを見いだせるまで、やめるつもりはありません」

「その話を聞かせたのは誰だ？」ギデオンはたずねた。

「年配の女性で、周辺の警戒線を突破できるくらい影響力のある人でした。名前はソフィアだと言ってました」

「〈るつぼ〉（クルーシブル）の世話係だ。すばらしい」

「えっ、なんの誰ですって？」ローランドは少し待って、同じ質問を繰り返した。ギデオンは答えなかった。

　ローランドはポッド内壁の近さと温かさに注意を集中した。

　ミイラになるのって、こんな気持ちだろうか？　温かくて窮屈で……子宮も――母親の子宮も、こんな感じかもしれない。子宮のなかで呼吸ができないのは、たしかだ。母親の心臓の音を付け加えれば、ここは本物の子宮そっくりかもしれない。

　母さんは、これをどう思うだろう？　ギデオン教官は、〝こぶ〟を通して何かが――なんだか知らないけど――見えるから、ぼくの答えを非難したんだろうか？　それとも、そんなに弱い答えだったのか？

　暗闇が続く長いあいだ、この疑問はローランドの頭から離れなかった。

「ショー」突然、ギデオンの声がローランドの物思いを破った。「訓練はおわった。きみを平衡状態から引き戻す」

ポッドに光が満ち、擬似羊水を通してゆらめいた。液体がすばやく排出されたが、ローランドの肺に空気は戻ってこない。

ハッチが開き、トンゲアにマウスピースを引きはずされた。仰向けの身体をひょいと横向きにされると、ローランドの鼻と口から擬似羊水が勢いよく波のように流れ出し、床にこぼれた。

「怖かった」ローランドは横向きのまま、震える手で口を拭った。「フェニックスで、このテストの話が出なかったのも無理はない」

ほかのポッドもハッチが開いている。たいていは、なかにまだ志願者が入っているが、ふたつは空だ。

起き上がろうともがくと、筋肉が震え、耳がガンガン鳴った。

「最初が最悪だ」と、トンゲア。ペンライトでローランドの両眼を照らした。「回を重ねるうちに、身体が適応する。何カ月かたてば、マウスピースも強制退避も必要なくなる」

ローランドは塩辛い味を取り除こうと、口から息を吐き出した。室内を見まわして考えた――数分以内に戦う今度の相手は、誰だろう？

「バークはどこですか？」

「あの志願者は四時間前に、自発的に脱落した」と、ギデオン。「きみやほかの初年兵は、二十七分後に、訓練教官の引率で行軍することになっている。シャワーを浴びて、着替えたほうがいいぞ」奥のロッカールームを指さした。

「バークが……脱落？」

トンゲアはうなずき、目で、背後のロッカールームのドアを示した。

ローランドは両足を床につけて立ち上がり、なかば麻痺(まひ)した脚でふらふらと進んだ。バークが――一緒に装甲機動兵の選抜に参加してから、どの試験も気楽にこなしてきたバークが脱落したのなら、ぼくはこの先、いつまで持ちこたえられるだろう？


フォート・ノックスに着いたときに見た大きな倉庫のひとつにようやくたどり着いたとき、ローランドは思った――この建物のなかには、ぼくを一人前の装甲機動兵に鍛(きた)え上げてくれる最新設備がどっさりあるんだろう。だが、ローランドたちのクラスが建物のひとつに入って目にしたのは、むしろがっかりする光景だった。

なかには、ほとんど何もない。床は地面より一メートルあまり高く、ローランドたちは短い階段をのぼって進み、ギデオンの前で足を止めた。壁と床は柔らかな光を受けたホロ・パネルで、輝きが均一なため、距離感が狂う。

ギデオンは、志願者たちの列に沿って行ったり来たりしながら、話した。

「志願者諸君、今日はきみたちに装備を与える。完全な装甲よりは一段劣るが、この装備をつけて学ぶ戦術や技術は、完全な装甲に入って使用するものと変わらない」

倉庫の奥の両開きのドアが開き、トンゲアが入ってきた。骨組みのような鎧を着けているが、身体の大部分はむき出しのままだ。鎧は、宙港や建築現場で見かける単純な貨物ロボットのように、ゆっくりと優雅に動いた。人が入っていない鎧が何体も、トンゲアのあとから歩いてくる。右肩にはガトリング砲、前腕にはガウス砲、背には電磁加速用の二本のレールと、すべて実物大の模型を備えている。

ローランドの顔を、ようやく笑みらしいものがよぎった。

「乗れ」と、ギデオン。

ローランドは人の入っていない鎧に駆け寄り、全体を見まわした。足台とストラップはわかりやすいが、鎧を動かす操縦桿もキーパッドもない。背面の首の高さにある真鍮板がきらめき、少しずつ興奮が薄れた。

「何を待ってるの?」マサコが隣の鎧に登りながら、声をかけた。「わたしたち、やっと〝匍匐＝歩行＝走行〟訓練の、匍匐段階に入ったのよ」

「先に脳波を動かすのを忘れてた」ローランドは鐙に足をかけ、鎧のなかに入った。鎧から伸びるストラップが太ももと胸と肩を押さえ、薄くクッションの入った鎧の背に、伸ばした身体が引き寄せられた。

平衡ポッドで何度も過ごしたあとだけに、鎧に綴じこまれるのがさほど危険とは思えない。

「〝ごぶ〟を受容板に押しつけろ」と、ギデオン。「少し変な感じがするだろう」

ローランドは頭をクッションのきいたヘッドレストにもたせかけた。震動が首をくだり、サーボのうなりが聞こえた。顔にバイザーが接触し、額（ひたい）が押された。一瞬あたりが暗くなったが、すぐにスクリーンが作動して、鎧の外にいたときと同じ風景が見えた。手を伸ばしてバイザーを調整しようとし……機械の手が視野に入った。

ローランドが腕を前に伸ばすと、機械の腕も同じ動作をした。下を見ると……ローランド自身の腕は脇におろしたままだ。

「なんだ、これは？」ローランドはマサコを見た。鎧がマサコの鎧の正面へまわろうと、大きく片足を踏み出した。

「装備は、きみたちの脳が身体に送る指令に反応している」と、ギデオン。前腕の画面を見てマサコに視線を移し、眉をひそめた。「神経ブリッジは、プラグほど効果的ではないから——」志願者の一人が入った鎧が、金属音を響かせて床に倒れた。「——調整期間を置く」

ギデオンとトンゲアが倒れた志願者のもとへ向かったとき、マサコが呼びかけた。

「ローランド、口のなかにひどい味がしない？」

「いや……でも、足が少しチクチクする」

「志願者諸君……」ギデオンが前腕の画面に触れると、数枚の床板が沈み、周囲の床板の下に入った。床下から、凹みや裂けた跡のある木のブロックをいくつも積んだリフトが現われた。

「これから家を建ててもらう」ギデオンは言った。


M＝九九ガウス砲は装甲機動兵専用の武器で、右の前腕に二連砲身のシステムを搭載している。ローランドは目の前の作業台に置かれたガウス砲を見て、両手を尻に置いた。装甲つきのアクセス・パネルが突き出ていて、砲の内部構造を表示している。

「ぼくたちは、いたぶられてる」と、ローランド。背後にいる志願者のグループが、大きすぎるタブレットで設計図を調べている。メンテナンス・ベイじゅうでいくつかの班が、それぞれ違う砲を前にしていた。「修理のしかたなんか、なぜ知らなきゃならないんだ？メンテナンス・ロボットがいるのに。整備クルーも。教官たちは、こんな……下っ端の仕事をえんえんとやるのが楽しいのかな？」

「トラブル解決は、自分にふさわしくない仕事だと思っているのか？」と、エイナー。人工の指できびきびとレンチを握り、ガウス砲に近づいた。

「そうじゃないよ。ぼくたちが――装甲機動兵が、いつこんな仕事をするのか、わからないだけだ」

エイナーはうつむいて、小さな冷蔵庫ほどもあるガウス砲を見おろし、ある部分をレンチで叩いた。

「整備工やロボットを満載した艦が宇宙空間で爆破されたら、どうする？」と、エイナー。「そのとき、きみの弾薬供給装置が壊れる。さあ、どうする？　肩をすくめて、敵に〝故障がなおるまで、戦争ごっこはおあずけ〟と言うか？」

「それは考えなかった」ばつの悪さで、ローランドは赤面した。「シグナスでの戦闘は、そんなにひどかったの？　ネットで見たけど、〝低水準紛争〟と言われてたよ」

エイナーは機械の手の片方を上げ、ガウス砲の上に落とした。ガシャンと大きな音がした。

「自分が撃たれれば〝低水準〟もくそもない」と、エイナー。「大隊が完敗するまで一カ月かかろうと、一日だろうと、死者の数に変わりはないんだ」

「問題は電磁コイルだと思うわ」と、マサコ。タブレットを持ってきて、ローランドとガウス砲のあいだに差し出した。画面にはガウス砲内部の配線図が出ており、いちばん奥の構造がオレンジ色に輝いている。タブレットを高く上げているうちに、マサコの両手が震えだした。

「大丈夫かい？」ローランドはマサコが落とさないうちにタブレットを取った。

「しびれてピリピリする感じ」マサコは顔をゆがめ、両手を固く握った。

「教官に言ったほうがいい？」ローランドは小声でたずねた。「往診を頼もうか？」

「なぜ？　教官たちに、わたしを落とす口実を与える気？　けっこうよ。すぐ治るわ」

エイナーがレンチで、ガウス砲の厚さ数センチもある金属の外装を叩いた。

「たしかに、問題は電磁コイルかもしれない」と、ローランド。画面をスワイプした。

「だとしたら、アクセス・パネルD九を開けなければ……そして、H二＝bの連結をはずす……これはM＝九九スウェディッシュ本来の設計とは違うね？　備品の組み立てを簡単にするために、言葉じゃない指示を使おうと考えなかったのかな？　おかげで、ぼくたちがこいつを……ちょっと待った」

マサコがパネルに手を伸ばし、スイッチを切った。外装の後部が開き、蝶番でとまっている金属板の片端が落ちて作業台にぶつかった。マサコは一組のハンドルをつかみ、砲の内部を、外装の底に取り付けてあるレールの上に引き出した。

「昨夜、資料を読んでおかなかったの？」マサコがローランドにたずねた。

「クローゼットの鍵がかかっていないのを訓練教官に見つけられて、〝消灯〟命令が出てからも、寝ないで室内の自分の領分を片づけているやつがいたっけな」エイナーが口をはさんだ。

「二十四時間でこなせと言って、三十時間分の作業をやらされるんだもの」と、ローランド。

「エイナー、おえらがたはシグナスで戦ってた理由を、あなたには教えてくれた？」と、マサコ。

「何か〈クルーシブル〉網に関することだったはずだ。おれは戦いの理由より、軌道上攻撃のほうがちょっぴり気になってたんだ」エイナーが電磁コイルに手を伸ばしたとたん、手がピシャリとコイルのおおいにくっついた。引き離そうとしたが、微動だにしない。

「ああ……くそ」と、エイナー。

ローランドとマサコは困惑して目を見かわした。

「電源を切ったあとでも、コイルは電荷を保持している」トンゲアが近づいてきて言った。すぐ後ろから、異星人ドタリのチャ＝リルが歩いてくる。

「教官、極性が反転した別の砲を……」マサコがタブレット画面をスワイプした。声が小さくなり、口ごもった。

トンゲアはエイナーの手からレンチを取り、コイルのおおいに打ちつけた。エイナーの手が離れた。

「いまの部分は、資料に出てなかったと思います」と、ローランド。マサコは怒りに唇を震わせ、鼻から深く息を吸った。

「志願者ショー、なぜ地球軍は惑星シグナスで戦ったのだ?」と、トンゲア。

「それは……ジャンプ・ゲート〈クルーシブル〉に関係がありますね?」

「わたしに質問しているのか?　答えているのか?」

ローランドは答えようと口を開けて、やめた。わけのわからない論理のなぞなぞに深入りしては危ない。

「シグナス星系の〈クルーシブル〉は、地球の勢力圏内に入りました」チャ＝リルが言った。「地球から一光年以内の宙域に、重力の増減にしたがってワームホールを開くことができます。そのため、地球連合はヘイル条約にもとづいて、シグナスの所有権を主張しました」

「いまの答えの意味がわかったか？」トンゲアがたずね、三人の地球人志願者は首を振った。

「ジャンプ・ゲート〈クルーシブル〉はどれも、銀河系じゅうにザロスが建設したほかの〈クルーシブル〉にアクセスできます」と、チャ＝リル。「どの〈クルーシブル〉も、ゲート内に貯蔵されたエネルギーの量と目的地の量子重力のゆらぎしだいで、一定の範囲の宙域にワームホールを開くことができます――ローランド、目がどんよりしているわよ。どの〈クルーシブル〉も、かぎられた宙域への一方的な航宙を可能にします」

「地球から一光年以内の宙域に出口を造れる〈クルーシブル〉は、どれも、われわれにとっては脅威だ」と、トンゲア。「その理由は、志願者ヤナギ？」

「敵意のある種族が、直接、太陽系へと侵攻艦隊を送りこめるからです」と、マサコ。

「地球に到達するまで、しばらくかかるかもしれませんが、到達はできます。また、敵は電磁カタパルト（マス・ドライバー）の発射物を高速で送りこむことも可能です。複雑な計算が必要ですが、できないことはありません。戦艦サイズの岩が、光速の何分の一という大変なスピードで居住惑星を直撃したら……大惨事になります」

「だから、〈残り火戦争〉のあと、コロニー管理局がコロニー設立にやっきになってるんですか？」と、ローランド。

「そのとおりだ。コロニー設立の第一段階は、地球に対して間接的な攻撃ができる〈クルーシブル〉保有星系への移住だった。第二段階は、それらの周囲の星系を確保する形になるだろう」

「それじゃ、なぜシグナス2には、すぐコロニーが設立されなかったのですか？」と、エイナー。「あそこは、ヴィシュ連中に汚染される前もトップレベルの惑星とは言えませんでしたが、テラフォーミングの必要はあまりない場所でした」

「星はつねに動いています」チャ＝リルが言った。「二、三光年離れたところにある小さなブラックホールが褐色矮星（かっしょくわいせい）を吸いこんで、重力波を送り――ローランド、目が、またどんよりして……医療措置が必要？」

「いや！」ローランドの顔が活気づいた。「大丈夫」

「重力の乱れが、シグナス星系の〈クルーシブル〉の作用範囲を変えました。ヴィシュラカスは、あのゲートを使って地球に攻撃をかけることができます。ヴィシュラカスが小惑星を艦船や武器として利用することは、よく知られています」

「シグナスはヘイル条約で地球のものになったわ」と、マサコ。「ヴィシュラカスは、なぜすんなり退去しなかったんですか？」

「ヴィシュラカスは退去する前に、コロニー設立に使った資源を回収する時間がほしいと言った」と、トンゲア。「政府は了承したが、実際は、ヴィシュラカスは与えられた時間を使って惑星を汚染した。銀河系には何十億もの恒星があるが、居住可能な惑星を持つ恒星の割合は微々たるものだ。テラフォーミングを必要としない惑星は、人類にとって——そして、われわれの同盟種族にとって、値のつけようのない貴重な宝石だ。ヘイル条約によって、三つの惑星上のコロニーを壊滅させることなく放棄したわれわれに対し、ヴィシュラカスは報いるどころか、われわれを紛争に巻きこんだ」

「なぜ、ヴィシュ族全体に対して宣戦布告しなかったのですか？」エイナーがたずねた。「ザロスは戦争終結に向けて、痛烈にヴィシュラカスを叩きました。われわれも、すばやく紛争を終わらせることができたはずです」

「ヴィシュラカスは、ザロスに破壊される前の宇宙ステーション〈稜堡（バスティオン）〉で強大な勢力を持っていました」と、チャ＝リル。「集結した同盟種族のネットワークを維持していたのです。巨大なネットワークを」

「われわれがシグナスで戦ったのは、あそこの状況がヘイル条約に照らして灰色だったからだ」と、トンゲア。「直接ヴィシュラカスの宙域を攻撃すれば、もっと大規模な戦争になっただろう。われわれが勝てない可能性も出てきたはずだ」

「ヴィシュラカスが二度とわれわれの同盟種族を利用して地球を攻撃しないようにするには、どうすればいいでしょう？」ローランドはたずねた。「ルハールドは、とにかくいまは、地球人に好意的です。ナルーシャとトスからは、最後に攻撃してきたあと、何も連絡がありません。どうなったんでしょう？」

「ナルーシャは、われわれとの外交交渉を拒否している」

「トスは？　地球上での攻撃を生き延びたトスが何人か、居住区のない地域に住んでいるという噂を聞いたことがあります」と、マサコ。

「それについては話せない」トンゲアは前腕の画面のタイマーに触れて立ち去った。

　エイナーが指関節でコイルのおおいを打った。

「まだ、ちょっとひっぱられる感じだ」と、エイナー。「誰か、こいつを開けてくれ」

「トンゲア教官がトスについて話したがらないのは、誰が見ても奇妙だろうな」ローランドは電動ドライバーを取り上げ、金属の外装に向かった。

「訓練では、トスが危険な相手だというブリーフィングはなかった」エイナーが肩をすくめた。

「〈クルーシブル〉を造る技術が共有されたとき、トスは〈バスティオン〉にいませんでした」と、チャ＝リル。「自分たちの母星に閉じこめられていたのかもしれません」
「それじゃ、なぜトンゲア教官はトスの話をしないんだろう？」ローランドは電動ドライバーの先端についてきたねじを取った。「どんな秘密があるのかな？」
「きみはトスに、ここに現われて自分の代わりにこの砲を修理してほしいのか？」と、エイナー。「だらだらしないで、この仕事を終わらせよう」

ローランドの首筋を汗が流れ落ち、すでに汗のしみとおった作業用軍服を濡らした。水分が、メガネ型ヘッドアップ・ディスプレイの縁に集まった。装備が激しく活動しているあいだはメガネを拭えない。両手を首の後ろで縛られて、一匹の蚊に苦しめられるようなものだ。

ローランドは、木立の最上部をスキャンした。ヘッドアップ・ディスプレイに現われた、射撃場内にひとつだけ残る距離マーカーの、すぐ向こう側だ。標的ドローンが飛び上がり、ローランドは回転する立方体に目の焦点を合わせた。ヘッドアップ・ディスプレイが標的をロックし、伸ばした腕のガウス砲が二度、轟音を発した。標的の立方体は空中でひょいと上下して攻撃をかわした。

木立の上方を飛ぶほかの立方体は、ほかの志願者たちがローランドより正確な射撃をしたため、どれも破壊された。

「どうしたの、ショー？」チャ＝リルがローランドの左側から、たずねた。「あなたの射撃で、わたしたちの平均点が九点、落ちたわ。九点よ。ヘッドアップ・ディスプレイの目盛りを再調整して、うまく撃てるようにしなさい」

「ヘッドアップ・ディスプレイに異常はない。手動の照準じゃないから、ぼくが混乱するんだ」と、ローランド。

「それなら、問題は技術ではなく、才能ね」と、チャ＝リル。次の標的が木立の上に現われたとたんに撃ち落とした。ローランドは三回、発砲し、なんとか標的をかすめた。だが、ヘッドアップ・ディスプレイに表示される得点記録は、これを得点と認めなかった。

「射撃やめ。射撃やめ」ラウドスピーカーからギデオンの声がとどろいた。「全志願者、砲をロックして弾丸を抜き、射撃場を出られるよう、塔の基底部に戻れ。第七レーンの志願者は合格していない。そのまま待て」

ローランドはいらいらして唇を嚙んだ。第七レーンにいるのはローランドだ。

鎧状の装備を着けたチャ＝リルがローランドのそばを通り過ぎるとき、短く腹立たしげな息を漏らした。ローランドは砲弾が飛ぶ方向から目を離さず、いい成績をおさめたほかの志願者たちの視線を避けた。ほかの者たちは空調のきいたメンテナンス・ベイへ戻って装備から抜け出し、数分間の休息と息抜きができる。

待っているあいだに、湿気を含んだ空気がますます息苦しくなった。ローランドが育ったフェニックスは暑い土地だが、空気はたいてい乾いている。ローランドにとっては、フォート・ノックス周辺の天気が特別な悩みの種だった。いますぐにでも、このよどんだケンタッキーの空気の上に、アリゾナの太陽を持ってきたい。装備のなかで身じろぎし、背中をかこうとすると、湿った軍服が肌から離れた。

「志願者ショー」質素な作業着姿のギデオンが近づいてきた。

「はい」ローランドはゴクリと唾(つば)を飲んだ。

「きみは、入隊前にスカウト訓練を受けているな？　鉄とホロ映像の照準で、射撃訓練をしただろう？」

「はい、教官」と、ローランド。こぶしを固く握りしめたが、装備のなかでは自分の両手は使えない。金属の枠組でできた前腕のなかに埋(う)もれ、独自の動きができない。

「身体にしみついた癖が邪魔をしている」と、ギデオン。「標的が見えると、脳はライフルを肩に押しつけさせたがる。指は引き金を引きたがる。きみは、呼吸を正しく制御しようと考える。装備や装甲の武器は、そのような形では働かない。きみは標的に焦点を合わせ――」自分の頭の横を叩いた。「――装甲に、いちばんいい射撃を割り出させる。昔の訓練法を使おうとすると、きみは手動の射撃統制を行なうことになり、その結果、照準が狂う。自分がどこで間違ったか、わかるか？」

「頭ではわかってます。でも、射撃のときにどうやったかという感覚は、簡単には消えません」

「きみは感覚遮断ポッドに入ると、人格が分裂する。わたしにはわかっている——きみの脳波を見たからな。ここでも同じようにやればいい。ねらいをつけずに撃て。標的と射撃のすべては、きみの心のなかにある。プラグを獲得して、きみの視覚野にヘッドアップ・ディスプレイの機能が入ってしまえば、もっと簡単になるが、ここでもできないことはない」ギデオンは自分の籠手を叩いた。

「射撃開始」と、ギデオン。ローランドの両耳に音声遮断器をかぶせた。

射程内に丸い標的が飛び上がった。ローランドが一瞬、意識を集中して標的をマークすると、ガウス砲が発射された。標的はなめらかに下降し、ヘッドアップ・ディスプレイに命中のマーカーが出た。ローランドは次のふたつの標的をマークし、飛び出してくるものがいないかと木立をスキャンした。ふたつの立方体が上方へ飛び出した。ローランドがふたつともマークすると、砲のついた腕が勝手に動いてねらいを定めた。

「射撃やめ！」ギデオンがどなり、ローランドの顔の前で片手を上下に振った。

ローランドは腕をおろした。装備と脳の同調が破れ、腕にチクリと痛みが走った。

「教官？」と、ローランド。

ギデオンはローランドの音声遮断器をはずして右を指さした。清掃された射撃場の端にシカの群れが駆け出してきて、刈りこまれた草を食べはじめた。

「周辺警備のドローンが追い払っておくべきだった」ギデオンは籠手を叩いた。「しゃくにさわる動物だ。実弾射撃のあいだに〝たまたま〟二、三頭が撃たれれば、ほかのシカは、ここは危険だと判断して近づかなくなる――と、きみは思うだろうが、射撃場の管理部はその種の事故にいい顔をしない。事故の後片づけは管理部の仕事だからな。そのまま待て。シカは数分でいなくなる」

　ローランドは煙を上げるガウス砲を発射方向周辺に向けたまま、砲口を下にした。散らばって射撃場を横切るシカたちを見て、ギデオンは腕組みをし、頭を振った。

　ギデオンの右肩のユリの紋（もん）をチラリと見て、ローランドは言った。

「教官、装甲機動兵として――教官のように――完全に認められた人たちは、違う肩章を付けていますね。それは、なんですか？」

「装甲機動兵団がはじめて組織されたとき、四人編成の〝槍〟と小隊は、大西洋連合の各国の出身者で構成された。構成員たちは、出身国の伝統と歴史を色濃く保持していた。ブラジルの〈タバコを吸うヘビ〉（スモーキング・スネーク）。ポーランドの〈軽騎兵〉（ユサール）。フランスの〈ズアーブ兵〉。スコットランドの〈高地連隊〉（ハイランダー）。アメリカ軍の〝槍〟のひとつが選んだ記章が、昔の第二騎兵連隊――すなわち〈竜騎兵〉（ドラグーン）のユリの紋だった」

　ギデオンは、かかとを土にめりこませて話を続けた。

「最初のザロス襲撃の記録は不完全だが、〈竜騎兵〉はフェニックスで最後の抵抗に加わった。ヘイルの班がマーク・イバラをユースカル・タワーの地下からひっぱり出しに行ったとき、機能停止した〈竜騎兵〉の装甲を見つけた。トスの侵入後にまた新兵募集が始まると、カリウス大佐が〈竜騎兵〉を復活させ、地球上の最後の戦いの記憶から、新たに〈鉄の竜騎兵(アイアン・ドラグーン)〉と名づけた」

「トンゲア教官もそうですが、多くの教官が赤い十字形の記章をつけているのは、なぜですか？」

ギデオンはハッと音を立てて息を吐いた。

「宗教だ。わたしは信仰していない。装甲機動兵のなかには、自分の部隊の血統ではなく、信仰を重視する者もいる」

「〈鉄の竜騎兵〉が部隊としてよみがえったら、記念公園にある装甲機動兵広場の像は、どうなりますか？　あれは〈鉄の心〉でしょう？」

「いや……マーテル大佐は……ララン将軍は、〈鉄の心〉の特徴的な立場をゆるがせはしないだろう。あの部隊の活躍に恥じない生きかたなど、誰にもできない」ギデオンは自分の顔にある幅の広い傷跡に指を走らせた。「わたしは昔、〈鉄の心〉を見た――三人全員を。わたしは宙兵隊員で、ハワイのマウナ・ケア山のまわりに掘った塹壕(ざんごう)にいた。トスが海を泳いで上陸してきた。わたしと歩兵たちが膝までトカゲどもの死骸に埋まって、かろうじて持ちこたえているとき、〈鉄の心〉のエリアスが、われわれの塹壕をまたぎ越えて発砲した。悠然とトス戦士の頭をもぎ取った。そのあと、ヘイルが全員に命じた——塹壕の胸壁を越えて突撃し、トスを海中に押し戻せと。

わたしが百メートル近く進んだとき、死んだと思っていたトス戦士が手を伸ばして、わたしの髪の生えぎわから腰までの皮を引き裂いた」ギデオンは片目を閉じ、顔の右半分を引きつらせた。

「入院中に、装甲機動兵の選抜試験を申しこんだ。プラグを獲得してからも、〈鉄の心〉を一、二度、見かけた。エリアスに向かって〝装甲機動兵団に加わった理由は、あなたです〟と言う度胸はなかった……。よしと。シカが逃げだした。きみは合格するまで、わたしと一緒にここにいるんだ、志願者」

ローランドは砲のある腕を上げてねらいをつけ、ギデオンの物語を心から追い払おうとしながら、息を吐き出した。

9

ローランドは宿舎の部屋のドアを開け、道具類でふくらんだリュックサックを背負ったまま、身をかがめて入った。作業用軍服に汗がしみとおり、リュックサックをおろそうと上体をそらすと、うめき声が出た。肩ひものリリース・ボタンを押し、リュックサックが床に落ちると、ローランドはひりひりする肩をさすった。

「さあ、ずっと軽くなった。講義やら宿題やら装備訓練やらでも大変なのに、ぼくは訓練教官から、一日の楽しい運動の前後に残業をやらされる」ローランドは両手で腰の後ろを押しながら、背筋を伸ばした。

エイナーは自分のベッドの脇にひざまずいて両腕をマットレスに置き、頭を垂れて祈っていた。金属の足が床の上でキーッと音を立てた。ベッドの上に、小さな陶器の人形とデータ板（スレート）が並べてある。画面に、笑顔のエイナーと、白に近いほど薄い黄色の髪をした男の子の写真が出ていた。

ローランドは静かにリュックサックをクローゼットに入れてから、流し台で頭と首に水をかけた。

エイナーが目を見開いてローランドを見、急激に動いた。ベッドの上の小さな像につかみかかったが、機械の指の動きが速すぎて像は床に落ち、音を立てて弾(はず)んだ。エイナーはパニックに襲われてうなり声を漏らし、像をつかもうと前のめりになった。

二度目に弾んだ像をローランドが受け止め、顔の前に上げた。車椅子に乗った女の像で、両手を膝の上で組み、頭をわずかに横に傾けている。胸には、〈聖堂騎士団(テンプラー)〉の赤い十字形がある。

「かえ・して・くれ！」エイナーがローランドの前腕(まえうで)をつかみ、握りしめた。ローランドは腕を引き戻そうとしたが、エイナーの手は、まるで万力だ。

「痛っ！　なんだよ」ローランドは像を持つ腕を上に伸ばし、エイナーは注意深くローランドの指から像をもぎ取った。ローランドの腕をつかんでいた手が、ブーンというサーボのうなりとともに離れた。

「……すまない、ローランド」エイナーは像を胸に引き寄せ、自分のデスクに戻した。裸足の金属部分が床に当たって、ガチャガチャと音を立てた。「おれの手は、自分の手じゃない。こいつをコントロールするのは、元気なときでもひと苦労だ」引き出しを開け、女の像をフェルトで内張りした箱におさめた。

「ずいぶんものものしいあつかいだね。禁制品じゃないでしょ？」

「きみは、信仰にあまり重きを置いていないな？」エイナーは椅子に身体を沈めた。

「牧師が、ぼくの両親の戦死はすべて神の計画の一部だと説明しようとして以来、教会には幻滅した」と、ローランド。エイナーにつぶされそうになった手を振り、流し台の近くの水筒から水を飲んだ。

「たこつぼ壕のなかには無神論者はいないと言われるが、おおむね真実だ」と、エイナー。「とにかく、おれにとっては真実だ。おれは、もともと宗教に関心はなかった。シグナスへの大降下の前の夜、装甲機動兵の何人かがひと晩じゅう祈った。装甲機動兵が装甲から出て、剣にもたれてひざまずいている様子は、すごかった。終わりに、兵士たちは、戦闘に勝つまで装甲から出ないという誓いを立てる。装甲から出るより先に死ぬという覚悟は、キャタピラーつき戦車の時代から続く古い伝統だ。祈りには、装甲機動兵でなくても、誰でも参加できる……おれも加わろうかと思ったが、降下前の細かいことに気をとられていた」

「惑星に降下したあと、装甲機動兵と再会した？」

「会ったとは言えないな。最初の二週間は戦いが激しかった。レンジャー部隊と宙兵隊では……幻影の噂が出はじめた。負傷したあと、車椅子に乗った女の姿が見えるという。ヴィシュラカスの爆撃を危うくかわしたときに、話を聞いた。おれは、幻影はストレスのせいだと思った。あんまり長くアドレナリンが出たり、恐怖にさらされたりすると、幻覚を見ることもある。暗示の力で……そのとき、おれは撃たれた」

エィナーはこぶしで目の下をこすった。

「死にかけて横たわっていたとき」エィナーは片手を見た。機械の指がぴくぴく震えている。「がんばれと言う声が聞こえた。女の顔が見え、その女が、まだ最期じゃない……しばらくはよくない状態が続くと言った。〈デンバー〉の医療ベイで意識が戻ったとき、ベッドの脇にこの像があった。装甲の整備士の一人が持ってきてくれたと、看護師から聞いた」

「誰の像？」

「ただ聖者と呼ばれている。噂では、火星での戦闘で死んだ兵士だそうだ。兵士たちは聖者に庇護を求め、勇気をもらう。航宙軍の大部分の艦に、聖者をまつった小さな礼拝所があるそうだ。ほぼ全員が、聖者は装甲機動兵だったと思っている。車椅子に乗る身体でザロスと対決できる者は、ほかの職種にはいないだろうからな」

「聖者信仰はシグナスで始まったの？　怒らないでよ。ただ、ちょっと……カルト的な感じがする」

「組織的な宗教という点では、もうたいしたものはない。教会組織は、ザロスが太陽系から人類を一掃したときに消えた。信仰は、いまでは昔のように教義を信奉するだけではない。聖職者もいるが、みな昔の従軍牧師に由来する存在だ。戦争前の〝汝、何々すべし〟

や〝汝、何々するなかれ〟よりも、カウンセリングや精神的成長をあつかう」

「あなたの信仰に、けちをつける気はないよ」ローランドは肩をすくめ、エイナーのベッドの上のデータスレートを指さした。「そのデータスレートは、そこに出しておくの？ぼくが触ったら、指を一本なくす？」

「あれは、あやまっただろ」エイナーは後ろめたそうに視線をそらした。

「事故だよ、わかってる」ローランドはデータスレートを取り上げた。親指で画面をスワイプすると、別の写真が出た——軍服を着てレンジャー部隊の黒いベレーをかぶったエイナーが、前の写真と同じ少年を肩に載せている。

「子供はジョシュアという」と、エイナー。「もうすぐ九歳だ」

「え、あなた、結婚してたの？」

「昔な。入隊する二週間前に結婚して、新婚旅行のあいだに孕ませた。そのときの子がジョシュアだ。十八歳のときは、お粗末な決断をわんさとするし、兵役のあらゆるストレスと対面する。きみは、おれが基礎訓練で出会った多くの兵卒よりも頭がよさそうだ。とにかく、レンジャーはあまり家に帰れないし、衝動的な結婚はそれで大きな打撃を受ける。ジョシュアと母親は、サンディエゴの近くに……コロナード・アイランドの空軍基地の近くに住んでいた」

「よく息子さんに会いに帰る？」

「いちどだけだ……」エイナーは手の甲で人工のあごをこすった。

「あなたは、ぼくよりずっと年とった人みたいだ」と、ローランド。「いままでになんでもやってるし、どこにでも行ってる」

「おい、早くもばかげた決断をしはじめたな。おれは、装甲機動兵を志願した理由やなんかでたわごとを口にするが、ここではきみのルームメイトだ。まずは、くさいけつをシャワーに突っこんでこい。そのあとで——」

ドアに二度の大きなノックがあり、二人は反射的に〝気をつけ〟の姿勢をとった。

「どうぞ」と、ローランド。

トンゲアがドアを開け、指をそろえて伸ばした片手でローランドの胸を指した。

「志願者諸君」と、トンゲア。手をエイナーに向けた。「二人とも、感覚遮断の訓練を行なう。わたしと一緒に来い。三分後には、この部屋の前に出ているように。服装は作業着だ」ドアが閉まった。

「お楽しみは終わらないな」ローランドはデスクから糧食バーを取り、着替えながらむさぼった。

10

ローランドは、とりとめのない連想に身をまかせた。身体は擬似羊水に浮かび、狭いポッドの内壁に触れるときは手足を縮める。数週間前には痙攣(けいれん)を起こし、ストレッチやアイソメトリック・エクササイズが、あまり使っていない筋肉の痙攣を防いでくれると知った。

ポッドの外に足音が聞こえた。

「ショーか……まだ、あいつにわずらわされなきゃならんのか?」と、ギデオンの声。擬似羊水を通すと、低く、こもって聞こえる。

「あの子のテストの点数と装備での活動の出来は、不合格ぎりぎりだ。次回の審査で、きみとわたしが二人とも不合格にしたら、ショーは脱落する」と、トンゲア。

ローランドは目をむいた。心臓が早鐘を打った。ポッドのなかまでは聞こえないと思って話してるのか? 濃い液体のなかで片手を首の通信器に伸ばしたが、スイッチは入れなかった。

「次の審査まで待つ必要はない。いまここでポッドから引き出せば、半分くらいはチャンスのある志願者たちに、もっと集中できる。ショーは装甲機動兵には、なれないだろう。あれを持っていない」と、ギデオン。

「われわれが落としても、ショーは今回の兵役を終えてから再挑戦できる。ポッドでつぶれれば、動機喪失による脱落になって、装甲機動兵団には二度と志願できない。きみは、どっちがいい？」

「動機を喪失するまで、くよくよさせてやろう。思わせぶりに何年もひっぱって、次の募集で希望を砕くより、不可能な夢を砕くほうが親切だろう」と、ギデオン。

「同感だ。ショーの擬似羊水は、あと八十時間分の酸素を含んでいる。本人が、あと十二時間、持ちこたえられるかな」

「おれは、ショーがいつ出てきてもいいように、事務手続きを片づけておく。フェニックスに置いてきたほうがよかったな……」二人が遠ざかり、ギデオンの声が小さくなった。

　ローランドは胸に新たな重みを感じた。怒りがふくれあがり、のみこまれそうだ。身体を丸める余地があればいいのに。

　くそくらえ。あの二人が要求する禅問答みたいなたわごとに、ひとつひとつ付き合ったし、些細なことで追いまわす訓練教官にも付き合った。ぼくが、あきらめると思ってるのか？　ぼくは、ここから動かないぞ。ポッドから無理やり出されたって、戻ってきてやる。宙兵隊の誰かが、装甲機動兵がぼくに何を求めるか、教えてくれる。たぶん、もっと違う装甲機動兵だって……。

握ったこぶしが両脇腹を押した。怒りが大きくなり、頭に血がのぼった。

動揺して逆上したら、負けだ。ぼくはここにいる。ポッドから出ないぞ。

荒々しい感情がおさまりはじめ、とりとめのない思考に戻ったとき……ポッド内に赤い光が満ち、ブザーが鳴った。歯がガチガチ鳴るほど大きな音だ。

暗闇に〝緊急放出〟という文字がきらめいた。足の近くにあるバルブから擬似羊水が排出され、ローランドの身体がひっぱられた。内壁から丸いノズルが突き出て、空気を噴出させた。ローランドの顔と耳から液体が払われ、酸素過多の温かい液体の代わりに凍えそうな冷気に包まれると、耳鳴りが激しくなった。

ポッドの内壁に沿って光の筋が現われたかと思うと、勢いよくハッチが開き、ローランドは光に満ちた外界に投げ出された。よつんばいで激しく着地し、突然のまぶしさに、目が焼けるような痛みを感じた。腹を叩くと、胃に残った擬似羊水が口から出た。しばらく液体を吐き戻した。

肺の擬似羊水も出して、大きく息を吸うと、ローランドは脇を下にして横たわった。片方の肩と尻が粗い砂に当たった。

「みじめだ……これが志願者に知らされなかったのも……無理はない」激しく目をしばたたくと、ようやく長い暗闇に慣れていた視力が回復した。ローランドは黒ずんだオレンジ色の地面に横たわった。手で砂を握ると、指のあいだから漏れて落ち、濡れた手に残った砂は、固まって泥になった。

周囲は荒地だ。草の小さな茂みと数本の低木しか見あたらない。遠くのむき出しの岩の列が、熱い空気を通してゆらめいて見える。

ローランドは唾を吐き、両手をついて上体を起こした。

「いったい、なんなんだ？」

背をそらすと、何か金属のどっしりしたものにぶつかった。

なかに兵のいない装甲が、砂の上にひざまずいていた。片方のこぶしを地中に突っこみ、胸当てとなかの子宮は大きく開いている。片腕が肩から引きちぎられたらしく、見あたらない。表面には無数の焼け焦げや凹みができ、兜のてっぺんが半分ふっとばされていた。

「OK……これは……」ローランドは自分の首筋の冷たい〝こぶ〟に触れた。「……訓練だ。訓練であるはずだ。ぼくを選抜から追い出すために、どこだかわからない野外に——」近くの草がカサカサ音を立て、トカゲがはい出した。ローランドの手くらいの大きさで、皮膚には一面にとげ状の突起物があり、黄褐色の身体に濃いオレンジ色の筋がいくつも走っている。トカゲは、細い針におおわれた木の根もとへ走っていった。

「——放り出したりはしないだろう。ここがフェニックスじゃないことは、たしかだ」

立ち上がると、むき出しの足に砂の熱がこたえた。ローランドは装甲の左脚の内側にあった掛け金をはずし、後ずさりした。装甲板が開いて、ぶらさがった。装甲の手足のサーボと油圧機構のすぐ下に、赤い取っ手のついた明るい黄色のケースがある。サバイバル・キットだ。

ローランドはケースを引き出し、地面に置いて開いた。糧食やサバイバル用品がぎっしり詰まっている。ガウス・ピストルが一丁あった。ローランドは小さく巻いた包帯を取り、片足にソックスのように巻きつけた。包帯は固まって、底の硬いブーツのようになった。もう一方の足にも巻いてしまうと、立ち上がって、装甲の開いた胸当ての内側にあるコントロール・パネルに触れた。装甲は反応しない。

「パワーがない……ということは、通信もできない。遭難ビーコンは、装甲からもサバイバル・キットからもなくなっている。やれやれ」ローランドはガウス・ピストルをホルスターごと腰に装着し、ケースから出したチューブを背中の下方にあるホルスターのでっぱりにつないで、肩の上へまわした。チューブを弾薬フォルダーの下に固定し、端から水を飲んだ。ボディスーツは、汗や残った擬似羊水をリサイクルして、飲料水に変える。ほかに何が水にされるかは、考えたくない。

ケースの中身をすばやく調べ、糧食パックの下から薄い籠手を見つけた。左腕にはめるとコンピューターが起動し、輪郭と高度が示された地図が現われた。画面を叩いたが、ほかの機能にはアクセスできない。

「また、これだ」サバイバル・キットに手のひらを押し当てると、ケースの色が周囲の砂と同じになり、硬いケースが柔らかくなった。ローランドはケースからストラップを出して背負った。ガウス・ピストルを抜いて弾倉のなかを見た。実弾が隙間なく詰まっている。

「ふうん。この前とは、ちょっと違うな」ローランドは籠手に出た地図を見、指で画面を横にスワイプして止めた。連山と平行に道路が走り、近くに発着場のある小さな建物群まで続いている。

北東に目を向けると、地平線に山並みが見えた。

「ひょっとしたら、町は戦前のもので、ザロスが消そうとしなかったのかな……新しく建設されたものなら、誰かが住んでいるだろう。さあ、荒地の生き物になるときだ。いまは、ほかにたいして選択肢がない」ローランドはゆっくり駆け足を始めたが、足を止めた。

「何か忘れてるぞ」損傷した装甲を振り返って、パチリと指を鳴らした。砂地に、遠くの山並みを指す大きな矢印を描き、ガラスや石の破片を敷きつめた。こうすれば、ここへ誰かが来たら、ぼくがどこへ向かったかわかるだろう。

装甲を残し、走らずに歩きだした。エネルギーと水を節約しよう。もしかしたら、人の住む町があって、ここからの出口も見つかるかも……そうはならないかもしれない。

日が高くなるにつれて、暑くなった。進みながら、ローランドは黄色の花をつけた小さな草の茂みを見て、眉をひそめた。このあたりの植物は、フェニックス近辺のメスキートやポプラとはずいぶん違う。カラスくらいの大きさの白黒の鳥が目の前に飛んできて、低木の貧弱な枝にとまった。首をかしげてローランドを見ると、そのまま飛び去った。

ローランドはガウス・ピストルに手をかけた。終戦以来、地球にはほとんど人が住んでいない。人類はザロスの二度目の襲来前に、大陸を横切る山脈を要塞に変えたが、狭苦しい山地から都市部だった場所への移住は、なかなか進まなかった。フェニックスを除くどの都市も、基本的にはゼロからの再建だった。地球政府が力を入れたのは、水星から辺縁部の準惑星エリスにいたるまでの太陽系内防衛の再構築と、ジャンプ・ゲート〈るつぼ（クルーシブル）〉の向こう側で見つけた地球型惑星への移住だったからだ。

フェニックスの地球政府が地球上の都市再建を先延ばしにするのは、別の惑星への移住を奨励するためだという説を広めた者は何人もいたが、それでもいくつかの都市は再建された。ロサンゼルス、シアトル、ウィーン、ミラノ、ミュンヘン、シドニー。戦争で生き残ったのは大西洋連合（ローランドが通った学校の教師も理由は説明できなかったが、オーストラリアも含まれていた）の者ばかりだったし、昔の都市に住みついた者たちは、自分たちの記憶にある場所の再現に心血を注ぎ、近代的な建物を造るよりも、昔と同じ建築物や記念碑を再建した。

地球の人口はじわじわと二十億に迫っているが、地球上には居住者のいない土地が多い。人が住まず、何年も人間が立ち入らなかった土地には、肉食獣が住みつくようになった。

フェニックス周辺では、いつもオオカミやコヨーテが問題になっていた。アフリカにはライオンが広がり、インド亜大陸にはトラがあふれた。

ローランドはピストルを叩いた。ここがどこにせよ、ガウス・ピストルがあれば、どんな動物も撃退できる……襲われる前に、こっちが見つければ。何十年も人間の手が触れなかった環境では、動物たちは人間に対する恐れを忘れている。ローランドのにおいをとらえた肉食獣は、警戒するどころか、いい獲物だと判断するかもしれない。

ローランドは額の汗を拭い、ささやかな木陰で休憩した。サバイバル・キットから糧食バーを取り出し、包み紙を調べた。

「フルーツケーキか……くそっ。もっと腹が減ったら、うまいと感じるかもしれない」フルーツケーキを戻し、別のバーを出した。「オートミールか」端の紙をむいて、ひとくち噛みとった。ポッドのなかで、擬似羊水に加えられた栄養だけで何時間を過ごしたのかわからないが、糧食バーを噛むと少しばかり奇妙な感じがした。

近くの茂みで何かの影が動いた。ローランドはピストルを抜き、バーをくわえたまま、ねらいをつけた。茂みから動物が立ち上がった。巨大なウサギに見えたが、後ろ脚を折り、尻を落としてすわった。カンガルーだ。ローランドに向けた鼻をひくひく動かし、跳ねて去った。

「オーストラリアか……すごいや」ローランドはバーを噛みちぎった。「毒ヘビや大きなクモやワニが、うじゃうじゃいる。いま、装甲のなかに入っていられたらよかったのに」

南で雷の音が響き、ローランドは背筋を伸ばした。黒い雲がカーテンのように雨を引きながら空を隠しはじめ、湿気を含んだ一陣の風が押し寄せた。まもなく天候が急変する。訓練教官たちとフォート・ノックス周辺の森で――雨だろうと晴れていようと――トレーニングを繰り返したローランドは、母なる自然は気まぐれで、こちらがののしろうが祈ろうが好きなようにするという現実を受け入れていた。

ローランドはサバイバル・キットを背負い、次の瞬間、身体をこわばらせた。動物の足跡が北東へ続いている。三つの大きな指と幅の広い後ろ向きの鉤爪(かぎづめ)のある足跡が、ぬかるみにくっきり残り、近くの湿った地面に、同じ形のもっと小さな足跡が散らばっていた。

「ワニは五本指だったはずだ」ローランドは隠れる場所を探した。いくつかの巨石の近くに密集した木立が見え、進む方向を変えた。木立に近づくにつれて、煙のにおいが強くなった。木立まで百メートルを切ったとき、地面にタイヤの跡があるのに気づいた。

「ついに来たか」わだちをたどって雑木林に入ると、煙に、焼けた肉のにおいが交(ま)じった。近づくにつれて、不安がつのった。エンジンのアイドリングの音も、林のなかを動きまわる足音も聞こえない。ローランドはピストルを抜き、巨石の陰にかがんだ。

巨石の上からのぞくと、池のそばにジープがあった。ジープの側面には黒い傷跡が走り、焼けた前面がつぶれたタイヤの上にのしかかるように傾いて、池に突っこんでいる。座席には、黒焦げになった運転手の死体が見えた。

ローランドは頭をひっこめ、ガウス・ピストルの引き金に指をかけた。ジープはプラズマ兵器で撃たれたらしい——残骸が発するにおいと熱から見て、撃たれてからさほど時間はたっていない。ローランドはそろそろと巨石の反対側にまわり、またのぞいた。

池のほとりに生物が現われ、ローランドは息を止めた。爬虫類型の異星人だ。蛍光性の緑の皮膚をし、鋭く突き出た鼻づらから、針のようにとがった歯をむき出している。ぼろぼろになった銀色の軍服の名残を身につけた異星人は、死んだカンガルーをひきずって池に入ると、鼻づらを水面に向けた。ローランドの背後から、オアシスに向かって風が吹いた。

異星人は鼻を上げ、においをかいだ。ローランドは頭をひっこめ、巨石の陰に戻った。まさか。あれは……トスか？

どろっとした液体が一滴、ガウス・ピストルの上に落ちた。ローランドが顔を上げると、トスが巨石のてっぺんに手をかけていた。シャッと威嚇音（いかくおん）を発しながら、トスはローランドの顔につかみかかった。

ローランドは後ろへ倒れ、ピストルをトスに向けた。トスはピストルを叩き落とし、ローランドに跳びかかった。鋭い鉤爪がローランドの肩と尻に突き刺さった。

「肉！　肉！」トスは吐き捨てるように叫んだ。

ローランドがこぶしでトスの頭をなぐると、相手はかなきり声を上げた。トスにつかまれた片腕を振りほどいたとき、トスがローランドの顔に噛みつこうとした。ローランドはトスの首をつかんで絞め上げた。

トスはローランドの腕に強靭な鉤爪を走らせ、ボディスーツの布地を引き裂いた。後ろ足の鉤爪はローランドの腹部をひっかき、みぞおちからウエストまで布地にしわを寄せた。ローランドは横転してトスを地面に押さえつけた。リーチの短い相手の鉤爪が顔に届かないよう、トスの喉に手をまわしたまま、腕をいっぱいに伸ばした。

身もだえするトスの頭から三十センチ離れたところに、岩があった。ローランドはトスの頭を持ち上げて岩に叩きつけた。だが、相手はいっそう激しくあばれ、ローランドの籠手の画面に爪を立てて前腕に食いこませた。ローランドは悲鳴を押し殺し、もういちどトスの頭を岩に打ちつけた。トスは恐怖で目を飛び出さんばかりに見開いた。

トスをさらに高く持ち上げ、後頭部を岩に叩きつけて砕いた。冷たい黄色の血がローランドの両手にかかり、異星人の全身が細かく震えだした。ローランドは死にかけたトスを脇に放りだし、泥のなかに落ちたピストルを拾った。

転がって、ピストルでトスをねらったが、相手は動かなかった。立ち上がり、トスを蹴った。反応はない。

腕の痛みが、戦闘で高まったアドレナリンの効果をうわまわり、ローランドは顔をゆがめた。腕を血が流れ、指から滴っている。

「くそったれ」ローランドは負傷した腕をもう一方の腕で抱え、肩をゆすってサバイバル・キットをおろした。胴体一面に上下に走るかき傷が痛むが、血は出ていない。急速凝固剤のスプレー缶を出し、歯でふたをはずした。

背後で小枝がピシッと音を立てた。

ローランドは地面に転がってピストルをかまえた。ねらった先にいたのは、チャ＝リルとマサコとエイナーだった。三人ともボディスーツ姿で、ピストルをかまえている。

ローランドはピストルを肩まで上げ、丈の高い草の茂みにへたりこんだ。

「なんだよ。フォート・ノックスじゃ、武装した警備兵にしのび寄る方法なんか教えてくれなかったぞ」と、ローランド。

マサコは泥の上に落ちたローランドのスプレー缶を見つけ、ローランドの腕をつかんで伸ばした。

「近くに、もっとトスがいるはずよ」と、マサコ。「そいつらを驚かせたくなかったの」

「もっと？」

「群れを、ここまでつけてきたの」と、チャ＝リル。空気のにおいをかぎ、くすぶるジープを見た。「召使は小さすぎて、トスのブラスターを運べない。どこかに戦士がいるはずよ」

ていた血が滴った。

マサコがローランドの裂けた袖の端を持ち上げると、ローランドの手首から薄く広がっていた血が滴った。

「見ないほうがいいわ」マサコは言い、傷にスプレーのノズルを押しつけた。シュッと音がして高性能の血小板が傷に送りこまれ、ローランドはむき出した歯を食いしばった。出血は、ほぼ瞬時に止まった。ローランドはケガをした手を上げ、ゆっくり握ったり開いたりした。

「なんだか……冷たい」と、ローランド。

「よかった。動脈が傷ついてないしるしよ。ひりひりしはじめたら、止血帯を使ったほうがいいわ」マサコはローランドの肩を叩き、手を貸して起き上がらせ、すわらせた。

エイナーは、ジープのそばへ行って後部座席をのぞいた。サイボーグの手でドアをつかみ、蝶番を力ずくで引きはがした。

「なぜ、トスがオーストラリアにいるんだ?」ローランドはたずねた。「トスが降下したのはハワイだけだと思ってた」

「軌道からの襲撃のあいだに、トスの戦死者数はふくれあがったわ」と、チャ＝リル。

「明らかに、何人かがここに不時着して生き残ったのね」

「どうして誰も気づかなかったの? トスの侵入から何年もたつのに」と、マサコ。「ここにトスがうようよしてると知ってるなら、教官たちは、なぜわたしたちをサバイバル訓練なんかに出したのかしら?」

「たぶん、わたしたちのクラスの人数が多すぎるから、もっと志願者の減少率を高める必要があったんでしょう——望むと望まざるとにかかわらず」チャ=リルの黒いとげのような冠毛が動いて、カサカサと音を立てた。

「訓練では、大ケガや死は想定されていない」と、エイナー。「みんな、これを見ろ」頭を傾けてジープを指した。

「歩ける?」マサコがローランドにたずねた。

「すまないけど、手を貸してくれ」ローランドは無事な手でマサコの腕をつかみ、立ち上がった。

トスの死体は、手足を胎児のように縮めていた。近くをハエがブンブン飛んでいるが、死体にとまろうとはしない。

「わたしたち、ここからあまり遠くないところでタイヤの跡を見つけたの」と、マサコ。

「チャ=リルのお父さんはハワイでドタリの民兵をやってたことがあって、ハワイ諸島全土でのトス狩りの話をたくさんしてくれたんですって。トスは泳ぎがうまいらしいわ」

「なぜ、あなたたち三人はトスなんか探してたんだ? 戦士が一緒にいるなら、なおさらだ。大柄なトスなら、ぼくたちなんかまっぷたつに引き裂くぞ」と、ローランド。急に、ピストルが場違いに見えて、ホルスターに戻した。

「これのせいよ……」マサコは自分のサバイバル・キットから、手のひらほどの大きさの引き裂かれた布切れを取り出した。布切れには、血のしみのついた記章が縫いつけてある――王冠と、のぼるまばゆい日輪の記章だ。「エイナーが言うには、これはオーストラリア歩兵隊の記章ですって。これを、別のジープの近くで見つけたの。峡谷でつぶれてて、まわりはトスの足跡だらけだった」

「トスは捕虜を取ったんだな」

「そっちは片づいたか？」エイナーが大きな声でたずねた。

ローランドの肩に、大きな雨粒が落ちた。見あげると、嵐の最先端が太陽を隠している。周囲にバラバラと雨が落ちてきた。

「このジープに乗っていたのは四人だ」マサコとローランドが近づくと、エイナーが言った。マサコは黒焦げの死体から顔をそむけ、片手で口をおおった。

「トランクに、リュックが四つある」エイナーは金属の指関節で後輪の上方を叩いた。

「装備類の大部分は、まだ車内にある」

リュックサックはどれも引き裂かれ、予備の服や洗面道具がトランクのまわりに散乱している。

「これを全部、置いてく気じゃなかったはずだ」と、ローランド。「何があったんだろう？」

「歩兵隊が野外に出るときは、囮の餌だけはどっさり積んでいく」と、エイナー。「トスは自分たちの食糧を取ったんだ」

「あの有袋動物を殺したのは、あの死んだトスね」チャ＝リルがカンガルーの死体を指さした。

「あのトスは、ジープを待ち伏せしたグループとは違う」と、ローランド。雨が激しくなり、ジープの焼け焦げた前部に当たってシューシューと音を立てた。「あなたたちが食糧をたっぷり持ってるんなら、なぜトスを追う？」

「絶対、近くに巣があるのよ」と、チャ＝リル。「トスの召使は、第一級戦士がかんだかい声でわめけば聞こえる範囲しか出歩かないと、父は言ったわ」

「わめく？」と、エイナー。「きみのお父さんは――それに、きみは、聞いたことがあるの？」

「いいえ」チャ＝リルは首を振った。「父は狩りのあいだ、カリゴレの相談役を一人、連れていたの。カリゴレは、トスを殺すいちばん強い動機を持っている種族で、感覚は地球人やドタリより、はるかにすぐれているわ」

「この雨じゃ、どうしようもないな」雨足が強まり、エイナーは仰向いて目を閉じた。

「ここから遠くないところに町がある」と、ローランド。「そこに着けば、応援を呼べるよ。ピストルよりはましなもので武装した誰かが、捜索を手伝ってくれるだろう。必要なのは、捜索ドローン二、三機だ」

「兵士たちがその町から来たのは、間違いないわ」と、チャ＝リル。「トスが、ここで襲撃するほど大胆なら、もっと大きな標的を攻撃する力もあるかもしれない。とくに、町に充分なマンパワーがない場合は」

「それじゃ、早く町に行かないと」密集した木々のあいだを風が吹き抜け、ローランドは激しくなる雨を避けようと、片腕で顔をおおった。

「この嵐、どのくらい続くかしら？」と、マサコ。ローランドの腕の下にもぐりこんだ。

「やむのを待っている時間はない」と、エイナー。「トスは雨宿りしているか、捕虜を連れて進んでいるかだ。雨宿りしているなら、われわれが進めば連中より前に出られる。連中が進んでいるなら、ここにとどまっていては置き去りにされる」

ローランドはトスに引き裂かれた籠手を見て、頭を振った。

「誰か、方位磁石とちゃんと作動する地図を持ってればいいんだがな」

「持っているわ」と、チャ＝リル。雨に打たれて水面のあちこちが跳ね上がる池の、向こうを指さした。「こっち。ついてきて」

「はぐれるなよ」エイナーが言った。「この雨じゃ、簡単に道に迷う」

四人がオアシスから荒地へ出ると、泥を踏む足がビチャビチャと音を立て、数十メートルより先は見えなくなった。ローランドの負傷した腕と手はまだ冷たく、冬に手袋を忘れて外へ出たような感じだ。

「この大陸にドタリの集落ができるという噂があったわ」と、チャ＝リル。「父やほかの民兵が東海岸を偵察したとき、えらい人の一人が、宇宙戦闘艇くらいもある巨大な魚に食べられそうになったり、もう一人が水棲無脊椎動物の毒にやられたりしたの。父は、ここは呪われた土地で、ここで生きていけるのは最強の地球人だけだと言った。いまは、そのころ聞いた話に心から感謝しているわ」

頭上で雷がとどろき、ローランドは反射的に肩を丸めた。エイナーは落ち着いている。

「エイナー、身体の何割くらいが金属なの？」ローランドはたずねた。

「なぜだ？」

「雷」

エイナーは片手を顔のそばに上げた。

「おろして！　手を上げないで！」マサコが叫んだ。「わざわざ雷を呼び寄せなくても、あなたは避雷針そのものよ」

「チャ＝リル、もっと速く進めるか？」と、エイナー。

「ついてこられる？」チャ＝リルは足で水を撥ね散らしながら走りだした。

町が見えるころには、雨は小降りになっていた。町の建物はほとんどが平屋で、コンクリートを3Dプリンターで複製したものだ。袋小路の端にひとつだけ高い建物があり、大きな車庫のドアから、北へ向かう舗装道路が伸びている。

ローランドは頭を低くして有刺鉄線のフェンスをくぐり、いまにもあふれそうな小川の岸の、腰丈の草むらにかがんだ。

「動きはない」と、エイナー。「明かりもない。何もない」

「襲撃されたようには見えないな」と、ローランド。

「ドアをノックして、トスが答えるかどうか、試したいか？」

「したくはないけど、あの建物が異星人でいっぱいだったらどうする？　道路があるけど、次の町までどのくらいあるかわからないよ」

「もっと情報を手にいれてから、どうするか決めよう」と、エイナー。「状況を把握するまで、できるだけ最良の決定で動く。それくらいしかできない」

チャ＝リルとマサコはフェンスの下をはって通り抜け、男たちに追いついた。

エイナーが片足をつかみ、きしる音をたてながら足首を曲げた。

「くそ。この足はハイキング向きに造られていない」

「歩ける？」と、マサコ。

「足を引きずりながらでよければ、ジャンプだってできる。もう一方の足がだめになって、千鳥足の酔っぱらい程度の敏捷性しかなくなるまでは」

「ここからだと、たいして見えないわ」と、チャ＝リル。「ローランド、一緒に西側へまわりましょう。あの大きな建物の窓から、なかをのぞけそうよ」

「わたしが行く。ローランドはケガしてるのよ」と、マサコ。

「ローランドは、接敵移動訓練ではいつも、あなたより高い点を取っているわ」と、チャ＝リル。「あなたは、射撃の腕がローランドより上よ。わたしたちの命が危なくなった場合に備えて、援護にまわってくれたほうがいいわ」

「あなたが、ぼくを好きになってきたのかと思っちゃったよ」ローランドはチャ＝リルに言った。

チャ＝リルは何度か荒々しい鼻息をついた。ネコがスタッカートで喉をゴロゴロ鳴らすような音だ。

「……笑ってるの？」と、ローランド。

「そんな場合ではないわ」チャ＝リルは首を振った。「退却しなければならないときは、わたしたちがローランドを見つけたオアシスへ戻りましょう。さあ、行くわよ」

ローランドはチャ＝リルのあとについて高い草を分けながら、よつんばいで泥の上を進んだ。草がもっと高くなると、低くかがんだ姿勢になった。

チャ＝リルが足を止め、姿勢をさらに低くした。

「何？」ローランドはささやき声でたずねた。

「右のフェンス沿い」チャ＝リルはピストルで右を指した。

ローランドは首を伸ばし、揺れる草のすぐ上に目を出した。巨大な四本脚のトスが一人、町へ向かってくる。太い腕があり、傷跡のある突き出た鼻と口は、ひとくちでローランドの首を噛み切れそうだ。その後ろから、六人の地球人捕虜が進んできた。捕虜は、細長い木の皮を切り刻んで作ったロープで手を縛られ、その端をトスに握られている。

大柄な戦士のまわりを小柄な召使たちが走り、踏みつぶされる恐れもないのに、身をかがめて戦士の手足のあいだをくぐり抜けた。早口の英語で捕虜たちをののしりながら、パクパク噛みついている。

「あいつら、何をしてるんだろう？」と、ローランド。

「トスは肉食よ」と、チャ＝リル。「捕虜が逃げたり応戦したりできないのに、なぜ生かしておくのかしら？」

「猛獣に似てるからといって、食事にだけ興味があるとはかぎらない。捕虜を、航宙船と交換したいのかもしれない。母星へ帰るために」

「そうだとすると、いまは勇気を見せる場合ではないわ」と、チャ＝リル。「トスが交渉を始めるのを待って、情報を提供してくれる者が来たら手を結ぶ」

「なるほど、ボブおじさんにまかせとけ（「大丈夫」の意）ってか」

「ボブおじさん？」

車庫の高いドアがひとつ開き、悪夢のような物体が現われた——四本脚の機械に載った、泡立つ液体の入ったタンクだ。液体のなかを、むき出しの脳とからまり合った神経系がただよっている。

トスの戦士は、背筋が凍るような鋭い声でわめいた。

捕虜は逃げようとしたが、戦士にロープを引っぱられ、全員が地面から持ち上げられた。召使たちは捕虜に襲いかかり、なぐったり蹴ったりした。

「あれは昔、話に聞いた君主だわ」

「いったい、ここで何をしてるんだろう?」ローランドはピストルの側面に親指を押しつけ、遊底を回転させて弾薬を薬室に送りこんだ。

君主のタンクの下から機械の腕が出て、とげのついた先端が捕虜たちのほうへ伸びた。捕虜たちは召使たちに建物のほうへ引きずられながら、足をばたつかせ、悲鳴を上げている。

「父が……トスの君主は神経エネルギーを食べると言ったわ」と、チャ＝リル。「あのトスは空腹なのよ」

「どうやって神経エネルギーを食べるのか、知りたくもないけど、連中全員を倒すだけの弾丸があるかどうか心配だ」と、ローランド。召使の数を数えようとしたが、腐った死骸にたかるハエのように捕虜のまわりに群がっていて、数えようがない。

「小さいトスは臆病よ。大きなのを倒せば、残りは逃げ散るわ」チャ＝リルはピストルを、風に揺れる草の向こうの君主に向けた。

戦士は一人の捕虜を、君主の前の地面に放り出した。君主の腕の一本が、捕虜の男の首をつかんで空中へ持ち上げた。

「タンクのどまんなかをねらえ」ローランドは君主にねらいをつけた。君主につかまれた男は、もがきながらタンクに引きこまれた。脳から触手のように伸びた神経が、男をなでまわしている。

チャ＝リルとローランドが、ほとんど同時に発砲した。タンクに、クモの巣状の亀裂がふたつ広がった。機械の脚がよろめき、開いたドアへ後退した。自由になった捕虜は、はって逃げだした。

ローランドたちと君主のあいだで、トスの戦士が跳び上がった。

「ぼくたち、見られたかな？」と、ローランド。次の瞬間、戦士が草むらを指し、大声で命令を発した。小柄なトスたちが二人に向かってきた。

「間違いなく、見られたわ」と、チャ＝リル。

「退却開始。十メートル。あなたから先に」と、ローランド。立ち上がって、草むらのなかを近づいてくる騒がしい音に向けて発砲し、戦士の接近を確認した。撃たれた召使が一人、宙に跳び上がって自分の脇腹の傷に噛みついた。

チャ＝リルがエイナーとマサコのほうへ駆け戻るあいだに、ローランドはガサガサと音を立てる草むらに発砲した。キーキー声が上がった。チャ＝リルのピストルの発射音が聞こえ、ローランドはその方向へ退却した。

走るローランドのすねや太ももに草が当たって、音を立てる。背後でうなり声が聞こえ、跳躍した戦士がローランドの背に激突した。ローランドは顔から先に地面につっこみ、顔を小石でこすられながら、すべって止まった。

顔を上げると、ピストルが手から飛んでいた。腕をいっぱいに伸ばしたが、届かない。そのとき、トスの戦士に足首をつかまれて後ろへ引きずられた。ローランドは指を地面にめりこませたが、トスの力は強く、ゆるがない。湿った土はローランドの手の下でボロボロと崩れ、手がかりにならなかった。

ガウス・ピストルの弾丸が頭上を飛んだ。ローランドはぞっとした――誰が撃ってるか知らないが、草むらにいるぼくが見えない。引きずられる身体が止まったとき、ローランドは石をつかんで横転した。のしかかる影しか見えない。トスの戦士は巨大な前足で、勢いよくローランドの頭部をつかんだ。視界が完全にさえぎられ、異星人の身体から腐ったミルクのにおいがした。

戦士はローランドを持ち上げ、片腕できつく抱えこんだ。ローランドは異星人の体温を感じたが、運ばれるあいだ、トスの手の古くなったパン生地のようなにおいに窒息しそうになった。

突然、コンクリートの床に投げ出され、ローランドは大きくあえいだ。うつぶせのまま、戦士の鉤爪のある足を見た。頭をまわすと、君主の機械の脚が見えた。金属の鉤爪に肩をつかまれ、持ち上げられた。

君主の脳が入ったタンクのひびから液体が漏れ、ぽたぽたと脇に落ちている。

「やあ……肉よ」タンクの底から声が聞こえた。「おまえの仲間は何人いる？」

「何百人もいる」と、ローランド。「この町を包囲したぞ。いますぐ降伏すれば、おまえを車に乗せて、気に入った水槽まで連れていってやってもいい」

ローランドの肩をつかむ鉤爪に力が入り、万力のように締めつけた。ローランドは痛みに激しく顔をゆがめたが、悲鳴は上げなかった。

顔の前に、とげが現われた。とげが割れて開き、小さな触手が何本も出てきて、ローランドの額をなでた。

「本物の心……本物の身体」と、君主。神経の先端をこすりあわせた。「何年も味わっていない、ごちそうだ。ちょっと味見をしよう。おまえの仲間を捜しに奴隷たちを送り出す前に、本当のことを知りたい。トスにとっては宴会だ。おまえの心はわたしのもの。おまえの身体は奴隷たちのものだ。それがイヤなら、仲間が何人いて、どこに隠れているか、本当のことを言え。もっと栄養が手に入れば、おまえはこのまま取っておこう」

ローランドは足を後ろに大きく引き、弾(はず)みをつけてタンクを蹴った。

「ひとことも言うもんか！」

触手の出たとげが、じりじりとローランドの顔に迫った。ローランドはタンクに唾を吐き……トスが凍りついた。タンク内の泡の動きが鈍くなり、ぴくぴく動く神経の先端が動きを止めた。ローランドの肩をつかむ鉤爪が開き、ローランドは地面に落ちてくずおれた。

背後の戦士も、動きを止めている。

ローランドが君主の横にあるドアに向かってはいはじめたとき、肩に手が置かれた。ローランドは叫び声を上げてなぐりかかり……空振りに終わった。

光がゆらめき、つやのある虹色になって固まると、人間の姿になった。マオリ族のトンゲアが、空気のなかから実体化した。

「志願者ショー、この訓練は終わった」と、トンゲア。

ローランドは仰向けになり、両肘を地面について上体を起こした。トスの君主からトンゲアへ、何度か視線を往復させた。

「レプリカのロボットだ」と、トンゲア。「地球上に本物のトスはいない。安心しろ」

肩のかき傷や打撲が、いっぺんに痛みだした。ローランドは脇腹をかばいながら、うめき声とともに立ち上がった。

「これは何……なんだったんですか？」

「あのドアの向こうで、医療スタッフが待っている」トンゲアはローランドの背後のドアを指さした。「きみの訓練は終わった。いま、志願者チャ＝リルが〝捕らえられ〟た。あと数分で、ここに来る。きみは姿を消さなければならない」

ローランドの胸に怒りが湧き上がった。教官たちは予告もなく、ぼくを荒地に放り出し、こんな大変な試練に送りこんだ……信頼が裏切られたような気がする。ローランドは、負傷していないほうの手を首筋の〝こぶ〟に伸ばした。これをはずして、タトゥーの入ったトンゲアの顔に投げつけたい……衝動に負けそうだ。

手が〝こぶ〟に触れると、ローランドは手をおろした。

トンゲアが手を伸ばしてローランドの肩に置いた。微笑を浮かべて、うなずいた。

「きみのなかに見えるのは、鉄かな？」と、トンゲア。

「痛くて、頭が混乱して、腹を立てることを〝鉄〟と言うなら、鉄だと思います」

「ケガを診てもらえ。急げ」トンゲアが籠手の画面に触れると、もとどおり透明偽装フィールドがトンゲアを包んだ。

ローランドがドアを通ると、モニターの列の前に立っているギデオンが見えた。並んだ画面に、もがきながらトスに引きずられ、建物――何もない消防署――に連れこまれるチャ＝リルが映っている。ギデオンはローランドに冷静な目を向けてから、画面に注意を戻した。

二人の医務兵が、ローランドをベンチにすわらせた。一人がローランドの首に皮下注射をすると、身体の苦痛がほとんど鎮まった。もう一人は青い目と優しい笑みを持つかわいい娘で、ジュースの入ったカップを差し出し、ローランドの頬をパタパタと叩いた。

「ようこそ、兵隊さん」娘はオーストラリアなまりで言った。「血まみれのエースね。わたしたちが薬で満タンにしてあげれば、あの娘だってOKよ。心配いらないわ」

「あの、何をおっしゃってるのかわかりませんが、ぼくは大丈夫です」ローランドはジュースを最後まで飲んで、考えた――ジェリーは宙兵隊で、もっと楽な生活をしてるだろうか？

11

ローランドはトレーニング用ショートパンツとTシャツ姿で、宿を借りているフォート・シドニーの兵舎の通路を進んだ。濡れたビーチサンダルがリノリウムの床に当たってキュウキュウと音を立てる。肩にタオルをかけ、熱すぎるシャワーでほてった肌が冷えてゆく感覚を楽しんだ。肩で風を切るように割り当てられた部屋へ入ると、タオルで顔と頭をこすった。

「エイナー、あなたの話はたわごとばっかりだな。オーストラリアだって、水が排水口へ流れるとき、逆まわりの渦になんかならないよ」タオルをおろすと、チャ＝リルとエイナーがこちらを見ていた。エイナーは膝丈のジーンズとボウリングシャツを着ており、チャ＝リルは花柄のブラウスとゆったりしたズボンという姿だ。

「どうしたの？」と、ローランド。

「フォート・ノックスへ帰るシャトルが遅れている」エイナーが答えた。「沖縄に台風が来ているせいだ。おれたちに六時間の外出許可が出た。真夜中には、ここに戻っていなきゃならない」

「じゃ、ぼくたち……外へ出られるの？　シドニー市内を見てまわって、やりたいことができる？　教官のいないところで？」

「外出許可ってのは、そういうものだ、ローランド。首につけられたリードは、はずされた。外へ出て、大人になろう」

ローランドは両腕を高く上げてから曲げ、カニのポーズをとった。

「イェーイ！」ローランドは手を叩き、チャ＝リルとハイタッチした。チャ＝リルはローランドの手のひらを見、エイナーを振り返った。

「あなた、ローランドがこうするだろうと言ったわね」チャ＝リルはくちばしをカチリと鳴らした。

「どこへ行く？　食事？　オーストラリアにビールはあるかな？　ここでも、十八になったら酒を飲んでいいよね？　何を着ていけばいいだろう？」

「あなたの衣服を調達しておいたわ」と、チャ＝リル。ローランドのベッドの上のビニール包みを指さした。「周囲に溶けこめるように、人気のあるファッションを、季節のデータや標的の近所の映像と相互参照したのよ」

ローランドが包みを開くと、半ズボンとボタンのあるシャツが出てきた。

「ちょっと待って。チャ＝リルはなんの話をしてるの？」

「ガイドブックには出ていない、危ない店に行きたいんだと」と、エイナー。「立入禁止リストに載っている店だ——まあ、軍にとっては、市内で唯一の立入禁止店舗だな」

「〝立入禁止〟なら、こっそり入ればますます面倒なことになりそうだね」と、ローランド。「なぜ、ぼくたちは——あなたは——そんな危険をおかすの？　みんなで別の場所へ行こうよ」

「必要なら、あなたのお好みの〈パパ・サムのピザ店〉にだって行くわ」と、チャ＝リル。「わたしが行きたい店は通りの向こうにあって、カンガルー肉のソーセージをトッピングした食事で知られているの。わたしたちの一人が——あなたのことよ、ローランド——通りの住所を間違えたことにすれば、わたしたちが〈男のバー＆グリル〉にいたことに対して、もっともらしい言いわけが手に入る」

「もっともらしい言いわけって、実質的には悪だくみだろ？」と、ローランド。「こんなこと、やめよう。本気だよ」

エイナーがいらいらしてグルリと眼球をまわした。

「マサコも一緒に来るぞ」

「ああ……わかった、それならいい」ローランドは半ズボンを広げ、チャ＝リルを見た。

「ごめん。ちょっと向こうを向いてくれ」

「裸になるのが恥ずかしいの？　マサコはわたしと一緒の部屋で、なんの問題もなく服を脱ぐわ」

「マサコは女だ。あなたも」ローランドは唾を飛ばしてまくしたてた。「向こうを向いてくれ。目をおおって。なんでもいいから、見ないでくれ」

「待って……地球人男性の生殖器は身体の外にあるって、本当？」

「チャ＝リル、あなたと、この話をする気はない」ローランドは指を振った。「いまはだめだ。いまでなくても、だめ」

エイナーが単調な笑い声を上げ、ピシャリと膝を叩いた。

チャ＝リルは腕の関節部分で目をおおった。

ローランドはシャツを着替えた。

「チャ＝リル、さっき言ったみたいに周囲に溶けこむことを、あなたはどう思ってる？地球上にいるドタリと言えば、フェニックスの大使館にいる人たちだけだ」

「ドタリの宙兵隊が、近くの宙港から周回軌道上へジャンプの練習をしているわよ」と、チャ＝リル。ローランドはトレーニング用ショートパンツをぬぎ、チャ＝リルが用意してくれた半ズボンをはこうと身をかがめた。

「ねえ、みんな！」マサコが部屋に跳びこんできて、ローランドのむき出しの尻と対面した。

マサコがあわてて外へ出てバタンとドアを閉めると、ローランドはエイナーを見あげた。

エイナーは腹がよじれそうに笑いころげ、壁に寄りかかって身体を支えている。ローランドは顔を真っ赤にして、すばやく半ズボンをはいた。

「エイナーは、医療措置が必要？」チャ＝リルが腕で顔をおおったまま、たずねた。

「笑いが止まらないようなら、必要になる！」と、ローランド。

エイナーは喉のマイクを叩いて音声スイッチを切った。

ドアに二、三度、おとなしいノックがあった。

「どうぞ」ローランドはドアに向きなおり、腕組みをした。

ゆったりしたスカートに袖をまくりあげたブラウス姿のマサコが入ってきた。下唇を嚙みしめ、ローランドはローランドと目を合わせようとしない。

「支度は……できた？」と、マサコ。

「ローランドは、まだ生殖器を見せている状態？」と、チャ＝リル。

「腕をおろしていいよ」ローランドは答え、頭を振った。「出かけよう」

〈男のバー＆グリル〉は工業製品リサイクル・センターの隣の角にある。歩道や車道のあちこちに、この前の嵐で水たまりができていた。街灯のあいだを飛ぶ細かい水滴が明かりをぼやけさせ、店のホロ看板は、最後の一文字〝ル〟がジージーと音を立てて点滅している。

夕暮れの街路に、音楽やビール瓶(びん)のぶつかり合う音が漏れていた。

自動タクシーが通りを渡って歩道のそばに止まると、四人の装甲機動兵志願者が降りた。エイナーがタクシー料金表示機の上でクレジット・フラッシュドライブを操作しているあいだに、ほかの三人は間隔(かんかく)を置いてエイナーを囲んで外側を向き、両手を握ってなぐり合いに備えた。

「みんな、落ち着けよ」と、エイナー。「ここはシドニーだ。フォート・ノックスの仮想(V)現実(R)室じゃない」

店から二人の男がよろよろと出てきた。ののしり合い、酔ってねらいの定まらないこぶしでなぐり合おうとしている。一人が腹にキックを受け、止めてある一台の車にぶつかり、凹(へこ)みを作った。

「こら！」三人目の男が、空(から)のボトルを手にして、店から走り出てきた。「おれの車だぞ、バカたれが！」

最初にケンカをしていた二人は、三人目の男が跳びこんできたことなど気づかないらしく、路上で騒ぎを続けている。

「ここはシドニーでも荒っぽい地域だな」と、エイナー。「態度をていねいにしよう」

「どうして、トイレみたいなにおいがするの？」マサコが鼻の前で手を振った。

「ぼくたちの外出許可は、あと五時間半だよ」ローランドは腕時計を叩いた。「店に入って、出て、どこか医療スタッフなんか抱えていそうでないところへ行こう。用意はいいかい、チャ＝リル？」

チャ＝リルはポケットのふくらみに触れ、とげのような冠毛をたたむと、去ってゆくタクシーを見送った。

「もしかしたら、これは間違いかもしれない」と、チャ＝リル。「これから入るところが、乳房の分泌物とつぶした果実を固めたものが出る店だったら？　今日は金曜。地球人は発酵飲料を組み合わせて楽しむんでしょう？」

「ピザやビールは、あとでも楽しめる」と、エイナー。「これは、きみにとって大事なことなんだろう？　さあ、リフレッシュの時間だ」

チャ＝リルは舌を震わせて音を発し、店に入った。

「ローランド」マサコがローランドの腕をつかんだ。「誰かにきかれたら、あなたはわたしのボーイフレンドだと言ってね。いい？」

「いいとも！　それなら……」ローランドは片腕をマサコの肩にまわしたが、マサコは片手を上げて止めた。

「複雑にするのはやめましょう」

「わかった」ローランドは腕をおろした。

二人はエイナーに続いて店に入った。二十数人いる客の大部分は男で、カウンターとダーツ盤の近くに群がっている。ローランドは、靴底が床にねばつくような気がした。開業後、いちどもモップをかけていないような床だ。気の抜けたビールと、ニコチン蒸気の噴霧器のにおいがする。壁のスクリーンは、終戦より何年も前のラグビーの試合を再生していた。

袖なしのシャツを着て、あごひげを二日だけ伸ばしたような体格のいい男が一人、カウンターから上体をそらして新しい客を見た。

「おい、ディボ、迷子の子ヒツジどもがこっちへ来るようだぞ」男は転げ落ちるようにスツールからおり、隣の男のタトゥーの入った腕をピシャリと叩いた。「間違ったパドックにいることを知らん野郎がどうなるか、教えてやらなきゃならんな」

「からかうのはやめろ、ウェイン」ディボと呼ばれた男は振り返り、ローランドたち四人を見た。片方の目が青黒く腫(は)れている。「ナラボー砂漠よりもカラカラに乾いていそうだ——毛色の変わったやつも含めて。コーヒーでも与えておけ」

「まったくだ。こいつらも、おばさんをトラブルに巻きこむぞ」と、ウェイン。「そんな飲み仲間はいらん。ここは、おれの庭からびっくりするほど遠くて、小便を水で薄めない、たったひとつの酒場だ！」

カウンターの陰から、クリケットのバットを手にしたバーテンが立ち上がった。

「うちには〝行儀よくする〟ってルールがあるんだよ」と、バーテン。「何度か鼻を折られたらしい顔で、生えぎわに沿って醜い傷跡が走っている。ローランドたち四人を一瞥して首を振り、バットでエイナーを指すとカウンターの空席へ手招きした。

「あんたら四人は、ここで何をする気だ？」バーテンはエイナーにたずねた。「ここにいる者はみんな、もと兵士だ。あんたらみたいな実戦を知らない優男のにおいくらい、一キロ先からでも嗅ぎつけるぞ」

「いま、おれをなんと呼んだ？」と、エイナー。わずかにあごを上げ、長身のバーテンに首のスピーカーを見せた。

「ああ、すまん、相棒」バーテンはバットをおろした。「あんたの仲間はほやほやの新兵だから、ぺちゃくちゃしゃべる。新兵がおせっかいを焼きにくれば、必ずわかるんだ。ここじゃ、基地の連中には酒を出せん。おばさんが免許を取り上げられかねんからな」

ローランドはバーテンの頭ごしに、壁にかかっている電磁加速ライフルを見た。ライフルの横には色あせた写真が何枚もかかり、いくつかは傾いている。背の低い女性宙兵隊員が、ほかの隊員たちや兵士たちと一緒にポーズをとっている写真だ。なかの一枚は、ライフルをかついでいる背の低い女性隊員――〈スタンディッシュ酒造〉のコマーシャル全部に出ている――のほかに、ヘイル、スタンディッシュ、陰気なヒスパニック系の宙兵隊員、背の高い金髪の女が写っていた。みな、ユーモアの概念など持ちえなさそうな、うろこのある異星人のまわりに集まっている。

「ベイリーに会いたいんです」チャ＝リルがバーテンに言った。

「渡すものがあるの」

「あの人は、自撮りもサインも、テレビでしじゅうやってるくだらん映画のワン・シーンの実演もやらん」と、バーテン。「頼む——怒るときは行儀よくやってくれ。おれも、裁判所が予約した精神科の医者に、そう言われた。うすのろどもは、まわりの連中がかっかしはじめる前に出ていったほうがいいぞ」

「おれたちはひどく喉が渇いているんだ」エイナーはバーテンの隣にある表示機にクレジット・フラッシュドライブを入れ、チップの金額を落とした。

バーテンは肉の厚いあごを左右に動かした。

「へえ、それなら、何を飲む？」

「ショットグラスでウィスキーふたつと、オールド・ファッションドひとつ……ストローつきで」と、エイナー。

「喉が渇いてると言ったな」バーテンはエイナーとチャ＝リルのあいだに六個のショットグラスを置き、ラベルのはがされたボトルからウィスキーを注いだ。いったん姿を消し、すぐに広口のグラスに入った飲み物とプラスチックのストローを持って戻ってきた。

「あのおばさんがおしゃべりに興味を持つかどうか、みてみよう」と、バーテン。チャ＝リルに向かってうなずいた。「ここに毛色の変わったやつを、これ以上は連れこむなよ」

エイナーは自分のグラスを上げ、カクテルに入っているスライス・オレンジに厳しい目を向けた。つまんでにおいを嗅いでから、床に投げ捨てた。

「乾杯しよう――」エイナーはローランドとマサコを振り返った。六個のショットグラスのうち、すでに四個は空いていた。ローランドとマサコはそれぞれショットグラスを持ち、不快そうな表情を見せている。

「きみたちは、酒を飲んだことがないのか？」と、エイナー。

「わたしは、ないわ」と、マサコ。

「ぼくも。思ってたほど、ひどくはないな」と、ローランド。

「飲んでいるうちに、いい味になる」と、エイナー。片耳のすぐ下に触れてわずかに下あごをおろし、上唇でストローを包みこむと、ひと息で長々とカクテルを吸った。「きみたち二人は――」二人が三杯目を口に放りこむのを見て、自分のグラスを置き、あきれたように頭を振った。

「二人には、まずシャーリー・テンプル（女性向けのノンアルコール飲料）を飲ませたほうがよかったな」と、エイナー。

「ベイリーは来ると思う？」チャ＝リルが足を踏みかえながら、たずねた。目は、バーテンが消えたドアに向けたままだ。

「温かくなった気がするわ」と、マサコ。カウンターにつかまって身体を支え、かすかに頭を振った。「違った」

「ここは、ちょっと暑いな」ローランドが上体をそらしてウェインにぶつかり、肘がウェインの酒をひっくり返した。

「おい！　ここに酒があるんだ、わかったか？」ウェインはローランドを押し返し、ローランドはエイナーにぶつかった。エイナーはカクテルがこぼれないよう、グラスを持ち上げた。

ローランドは身体の向きを変え、ゆらりと立ち上がった。

「すみません。部屋がちょっと……まわってる」ローランドは足を開き、ふらふらと前後に揺れた。

「そうだろうよ！　おい、ウォンバット野郎が吐きそうになってるぞ。このアメリカ人に、ちっとばかりトイレの礼儀を教えてやっちゃどうかね？」ウェインがデイボをつつき、デイボはチラリと歯を見せて笑った。

「やめておきな、二人とも。このまぬけどもが」背の低い、がっしりした女が、ローランドと客たちのあいだに割りこんだ。「あんたら、装甲機動兵を見て、わからないの？」

「ぼくたちは、まだ〝こぶつき〟です――」と、ローランド。女にシャツをつかまれてカウンターに押しつけられ、口を閉じた。

「そのバカたれが、おれの酒をこぼしたんだ」と、ウェイン。

「もう一杯、ただでもらいなさい。カウンターの反対端で。二人とも。つまらんごろつき、ども、女。

「え？　ぼく、自分でやっつけられますよ」と、ローランド。呂律(ろれつ)があやしい。女はローランドのシャツをつかんだままひねり、ひっぱって膝をつかせると、目をのぞきこんだ。

「あたしは、装甲が、またたくまに異星人を引き裂くのを見たことがあるよ。でも、装甲を出た自分が何者か、あんた知ってる？　蹴とばすのにちょうどいい肉の袋だよ。あんたらが五分後にこの店を出てなかったら、あたしが自分で証明してやるからね」

「あなたがダイアナ・ベイリーですか？」チャ＝リルがたずねた。「航宙艦〈ブライテンフェルト〉の？」

ベイリーはローランドを立たせて押しやったが、シャツから手を離さなかった。

「あんたらカスどもが一人でも、写真を撮(と)ろうとケータイを出したら、そのケータイをあんたらの胃袋に突っこんでやるからね。冗談だと思う？」

「ベイリー様、あなたは惑星タケニで、わたしを救ってくださいました」と、チャ＝リル。

「ザロスが来たとき、わたしの母は――」

「タケニで何が起こったかは知ってるよ、おねえさん。あたしはタケニで――くだらない映画が、本人の許可も得ないであたしを登場させた。ほかに、あたしがタケニにいたことを証明するのは、傷跡と悪夢だよ。〈ブライテンフェルト〉があんたらを火のなかからひっぱり出したってだけで、あたしが、あんたら一人一人と関係があるわけじゃないよ。さあ、この下戸(げこ)どもが店で吐かないうちに連れ出しておくれ」

　チャ＝リルはベイリーの手を取った。

「わたしはウソンビで生まれました。化物どもがわたしたちを襲ってきたとき、母は村のほかの人たちと離されていたのです。母が化物どもに追いつかれそうになったとき、あなたが母の頭ごしに発砲し、化物を殺しました。あなたは、わたしと母の命の恩人です。覚えておいでですか？　高原の――」

　もと宙兵隊員の女性ベイリーは、ローランドを放した。顔を引きつらせ、片手を脇腹に置いた。

「その部分は映画にはないね。覚えてるよ」と、ベイリー。「あんたのお母さんは赤ん坊を抱いて、死に物狂いで逃げていた。あの赤ん坊が、あんたかい？」

　チャ＝リルは猛烈な勢いでうなずいた。

「あの日、あたしは名誉戦傷章(パープル・ハート)をもらった。はじめてじゃない。そのあとにももらったけど、自分で後ろめたくないのは、あれだけだよ。あんたの村の大部分が避難したあの高原で、立派な宙兵隊員を一人、失った。トーニという名の、いい女性隊員だった。あたしは忙しくてトーニを助けられなかった」

「わたしたちは、その人を覚えています」と、チャ＝リル。「惑星ドタリに、その人の名誉を讃(たた)えるガニイの木が育っています」ポケットから布に包んだものを取り出し、ベイリーに渡した。「あなたに渡すものです」

ベイリーが包みを開くと、クルミ大のつやのある玉が現われた。表面をドタリの文字がぐるりと取り巻いている。

「わたしの家系の者たちが文字を彫(ほ)った、ガニィの種です。父があなたに渡したがっていましたが、偵察兵団の任務で長く地球を離れていました」

「お父さんのお名前は……ウン＝ク？　化物の群れが壁を突破して襲ってきたとき、あたしと並んで壁の上で戦った人だね。立派な戦士だった」

「あなたのおかげで、わたしの一家は生き延びました。この種を植えれば、ここの気候なら立派に育ちます。わたしたちの感謝の気持ちは、いつも――」

「わかった。気を静めて」ベイリーはカウンターに勢いよく両手をついて乗り越えた。

「あんたは客たちの前で、あたしのことをとほうもなく不可解な存在にしちまった。もういちどこの連中にあたしを尊敬させるには、ぶっとばしてやらなきゃならない。この店での〝ありがとう〟の言いかたを見せてあげよう」

ベイリーはカウンターの下に手を伸ばし、牛につける鈴を取り出して二度、鳴らした。

「酒は店のおごりだよ！」

客たちは歓声を上げ、マグでカウンターを叩いた。

「わたし、もう一杯ほしい！」マサコが言い、ローランドにもたれかかった。ローランドを見あげ、顔に手を伸ばそうとしたが、手は見当違いな方向へ動いた。

「ぼくたちに一杯ずつ、いただけますか?」ローランドは呂律がまわらない。

「ちくしょう。先は長いのに、酔っちまった」と、エイナー。カクテルをひとくち飲んだ。

ベイリーがマサコとローランドのショットグラスにウォッカを注ぐと、二人はエイナーが止めるまもなく飲み干した。

「なぜ、装甲機動兵になるの?」もと宙兵隊員のベイリーは、チャ＝リルにたずねた。

「きつい生活だよ」

「父のためです」と、チャ＝リル。「同胞のため」

「主(しゅ)のお恵みで、あんたが永(なが)らえますように」ベイリーはチャ＝リルの手を握った。「〈鉄の心(アイアン・ハート)〉が斃(たお)れたとき、あたしは現場にいた。あんたが、あんな戦いをせずにすめばいいと思うよ。たぶん、戦争中のあんな日々は終わった。無事でいてほしいけど、装甲機動兵って、そういうものじゃないよね」


エイナーはローランドをなかば支え、なかばひきずって、通路を自分たちの部屋へ向かった。

「オージー、オージー、オージー!」ローランドは空中にこぶしを突き出した。エイナーはその胸を押して、ローランドが前のめりに倒れるのを防いだ。

「こら、こら、こら！」マサコが、ふらつきながら角を曲がってきた。そのあとをチャ＝リルが追ってくる。「ねえ……ローリー。後ろ側は見えたわよ。前も見せてくれない？」

ローランドはよろよろと身体の向きを変えたが、エイナーが押して、もとに戻した。

「なんだい？　マサコは見たいだけだよ、ぼくの……」ローランドはエイナーの手を振りほどこうともがいたが、サイボーグの両手はローランドの両腕を固く締めつけた。

「二人は交尾するの？」チャ＝リルがたずねた。

「違う！　このありさまだと、二人とも夜が明けたらたっぷり後悔するだろう」エイナーは閉口して頭を振った。

マサコがドンと壁にぶつかり、そのまますべり落ちて床にすわった。ふらふらと手を頭上に伸ばした。

「もう一杯ほしい！」と、マサコ。手が頭の上に落ち、マサコはガクンとうなだれた。

エイナーはローランドを自分たちの部屋に押しこみ、チャ＝リルを振り返って言った。

「忘れるなよ。マサコに水を飲ませて、うつぶせにベッドに寝かせるんだ」

「地球人は、アルコールを飲むと必ず、こうなる？」

「はじめての場合は、これが標準的な反応だ。明日になれば二人とも、二度と酒は飲まないと何度も誓うだろう。だが、守るかどうかは疑問だな」

チャ＝リルはマサコの両手首をつかんで、二人の部屋へひきずりはじめた。

「ローリーを連れてきて」マサコが、もごもごとつぶやいた。

エイナーはローランドをベッドに載せ、数分後に通路でチャ＝リルと会った。チャ＝リルは両手のにおいを嗅いだ。

「酔ったときの排泄作用の特徴に気づいている？」チャ＝リルがたずねた。

「朝には、もっとくさくなる」

「これが規則的に起こるのでなければいいんだけど。あの二人に対処するのは、よちよち歩きの子供の相手をするようなものだわ」

「二人にとっては、いい経験になっただろう。ベイリーに言いたいことは全部、言ったか？」

チャ＝リルの硬い冠毛が、かすかに揺れて音を立てた。

「タケニで何が起こったか、もっと話してくれるほどオープンではなかったけど、ドタリが母星に帰ったことに興味を持ってくれた。ベイリーに、ドタリへ来てくれればいつでも英雄として歓迎されると言ったけど、その気はないと言っていたわ」

「それを、きみや種族のせいだなんて思うなよ。古参兵は戦争の余波を、それぞれ自分のやりかたで始末する。昔の戦闘を追体験したがる者は、まずいない」

「エイナー……なぜ、わたしを助けて、一緒に来るようローランドを説得してくれたの？訓練で、とくに仲よくやっていたわけでもないのに」

「おれたちはチームだ。おれと一緒に血を流すことをいとわない者は、おれにとって兄弟だ。きみをベイリーに会わせるのは、休暇中にできるほかのことよりも、ずっと大事なことだった。ローランドだって、いまごろはわかっているさ」

通路に〝消灯〟の合図が響き、照明が薄暗くなった。

「お休み、エイナー」

エイナーはうなずいて、自分の部屋に戻った。

発着場で輸送機ミュールがアイドリングし、ギデオンが籠手の画面を見ながら、志願者を一人ずつ確認していた。志願者たちは順に傾斜路を登って、ミュールに乗りこんでゆく。

「志願者ショー！」傾斜路に足をかける前に、ギデオンが片手の指をそろえてローランドを指した。ローランドは駆けつけて〝気をつけ〟の姿勢をとった。かすかにふらつき、まぶしい日ざしにギュッと目を閉じた。

「志願者ショー」ギデオンの声が、必要以上に大きい。「休暇を楽しんだか？」身をかがめ、ローランドの身体のにおいをかいだ。

「はい。ぼくたちは……地域の娯楽施設を訪ねました」

「オーストラリアをどう思う？」と、ギデオン。叫び声の鋭さが耳に刺さり、ローランドはたじろいだ。

「人々は友好的です。景色はきれいです」

「食べ物は？」

ローランドがかすかに喉を詰まらせると、ギデオンは一歩、後退した。

「乗れ」ギデオンは親指をぐいとミュールに向けた。「志願者ヤナギ」指をそろえてマサコを指した。「ここへ来い！」

12

洞穴のような仮想現実(VR)室で、ローランドは装甲型装備の片足を上げた。かかとから、こぶし大のアンカー・スパイクが出た。その足を、床で点滅するパネルに踏みしめると、メガネ型ヘッドアップ・ディスプレイに、スパイクがドリルのように模造の土のなかへ食いこむ様子が示された。

「急いで！」チャ＝リルがバリケードの陰から出て発砲した。突進してくる敵は装甲宇宙服を着た手足のひょろ長い異星人で、全員が長いライフルをたずさえている。装備を着けたエイナーとマサコ……ほかにごく少数の志願者が、ローランドの発砲準備ができるまで周辺を警戒する。

「アンカー・スパイクよし！」ローランドは背中の電磁加速砲の二本のレールを上げ、肩の上方へ傾けた。はるか上空から、平たいダイヤモンド型をした異星人艦の一隻が、地球の大気中を炎に包まれて降下してくる。ヘッドアップ・ディスプレイに、緑のアイコンがいくつもきらめいた。ローランドは降下する異星人艦に、電磁加速砲を向けた。

大気中で電磁加速砲を発射すれば、人型装甲を身につけていない近くの人間に危険が及ぶ。発射された砲弾の音速障壁を砕く衝撃は、戦闘装備に身を固めた宙兵隊員やレンジャー部隊員にさえも、致命的な打撃を与えかねない。

VR室のシミュレーションで、ローランドの電磁加速砲がバリバリと放電音を発し、やがて音が消えた。空中を降下する炎の線は天井に並ぶスクリーンまで伸びているが、異星人艦は仮想の砲弾に引き裂かれ、炎を上げる無数の破片と化した。

「やったわ」と、チャ＝リル。「賭けは、わたしの負けね」

VR室が暗くなり、リセットされて、ただの部屋に戻った。バリケードは床の下へ沈み、ローランドはかかとのアンカー・スパイクを地面から引き出した。

隣の部屋から、人型装甲に入ったトンゲアが出てきた。志願者たちは隊列を組んで、評価を待った。

「志願者諸君、装甲機動兵はいかなる距離においても危険な存在であらねばならない。きみたちの電磁加速砲は、数千キロも離れたところから宇宙船を破壊する力がある。ガウス砲やガトリング砲は、それよりは近距離になるが、なんでも破壊できる。こんどは、きみたちには至近距離での戦闘技術を身につけてもらう」

トンゲアがマサコに向けた右腕を打つと、前腕（まえうで）の鞘（さや）から刃物が突き出て、マサコの喉から手の幅ほど離れた位置で止まった。

「接近して、このような距離で敵を倒さなければならない場合がある。上陸班としての活動。トンネルのなか。われわれが出会った異星人で、捕食獣のいる惑星で進化した種族は、どれも本能的に刃物を……突き刺され、切り裂かれることを恐れる。弾丸の脅威は、彼我の距離によって変わる――撃たれるのが自分ではない場合もある。武器を身体にぶつけられるほど近くで敵と対決する場合は、恐怖を覚える。きみたちに学んでもらうのは、この恐怖を敵に向けて利用することだ。自分の恐怖は抑制する。きみたちは装甲だ。恐怖の化身だ。散開しろ。まず、単純な突きから始める」

ローランドのヘッドアップ・ディスプレイが信号音を立て、新しいアイコンが現われた。前腕の鞘におさまった刃物を表わしている。ローランドが手首を二度、横にひねると、刃が突き出た。

「教官」と、マサコ。「わたしたちの人型装甲では、この武器でねらいをつける方法がありません。正規の装甲でも、ないのではないかと思います。なぜですか？」

「これは、弾道方程式とは関係のない武器だ」と、トンゲア。「プラグをつければ、急にカンフーやヨーロッパの各種伝統武術が身につくわけではない。この武器を使う技を覚えようとすれば、時間がかかるし、練習も必要だ。わたしと同じ動きをしろ。これはハイガードだ」

ローランドはトンゲアの真似をして、刃を頭上にかかげた。複数の射程の武器を搭載した最先端の人型装甲のなかにいながら、格闘まがいの訓練をする……とがらせた金属の刃のような、原始的な武器を使わなければならない――奇妙な気がした。そのとき、記念公園の装甲機動兵広場にある彫像を思い出した。あの戦いでは、どの装甲機動兵も剣や槍をふるった。

格闘で倒さなきゃならない相手って、どんな敵だろう？　訓練の最初の一時間が過ぎると、ローランドは思い悩むのをやめ、うっかり自分を突き刺さないよう気をつけながら、全力でトンゲアの指示にしたがおうとしていた。

ギデオンは、ある志願者の神経データに指を走らせた。

「ぎりぎりだ」と、トンゲアに言った。

「火星へ行ける」と、トンゲア。

「志願者のうち三人を切り捨てるという点で、あんたとおれは意見が一致した。かなり高い一致率だぞ」と、ギデオン。「なぜ、この志願者をとどめる？」

「意見の一致率は、戦士を決める尺度ではない」トンゲアは負傷後に移植した腕を動かした。肌は本来の色合いに合わせてやや浅黒く、筋肉はもう一方の腕に合わせてある。「われわれは、心を……攻撃を訓練することはできない。鉄を持たない志願者は、うつろな装甲になる」

「おれに向かって、カリウス大佐の言葉を引用するな」と、ギデオン。「あんたと同じ講義に、ずっと出席したんだからな」

「それなら、言われなくても思い出せ。きみは、この志願者たちのなかから〝槍〟を作り上げるのだ。あの一人が信用できないか？　ぎりぎりのデータではあっても、きみと並んで戦うようになるとは思えないか？」

「安全限界に達する可能性が高すぎる。プラグを手に入れたら、悲惨なことになりかねない」ギデオンは指先で顔の傷跡をたどった。「だが、兵をひきいて戦闘に向かうのは冒険だからといって、危険があるから火星に連れていきたくないなどと言ったら、〝槍〟になった三人がすなおにおれにしたがって戦闘に出ると思うか？」

「マーテル大佐の言ったとおりだな。きみは、いますぐにでも〝槍〟をもらえる」と、トンゲア。

「出発前に、この志願者とぎりぎりの者たち全員に、ドクター・イークスのカウンセリングを受けさせよう。誰が残るか、それでわかる」と、ギデオン。

「全員が、脱落より火星を選ぶぞ。わたしにはわかる」

ギデオンは画面をスワイプし、次の志願者を見た。

「切り捨てる」と、ギデオン。「格闘で迷いすぎる。射撃技術は標準以下だ」

「先入観なしで切り捨てる」と、トンゲア。「数年後に再挑戦させてやろう」

ギデオンは次の志願者を出した。

ローランドは両手両足を床につき、腰を高く立てた姿勢から始めるインド式腕立て伏せをしていた。汗が顔を流れ落ちる。

「あと三十秒」エイナーが自分のデスクから言った。「身体トレーニングのテストで最高点を取るには、あと八回だ」

ローランドは腰を床すれすれまでおろしてから腕を伸ばして身体を持ち上げ、さらに二回、同じ動作をした。三回目の途中で腕が震えだし、床にくずおれた。

「最後の一回は勘定に入らないぞ」と、エイナー。

「そうかい?」ローランドは床にうつぶせになったまま、つぶやいた。

そのとき、ドアの下から白い封筒が二枚、差しこまれ、ドアの外の影が通路の向かい側へ移った。

「おっと」ローランドは起き上がり、額の汗を拭った。エイナーが裸足でドアに近づき、むき出しの金属の足が床に当たってカチャカチャと鳴った。

「見ていても、中身が変わるわけじゃないぞ」と、エイナー。「きみが先に読めよ」

「いや、あなたが先だ。あなたは、人型装甲に入れば最高のロボ・ジョッキーだ。落とされはしないよ」

「わかっている。だからこそ、きみに先に読んでほしいんだ。きみは、ゆっくりと訓練の次の段階に向かっている。おれが順調にやっていることは、わかっている」

「二人で同時に読もう」ローランドは薄い封筒をふたつとも取り、エイナーあてのものの封を切ってから、エイナーに渡した。

ローランドは自分あての小さな四角い封筒を、手のなかで裏返した。過去数カ月におかした数々のミスが心のなかで再現される。なかにどんな通知があろうと、とにかく自分でも、できると思わなかったところまで来たのだ。

「さあ、見るぞ」ローランドは言い、封筒の脇を破って、たたんである紙をつまみ出した。片目をつぶって読み、エイナーを見あげた。

「おれは火星に行くことになった」と、エイナー。

「ぼくもだ」ローランドは深いため息をついた。

「やったな」エイナーは片方のこぶしを突き出した。ローランドはこぶしの指関節でエイナーのこぶしを打ち、悲鳴を上げて手を引いた。痛む手を振りながら、歯を食いしばって悪態をついた。

「たわけ」と、エイナー。「手の骨を折ったら、教官たちはきみの評価を変えるぞ」

ローランドは痛めた指を開いたり閉じたりし、通知にふたたび目を向けながら、また手を振った。

「明日、フェニックスを発つって？　荷造りしたほうがいいな」と、ローランド。

「フェニックス……」エイナーは自分あての通知を読み返すと、データ板でEメールを打ちはじめた。

13

〈トマスとアルカディア〉の角にある移動式屋台で、ロボットが三個の小さなチキンと玉ねぎを載せたタコスにコリアンダーを振りかけた。タコスの皿を受け取ったチャ＝リルは、マサコとローランドがいる近くのベンチへ行った。二人は、すでに食べはじめている。三人は、装甲機動兵団Ａ級の軍服を着ていた――深緑の上着とズボン、腰には革のサムブラウン・ベルト（武器を扱いやすいように、片方の肩から斜めにかけたストラップで固定するベルト）を巻いている。

「チキンを食べても気にならないの、チャ＝リル？」ローランドがたずねた。

「なぜ？」チャ＝リルはタコスを固く巻き、くちばしで半分を噛(か)みちぎった。「わたしが鳥類の特徴を持っているから？　あなたはカルネ・アサダ（メキシコふうの牛の焼き肉）を食べているし、マサコはアドボ・ポーク・スペシャル（フィリピンふうの豚の焼き肉）よ。二人とも、哺乳類を食べている。それとも、これは本物の肉ではないのかしら」

「これは、まいったわね」と、マサコ。

「ローランドの言うとおり、ここは最高の移動キッチンだわ」と、チャ＝リル。「あなたは立派なガイドね」

「うわ、チャ＝リルから、ささやかなお褒めの言葉をいただいたぞ。ぼくも出世したもんだな。ここのオーナーは自分で野菜を育ててる。栄養物工場から来る代用品より、格が上だよ」

「いつまで続くか知らないけど、わたしたちの地球最後の日よ」と、マサコ。「ほかに、フェニックスで紹介しておきたい場所はある？」

「あなたたち二人は、もういちどアルコールを過剰消費するべきね」と、チャ＝リル。

「ほかのドタリは、この場合の地球人のふるまいに興味津々なの」

「いやだ」ローランドとマサコは同時に答えた。

マサコは半分しか食べていない皿を脇に置き、胃に手を置いた。

百メートル近く離れたところに車体の長いリムジンが止まり、運転席のドアが開いた。きちんとしたスーツを着て髪を固くまとめ、サングラスをかけた女が出てきて、三人のほうへ歩いてきた。どこかで見たような女性だと、ローランドは思った。

「失礼ですが」女は決然とした口調で、ローランドに言った。「前に〈レストラン・デコ〉で働いていらっしゃいませんでしたか？」

ローランドは、口に入れたばかりのカルネ・アサダをなんとか飲みこんだ。

「働いてました」

「ミスタ・スタンディッシュが、あなたと少しお話ししたいと申しております」女は背後のリムジンを指さした。

「スタンディッシュ？」チャ＝リルの眉がピンと立った。

「お連れのかたがたも、ご一緒にどうぞ」

「これ――」マサコが、食事の皿を持って立ち上がった。

「車内でのお食事は、お断りさせていただきます」女はきっぱりと言った。

「ジュリー！」リムジンの開いた窓から、スタンディッシュが呼びかけた。「怖がらせるんじゃない」

「ちょっとおなかがすいてるだけなのに」マサコは昼食をベンチに置き、チャ＝リルとローランドと一緒にリムジンへ向かった。ドアがスライドして開くと、車内いっぱいに広がる革張りの寝椅子が見えた。

三人を手招きしたスタンディッシュは、イタリアふうのスーツと靴を身につけていた。ローランドが軍で作る軍服をすべて合わせたよりも、高価な身なりだ。

「そうだよ、ダーリン」スタンディッシュは、耳に押しつけた電話に向かって言った。「たしかに、バスルームはアールデコ様式に造り変える必要が……何Kの金だって？　十二でどうだ……客用のバスルームじゃないんだし……惑星外の大理石でなきゃならんのかね？　OK。OK。クライアントと会合があるから……わたしも、愛しているよ。キスを送る」電話をしまって長いため息をつき、ローランドに指を突きつけた。「家のことでは、絶対に女と議論するなよ。ただ笑って、うなずいて、興味があるふりをするんだ」

スタンディッシュは、背後のガラスの仕切りを叩いた。

「ジュリー、〈レストラン・ヴィニー〉へやってくれ」

マサコは両方のこぶしをおなかに当ててすわり、目がくらんだような表情でスタンディッシュを見ていた。ローランドとチャ＝リルは車内を見まわし、革張りの深い座席やエンボス加工をほどこした金色の天井に感嘆した。

「さて、見たところ」スタンディッシュはローランドに言った。「きみは装甲機動兵団に入ったんだな。よくやった、若いの。たいしたもんだ」

「ありがとうございます、ミスタ・スタンディッシュ。ぼくの合格に、あなたが関与したりしてないですよね？」

「はあ？」スタンディッシュは床をドンと踏みしめた。「わたしがけちなずるをして、装甲機動兵団を怒らせるような危険をおかすと思っているのかね？　頭をつぶされるにはうってつけのやりかただな。誰だろうと逃れられない。とんでもないぞ、若いの。今日のきみがあるのは、きみ以外の誰のせいでもない。火星で、うまくやれよ。簡単な部分は、だいたい終わった」

スタンディッシュはチャ＝リルのほうへ身を乗り出した。

「さて、小鳥ちゃんが教えてくれたが、店に、惑星タケニ出身の人が来てくれたそうだ」片眉を上げた。「その人の父親は、〈第一位評議会〉に多大な影響力を持つという」

「はい……」チャ＝リルのとげ状の冠毛が、かすかに逆立った。「正しくない表現でしたか？　わたしは、けっして――」

「わたしの彫像はどこだ？」と、スタンディッシュ。「二年前、ドタリにひとつ送った。できのいい像だった。高さ六メートル。イタリアの大理石製だ。ニュー・アヴァレから届くニュース映像では、どこにも見あたらない。なぜだ？　どこに置いたのだ？」

「ミスタ・スタンディッシュ、ドタリに……ご自身の像を……送ったのですか？」ローランドはたずねた。

「ドタリが望まない理由でもあるのかな？　わたしが出ている、リマスター版の《惑星タケニ最後の砦（とりで）》を観たか？」

「もちろんです」と、ローランド。その脇腹を、マサコが肘でつついた。「オリジナル版より、ずっといいですね」

「父が言っておりましたが」と、チャ＝リル。「ドタリは……彫像を立てません。生きている人の名誉を、そのような形で讃（たた）えることはありません。適切なやりかたは、ガニイの記念樹です。もっと、あとで植えますが」

「どのくらいあとかね？」

「その人が亡くなってからです」

「では、わたしの像は、いったいどこにあるのだ？」

「まだ輸送コンテナのなかかと思います」

スタンディッシュは両手を宙に上げ、寝椅子に沈みこんだ。

「ドタリのためにやったのに……文化を知らないための失敗か。地球へ送り返してもらって、競泳用プールの隣に設置しよう」

「ミスタ・スタンディッシュ」マサコが口をはさんだ。「あなたに関する話をいくつか聞きました」

「きみが弁護士の助手なら、わたしは何に関しても、是認も否認もしないぞ」

「いえ、そんな話じゃありません。〈鉄の心（アイアン・ハート）〉をご存じでしたか？」

「ご存じかって？　連中はいちどならず、窮地から救ってくれたよ。カレンとボデルがエリアスを安全限界から引き出そうと決めたとき、わたしに助けを求めた。そのあと、大きな窃盗や誘拐、軍のハードウェアの横領などの申し立てがいくつかあったが、どれも立証されていない」スタンディッシュはマサコに向けて指を振った。

「エリアスとボデルがほかの装甲機動兵たちと一緒に、戦争を終わらせた爆弾を囲んでいるのを見たよ」スタンディッシュは言葉を続けた。「あれほど誇らしかった――あるいは、悲しかった――瞬間は、ほかにないような気がする。何を知りたいのかね？」

「〈鉄の心〉は、どんなふうでしたか？」と、ローランド。

「仲間に対して忠実な点では、〈鉄の心〉にまさるグループはない」と、スタンディッシュ。「火星に着けば、きみたち三人は装甲機動兵になるだろう。たぶん、そこで、なぜ装甲機動兵があんなふうに見えるのか、突きとめられるだろう。自分の宙兵隊員時代を通して思い返してみても、カレンがエリアスにした行為に匹敵するものは見たことがない」指で、こめかみを叩いた。「カレンはエリアスの心のなかに入って、暗闇からエリアスを引き出したんだ。

あんな遠くへ行ってしまった者を引き戻した人間を、わたしはカレンしか知らない。だが、われわれはその話はしない。きみたち三人は、まだ腹が減っているのか？　わたしのお気に入りの、みすぼらしいイタリア料理店へ行こう」

エイナーはA級軍服姿で記念公園のベンチにすわり、装甲機動兵広場の向こう側を見ていた。通行人がエイナーに気づくと、胸のリボンや首に埋めこまれたスピーカーに目をとめる。目を離さない通行人に笑いかけることができず、エイナーは会釈した。

「パパ？」子供の声が呼びかけた。

薄い色の髪と青い目をした少年が、背後からベンチの上に身をかがめた。

「ジョシュア」エイナーが両腕を広げると、九歳の少年は走ってベンチを迂回し、父親に抱きついた。エイナーは子供を抱きしめたが、人工の手が少年の背を押さないよう、浮かせていた。

「前より……いい感じだね」ジョシュアは後退して父親から離れ、ベンチにすわると、脚をぶらぶらさせて広場の向こう側に目を向けた。

エイナーが両手を握ると、サーボ機構がうなりを上げた。

「義手も義足も、前よりいいものだ。本物に近い。おまえが病院で、金属の指をつけたパパを見たときとは違うよ。あれは怖かっただろう」

「ぼくは七つだったからね。もう九歳だから、小さい子が怖がるようなものは怖くない」

「これが、手に入るいちばんいいものなんだ」と、エイナー。「医者がこれ以上、パパを治せないならね」

「なぜ、まだ軍隊にいるの？　除隊させてくれるはずだって、ママは言ってるよ。サンディエゴで、ぼくたちの近くで仕事を見つければいい。いつも一緒にいられるよ。ママから、ぼくがサッカー・チームに入ったこと聞いた？　リーグ最高のゴールキーパーなんだ」

エイナーは胸がいっぱいになった。

「まだ、やめられないんだ、ジョシュア。まだ、やらなければならないことがある」

「えっ？　パパは宇宙へ出かけて、異星人ヴィシュラカスと戦ったんでしょ。それでケガをした……なぜ戻りたいの？　何ができるの？」ジョシュアは父親の義手や義足を見て、腕組みをした。

「パパが言ったことを、覚えているだろう？　レンジャー部隊と一緒にシグナス星系へ行く前に、言ったことだ」

「宇宙には、おじいちゃんとおばあちゃんを殺したザロスみたいな怪物が、たくさんいる……だから、そいつらが絶対、地球に来ないようにするんだ――って言った」

「うん。パパは宇宙へ戻らなきゃならないんだ、ジョシュア。おまえのために。お母さんのために。みんなのために」

「いつになったら、もう宇宙へ行かなくなる？」

「わからない。でも、帰れるときは必ず地球に帰ってきて、おまえと会うよ」

「だいたい、パパは何をするのさ？」と、ジョシュア。足で、父親の金属のむこうずねを軽く叩いた。

「一緒においで」エイナーは立ち上がって、装甲機動兵広場の彫像群を指した。「ちょっと話を聞かせてやろう」

14

〈ソル・コンベイアンス〉級の航宙艇は、地球連合軍のほとんどすべてのものと同じように、快適さとは縁がない。大量生産された貨物・貨客艇で、完全自動化と言っていい乗り物だ。ごく少数の人間のクルーが、艇を動かすロボットやコンピューター・システムを監視し、どれかが故障したときに修理するロボットやシステムを監督している。艇は、水星の影のなかに固定された造船所に十二艇単位で集められ、ここから太陽系横断の旅に出る。艦隊の艦艇は、にぎやかな都市を走るバスのように、決まった時刻表にしたがって各惑星間を移動する。これで、地球連合軍兵站司令部の仕事はぐんとやりやすくなった。

ローランドと残りの志願者は数時間前に〈アリエス一二＝一二〉に乗り、座席でいささか時代遅れの安全確保や非常時の手続きなどの説明を受けたあと、解放された。各自、寝たりレクリエーション室へ向かったりしている。レクリエーション室は古いボードゲームでいっぱいで、プツプツ鳴る大きなホロ・スクリーンがひとつある。

〈ソル・コンベイアンス〉級航宙艇の数少ない利点のひとつが、艇首全体を占める前部展望デッキだ。普段、クルーは微小隕石の衝突を防ぐために（修理はクルーの仕事だ）シャッターをおろしたままにしているが、マサコが気持ちのいい笑顔で優しく頼みこむと、装甲機動兵志願者たちのために展望デッキを開放してくれた。

ローランドはデッキを包む湾曲（わんきょく）したガラスのそばに立ち、片手でハンドルにつかまって、回転する地球を見つめた。フロリダに渦（うず）を巻くハリケーンが広がっている。遠くで航宙灯がちらついた。地平線からのぼってくるタイタンの宇宙ステーションへ向かって、惑星の重力井戸から脱出しようとするシャトルの灯だ。

「周回軌道は、はじめて？」マサコがたずねた。

「はじめてだ。きみは？」

「子供のころ、両親が月（ルナ）へ家族旅行に連れていってくれたわ。六歳の子供が宇宙空間を好きになるよう、高真空で死ぬとかいう脅しみたいなことはなかった」

「映像や写真でいつでも見られるけど、こういう風景は……美しいな」

「こんなに水の多い惑星で地球人が発達したというのは、好奇心をそそられるわ」と、チャ＝リル。「ルハールドの母星は地球よりずっと大陸が多いし、ルハールドの進化の背景は地球人とは大きく違う」

「何を見てもおもしろいらしいな、チャ＝リル」と、エイナー。「〝うんざりさせる娘（デビー・ダウナー）〟をドタリ語になおす、ひとつの手がかりになるかな？」

「頭韻ね。わたし、詩には感動しないの」と、チャ＝リル。「わたしが地球に到着するときに見た風景も、これによく似ていたわ」

艇が左へ向きを変えると、ジャンプ・ゲート〈るつぼ（クルーシブル）〉をともなったケレスが見えてきた。

「ほら、きみたち」エイナーが言った。「われわれの、銀河系への鍵だ」

「あなたは何回、あれを通ったの？」と、ローランド。

「四回……」エイナーは手の甲で、人工のあごに触れた。「覚えているのは三回だ。量子ワームホールを通る旅は、おもしろくはない」

「〈クルーシブル〉には、いくつか慣れなければならないことがある」四人の背後の出入口から、トンゲアが言った。

　志願者たちは急いで〝気をつけ〟の姿勢をとった。

「ショー、〈クルーシブル〉にズームインしろ」

　ローランドは両手の人差し指をガラスに当て、左右に引き離して〈クルーシブル〉を拡大した。トンゲアが近づいてきて、展望スクリーンを調整した。拡大された〈クルーシブル〉には、玄武岩のような黒いとげがたくさんある。長さが何キロもあるとげに囲まれたジャンプ・ゲートは、巨大な茨（いばら）の冠（かんむり）に見えた。とげがそれぞれ勝手に動く様子は、潮だまりのウニのようだ。

「なぜ……あんなことをしてるんですか？」と、ローランド。

「個々のとげは、ゲート内の量子フィールドを操作する」と、トンゲア。「このゲートは、銀河系じゅうのほかの〈クルーシブル〉とつながっている——古い同盟の一員だった種族が造った、新しいゲートも含めて。〈クルーシブル〉の世話係も、ゲートを使って波動のゆらぎを作り出す。ほかのゲートが、ここのゲートを使って太陽系に近すぎる位置にワームホールを開くのを止めるためだ。ほかの惑星にいるわれわれの艦船は、ここを通過するコードを送信する」

「世話係？」マサコがたずねた。

「この女性は、そう自称している」と、トンゲア。「デッキ、明かりを消せ」

展望デッキは暗くなった。数秒たって目が闇に慣れると、ローランドの目に、ケレスの向こうに広がる深い星原が映った。果てしなく広がっている宇宙を確認すると、自分がなんとも言いようなく卑小に感じられ、どれほど取るに足らない存在かを痛感した。

マサコがすばやくローランドの手を握り、すぐに離した。

「ザロスについては、どんなことがわかっていますか？」マサコはたずねた。「非常に進んだ技術を持ち、巨大なドローン艦隊を造って、人類をほとんど一掃した……ケレスを小惑星帯から地球の周回軌道へ移し、〈クルーシブル〉のネットワークを建造した。戦争が終わったあと、ザロスは本当に何も残してないんですか？」

「世話係によれば、ザロスはある種の宇宙論的災害により、母星のある銀河系をあとにしたという」と、トンゲア。「ザロスがドローン艦隊を送ってきたのは、自分たちの世界船が現地に到達する前に、われわれの天の川銀河から知的生命体をすべて排除するためだった。航宙艦〈ブライテンフェルト〉と装甲機動兵が――」指関節を唇に当てた。「――世界船を破壊し、ザロスを滅ぼした。それ以来、ザロスのドローンや指示の痕跡は見つかっていない。だが、〈クルーシブル〉は残っている。われわれが直接ザロス・マスターたちと接触したのは、戦闘の最中だけだった。〈鉄の心(アイアン・ハート)〉は〝将軍〟と呼ばれるマスターを負かし、二度目の戦いで殺した」

「その人たちをご存じでしたか?」と、チャ＝リル。「あるいは、戦争末期に〝槍〟に加わった二人のドタリを?」

「知っていた。オーストラリアでは肩を並べて戦った。二人が一人前と認められる前だ。わたしはザロスの世界船に対する最後の任務に志願したが、カリウス大佐は、わたしや、わたしの〝槍〟を選ばなかった」

「志願なさったとき、それが自殺行為だとご存じでしたか?」と、ローランド。

「あの任務には、装甲機動兵全員が志願した。カリウス大佐は、最良のメンバーだけを選んだ――カリウス大佐と同じ〈聖堂騎士団(テンプラー)〉の者、〈軽騎兵(ユサール)〉の者……それと、〈鉄の心〉だ」トンゲアはうなだれた。「このメンバーがいなければ、装甲機動兵は二流だ」

〈クルーシブル〉を震えが走った。

「見たまえ」と、トンゲア。「とげがいま、どんなふうに動いているかを見ろ」

ゲートの中心に白い光点が現われ、広がって薄いフィールドになった。巡航戦艦と、それより小さな数隻の護衛艦がワームホールから出て実体化し、ケレスから弧を描いて地球へ向かった。

「〈ニクソン〉だ」と、トンゲア。「調査任務から、もう戻ってきたのかな？」

「何を捜しに行ったのですか？」チャ＝リルがたずねた。

「失われた魂だ」トンゲアは答えてガラスから離れ、急いで部屋を出ていった。

「ぼくたちも心配するべきかな？」と、ローランド。「教官は……不安そうだった」

「おそらく、〈ニクソン〉は何年か前の名簿の矛盾に対する答えを見つけたのよ」と、チャ＝リル。「地球とドタリは相互防衛条約を結んでいて、膨大な情報を共有している。数年前にヘイル条約が締結されたあと、地球の第九艦隊から来たある戦闘集団が、名簿から削除されたわ。父によれば、地球最高司令部は、その部隊の艦は〝延着〟していると言ったんですって。ほかの部隊が遅れていなかったのは、奇妙だわ」

「お父さんは、ほかに何か発見した？」と、マサコ。

「たずねた人たちは〝鼻を突っこむな〟と言われたそうだけど、おかしな話ね。わたしたちが突っこむのは、くちばしよ」

「エイナー、幽霊艦隊の話を聞いたこと、ある？」と、ローランド。

「おれはレンジャー部隊の隊員だったんだ。航宙軍に関して気にかけていたことといえば、おれたちを無事に戦場に届けてくれ、ということと、おれたちをぐちゃぐちゃに吹っ飛ばさないでくれ、ということだけだったよ。連中が軌道上の火力支援任務に失敗したら、おれたちはそうなっちまうからな。ほかには何も聞いたことがない」

「でも、トンゲア教官は何か知ってる」と、マサコ。

「教官をうんざりさせたくないな」ローランドは言った。「この件でドタリが門前払いを食ったんなら、ぼくたちが鼻を――くちばしでもいい――突っこんだら、どうなると思う？　それでなくても、心配の種は――」

「志願者諸君」志願者たちの籠手からギデオンの声が出た。「第七貨物ベイに出頭せよ。全員、格闘技装備」

「この旅には休憩もないのね」と、マサコ。

「フェニックスでは、まるまる八時間、ぼくたちだけになったじゃないか」と、ローランド。「これ以上を望むのは無理だよ」

「マットの上であなたを捕まえたら、腎臓をねらうから覚悟しときなさい」

火星は、周回軌道上にたくさんの要塞を抱えている。そのひとつ〈ヴェルダン〉からミュール輸送機が出て、赤い惑星へ降下しはじめた。砲塔に入ったローランドは両手でガウス砲の操縦桿を握りしめ、大きく動かした。

「いまこの瞬間、あなたが大嫌いよ」マサコが、艇内の赤外線通信で呼びかけてきた。

「この前の仮想現実(VR)訓練で、ぼくを負かせばよかったんだよ。ぼくはアンカーを落として、きみよりたっぷり半秒早く電磁加速砲を発射した」

「頁岩(けつがん)より砂岩にアンカーを刺せと、わたしがあなたに教えたんだから、たしかに自業自得ね」マサコは、むっとして言い返した。「ながめはどう？　貨物ベイじゃ、たいして見るものはないわ——フォート・ノックスから一緒に来たほかの三十人の志願者と、ギデオン教官の笑顔くらい」

「壮観だ」と、ローランド。火星の大気全体に薄い雲が広がっている。赤道上空に輪を描いて、何隻もの建築船が軌道リングの建設作業を進め、すでにできた部分が作業中の輪の端をただよっている。

「イバラの軌道リングを見るべきだな」と、ローランド。「何年か前の作業が、輪のどこから始まったか、ぼくは覚えてる。完成まで、あとほんの十年だ」

「地球最高司令部は、なぜ地球ではなく火星の防衛に、こんなに資源を注(つ)ぎこむの？」上方の砲塔からチャ＝リルがたずねた。「星系内の人口の九十パーセントは——」

「地球よりも火星を、侵入者の標的にさせたほうがいいからだ」ギデオンが割りこんだ。

「火星は、太陽系の防衛の要だ。ザロスが、最後の侵入で当たって砕けた鉄床だ。この惑星は濃い大気がないから、防衛しやすい――宇宙服を着て戦うのは、どの種族にとってもひと苦労だからな。それに、火星のコアは活動していないから、地震で巨大砲の活動が邪魔される恐れがない。地球をねらって来る者は、必ず火星の防衛施設に叩かれる。火星をねらって来れば、太陽系内に入ったとたんに、ほかの場所の防衛システムから報いを受ける」

「理論上の話ですね？」と、ローランド。

「ヴィシュラカスかナルーシャの艦を、どこかで見たか？」

「いえ……」

火星の表面を横切る長い影が目についた。影をたどると、幅の広い三角形の火山が見えた。片側の斜面を長い雲が駆けのぼり、カルデラに達する前に霧散している。

オリンポス山は、まわりの平原より三万四千メートル近くも高い。地球のエベレスト山の二・五倍の高さだ。死火山となって久しい山は、ほとんど丸い隆起に見え、ローランドは古代スパルタ人が戦闘で使った円形の盾を思い出した。山全体が、フランスにピタリとはまりそうな形をしている――地球に、まだ国々が残っていればだが。

ローランドは新しい故郷を見おろし、後頭部の根もとにある〝こぶ〟に触れた。もうすぐだ。もうすぐプラグが手に入る。ようやく装甲機動兵になれる。

かすかな炎と過熱した空気が、火星の大気中を降下するミュールの再突入シールドを包んだ。

軽いうなりとともにミュールの傾斜路が降りた。ローランドたち志願者は輸送機を降りて地上の格納庫に入り、ギデオンの前に整列した。ギデオンは、見たこともないほど穏やかな顔をしている。注意して見なければ、この教官は火星に戻ってきてうれしいのだと誤解しただろう。

ローランドは屋根に付いた巨大な金属のドアを見あげ、太もものポケットの上から、なかの非常用フードをなでた。志願者全員が着ている火星の地上用軍服は、宇宙服の素材でできた層と小さな空気タンクが組みこまれていて、オリンポス山の重力領域を出ても、二時間は着用者を守ってくれる。

地球からの三日間の旅のあいだ、教官たちは、志願者が十秒以内に非常用フードと手袋をつけて、軍服を加圧できるようになるまで、食事も睡眠も許さなかった。

あらかじめ用心さえしていれば、安全は確保できるのだろう……火星の希薄な大気に直接さらされるなど、ここに常駐する人々から見ても、まれな惨事に違いない——ローランドは希望をこめて思った。

格納庫は、ほかの十二機のミュールと数機の大きなデストリア輸送機で占められていた。

装甲機動兵団のグレーの制服を着たスタッフが各艇を点検し、貨物をドローン・カートに積んで、格納庫を囲む高さ六メートルの大きく開いた出撃門から送り出している。

兵士をおさめた一体の装甲が——胸に、青と赤と黄の三角形の記章がある——ローランドたちの隊列に近づき、ギデオンの近くで足を止めた。装甲の両脚と両手には、赤い塵（ちり）がこびりついている。

「〈竜騎兵（ドラグーン）〉」装甲のスピーカーから声が出た。「また会えてよかった。新しいひよっこどもを連れてきたのか？」装甲はこぶしで胸当てを叩いた。金属のぶつかる音が、ローランドの耳に突き刺さった。

ギデオンは答礼して答えた。

「まだ、ひよっこではありません、ラップ大尉。これから手術を受けに連れていきます」

「ハハッ」装甲の兜（かぶと）が志願者たちを見まわした。「みんな、高地で会おう」

「手術？」列のなかのマサコが、小声で隣のローランドにたずねた。「こんなに早く？」

「プラグがなければ、もうたいしたことはできない」ローランドは答えた。「大丈夫だよ。ぼくたちは、このために訓練してきたんだから。そうだろ？」

「小隊！」ギデオンが大きな声で言った。「整列しろ。わたしについて軌道輸送車に乗れ」

マサコは、それ以上は何も言わなかった。志願者たちは一列に並んで、格納庫の遠い端にあるプラットホームへ向かった。一同が軌道輸送車の狭い箱に乗りこんで、山の地中深く移動するころには、マサコは青ざめていた。

ローランドは、着用している紙のように薄いスモックをつまみ、ひっぱって脚から脱いだ。スモックが落ちるにつれて、裸の身体の上を、冷たい空気がふわりと流れた。小さな診察室には時計がなく、ローランドも、どのくらい待っているのか考える気はなかった。医療用の神経系表示がカチカチ音を発しながら、連続して映像を出している。

ドアがノックされ、ドクター・イークスが入ってきた。手術着姿で、首からマスクをぶらさげている。その後ろから、トンゲアと、同じ十字形の記章をつけた女性士官が来た。

「志願者ショー」と、イークス。「あなたの表示はどれも緑です。少し身体をかがめて。〝こぶ〟をはずします。トンゲアは、もう知っていますね。こちらは、初対面でしょう――クロエ牧師です」

ローランドは前かがみになり、大きくあごを引いた。首に触れるイークスの手を感じ、かすかなシュッという空気の動きのあと、皮膚の感覚がなくなった。

「乗り越えなければならない問題がある」と、トンゲア。

ローランドの胸が恐怖で冷えた。ぼくがベイリーのバーに行ったことを、この人は知ってるんだろうか？　知ってたら、火星に送る前に落とすんじゃないか？

「安全限界を越えるというのがどんなことか、知っているか？」トンゲアがたずねた。

「〈鉄の心〉のエリアスに起こったことですね。言葉は聞いたことがありますが、説明はされませんでした」

「エリアスを持ち出すのは適切ね」イークスがつぶやいた。ローランドは、首の一部をひっぱられるような感じがした。

「プラグを受け入れれば」トンゲアは話を続けた。「きみの神経系は、装甲内にいるあいだ、過負荷の危険にさらされる。きみは装甲に、自分の身体能力以上のことをさせることができるが、装甲からのフィードバックは、きみの脳があつかいきれない規模かもしれない。戦闘機のパイロットが、機動飛行によりあまりに大きなGにさらされた場合に、ブラックアウトを起こすのに似ている。あるいは、車を運転してスピードを出しすぎれば、急激なターンで事故を起こすようなものと言おうか」

「気をつけないと、自分で自分を傷めてしまうんですね」と、ローランド。首筋に、またひっぱられる感じがあった。

「装甲には、安全限界を越えないようにする抑止装置がいくつもあるが、状況によっては装置が壊れることもある」と、トンゲア。「抑止装置が壊れれば、すぐに安全限界に達するわけではないが、その危険はある」

「状況によってはというのは、どんな状況ですか？」

「きみが名を出したエリアスは、二門のガウス砲を発射したさい、データの瞬時過度現象が発生し、安全限界を越えた。エリアスはケレスをめぐる戦いで、自分が所属する航宙艦〈ブライテンフェルト〉を救うために発砲した。ほかの装甲機動兵たちは、戦闘損傷を補おうとしているあいだにやられた。ナルーシャが、神経ショック吸着爆弾を使ったのだ。それで……われわれが対抗手段を見つける前に、二人の〝槍〟が無力化された。安全限界を越える現象のほとんどは、装甲機動兵団が設立された初期のころに起こっている」

「わたしたちは審査の手順を改善しました」と、イークス。もういちどローランドの首が引かれ、小さな金属片がトレーに落ちる音がした。「あなたの危険因子は、ほかの人たちに比べると低層にあります」

「つまり、ぼくは戦場で、撃たれることよりも自分の脳が爆発するほうを心配しなきゃならないんですか？」と、ローランド。

「撃たれる可能性のほうが、ずっと高いわ」と、イークス。ローランドの首筋に何かを噴霧し、肩を叩いた。「さあ、終わった」

ローランドは起き上がり、首の後ろに手を置いた。いままで〝こぶ〟で隠れていた部分が柔らかい。

「安全限界を越えたら、何が起こりますか？」

「神経連結部が混乱して」イークスが手術用手袋をはずしながら答えた。「閉じこめ症候群すれすれの昏睡におちいります。認識力が、ほとんど麻痺(まひ)します。もっと悪化する場合もあります」

「でも、エリアスは……回復したんじゃないんですか？」

「回復と言っていいかどうか……」と、イークス。「安全限界から無理やり引き戻したために、エリアスの脳幹が損傷を受けました。装甲子宮が、エリアスを生かしておくために脳の機能を引き継ぎ、エリアスは二度と装甲から出られなくなりました」

ローランドは両手を両脚にこすりつけた。残りの生涯を、装甲子宮のなかで暮らすというのは……。

「でも、どうして？」と、ローランド。「安全限界を越えたほかの兵士に、なぜ同じことをしなかったんですか？」

「あれは奇蹟だった」と、トンゲア。おごそかな口調だ。

「いいえ」イークスがピシャリと言った。「人間の神経系は信仰で動くものじゃありません。あの女性はエリアスの神経結合に加わって、エリアスの意識をなだめ、前面に出るよう、うまく説きつけたのです。おそらく、すでに身体が傷ついていたために、あの体験を経て、生き延びることができたのでしょう」

「誰の話をしてるんですか？」

「この……出来事を再現するのは不可能です。関係者全員にとって、危険が多すぎます」

と、イークス。「あなたがた装甲ジョッキーがどんなにしつこく頼もうともね。だから……ミスタ・ショー、かんじんなのは、安全限界を越えたら――戻る方法はないということ。わかった？」

「はい」

「次に覚えておかなければならないのは」トンゲアが言った。「プラグ獲得の手順には、いくつかの副作用がともなうことだ。小さなものでは、装甲から出ていると手足がしびれて感覚がなくなったり、チクチクしたりする。癲癇（てんかん）はごく少ないが、皆無ではない。バッテン病の恐れはある――可能性は低いがね。われわれがモニターする」

「バッテン病――」

「退行性の神経疾患」と、イークス。「手当をしなければ命にかかわります」

「このいいニュースのせいだけで、牧師さんが一緒に来られたわけじゃないでしょう？」ローランドは診察台の上でもじもじしながら、もとの姿勢に戻った。

「手術の前に、祈ることで慰めを得る志願者が多いのです」と、クロエ。

　ローランドは後頭部に触れた。

「教官、向こうを向いて、見せてくれませんか？」ローランドはトンゲアに言った。トンゲアは脇腹をひねって、ローランドに自分の首筋のプラグを見せた。「後悔したこと、ありますか？」

トンゲアはローランドに向きなおった。

「わたしがいままでで後悔したのは、自分がやらなかったことばかりだ。やったことは、何ひとつ後悔していない」トンゲアは色の薄い片手を上げた。「装甲機動兵団で、わたしは力を発揮した。わたしの意図に迷いはない。わたしは装甲だ」

「では、プラグを移植してください」と、ローランド。

「さあ、おもしろい部分に入ったわ」イークスはローランドの首に皮下注射器を押しつけた。「数分で、何もかもがすばらしくなりますよ」

「あなたは信仰を持っていますか、お若いかた？」クロエがたずねた。

「持っているとは言えません。でも……」ローランドの両手が震えはじめた。「これは普通のことですか？」

「恐れるのは普通のことです」と、クロエ。「わたくしが、あなたとともに、あなたのために祈りましょう。わたくしがいたほうがいいか……退室したほうがいいか。あなたしだいです」

ローランドはクロエの軍服の十字形の記章を見、同じ〈聖堂騎士団〉のシンボルがついたトンゲアの肩章に視線を移した。

「教官、前に、あなたが祈ってるのを聞いたことがあります。あなたと牧師さんとで……ぼくのために祈ってくださいませんか？」

トンゲアは片眉を上げ、クロエを見た。

「あのかたは、気になさらないでしょう」と、クロエ。トンゲアはローランドの首筋に片手を置き、頭を垂れた。トンゲアがローランドの首を包むように手を丸めると、三人は身を寄せ合って固まった。

「聖霊の恩寵がありますように（サンクティ・スピリトゥス・アドシト・ノビス・グラティア）」クロエとトンゲアが声をそろえて言った。「カレン、鉄の心（フェルム・コルデ）……」

15

だしぬけにローランドは目覚めた。油じみのついた床が見え、自分がいる梯子(はしご)――か、通路――から身体が落ちないよう、手を伸ばしてつかまろうとした。腕も脚も動かない。あたりを見まわそうとしたが、頭が動く範囲は、どの方向へもごくわずかだ。目をしばたたいたが、視界はあいかわらず揺れている。

「シナプスの経路は正常」ドクター・イークスの声が聞こえたが、姿は見えなかった。

「分流器を通して、わずかなフィードバック・ループがあります。補正しています」

歩み寄る装甲が視野に入った。兜(かぶと)がまっすぐにローランドの目を見ている。

「ショー、聞こえるか？」ギデオンの声だ。

「はい」ローランドは右腕を上げようと、もがいた。すると金属の腕が見え、前腕(まえうで)についた二連砲身のガウス砲が目の前に上がってきた。

「全面的に良好ですが、危険は避けてください」と、イークスの声。

「ショー」ギデオンは言いながら、ローランドの胸を叩いた。ローランドは叩かれたと感じたが、ギデオンの装甲が触れたのはローランドの身体ではなく、それを包む装甲だ。

「きみは装甲だ。歩け」

ローランドが一歩、前に踏み出すと、金属が金属の上に落ちるガシャンという重い音が室内に響いた。ローランドは、自分の装甲の脚を見おろした。両足が代わるがわる前に出る。ふらつくと、倒れる前にギデオンに捕まえられた。

「ゆっくりだ。慣れるまで、少しかかる」と、ギデオン。

「平衡感覚を調整しました。変化は、ショーの装甲子宮に記録されました」と、イークス。

「同調率は?」

「三十七パーセントですが、急速に上昇しています」

ギデオンはローランドを離して後退した。

「これは……いままでとはちょっと違いますね」ローランドの声が装甲のスピーカーから出た。

「きみは、うまくやっている」と、ギデオン。兜がエアロックのほうを向いた。「だが、少し歩かなければならない。移動行為を通して、同調率を上げるのだ。ドアを開けろ」最後の言葉は大きな声だった。

エアロックのそばに赤い警告ランプが灯(とも)り、ドアの中央に隙間(すきま)ができた。ドアが開くと、目の前に火星の荒れ果てた赤い土地が広がった。

ローランドは尻の非常用フードに手を伸ばしたが、手は装甲のウエストにあるサーボ・リングにぶつかった。

「なぜ、そんな必要がある？」と、ギデオン。「きみは空気を吸っているのか？」

「あ……」装甲のなかで、ローランドはかすかな水気を感じた。「ぼくは子宮にいます。空気は必要ありません」

「きみは、もう生まれたままの人間ではない、ショー。古い限界を忘れて、装甲になるのだ。最低でも六十パーセントの同調率を獲得しなければ、きみは戦闘で使えなくなる。一人前と認められるまでの道のりは、まだ長いぞ。ついてこい」

ギデオンは外と格納庫を隔てる薄いフォース・フィールドを通り抜け、赤さび色の塵の上に幅の広い足跡を残しながら進みはじめた。

ローランドは前進した。装甲の足の下に床を感じる。フォース・フィールドを通り抜けると、全身がかすかにチクチクした。火星の空気の刺激が冷たいシャワーのように襲いかかり、石と塵を蹴立てて足が止まった。

「のみこめたか？」ギデオンがたずねた。

「ショーは少し過敏になっています。下方修正させてください」と、イークス。

冷たさが薄れた。ローランドは、短い地平線に沿って薄い雲がかかっているピンクの空を見つめ、それから格納庫を振り返った。前にも後ろにも、固い岩の断崖が目の届くかぎり何キロも続き、空へ消えている。

「おっと……」めまいがして、ローランドは少し身体をかがめた。

「たいしたながめだ」と、ギデオン。「太陽系内で、山すそにこのような断崖を持つのは、火星の火山だけだ。われわれは数百平方キロをくり抜いたが、斜面にまだ盾(アイギス)を付け加え、電磁加速砲のバッテリーを設置しなければならない。最初のコンセプトが完了するまで、まだ二十年はかかるだろう。そのあとも作業は続く」

「つねに防御態勢を改善するんですね」と、ローランド。

「そのとおりだ。いま、どんな気分だ?」

「装甲が感じられます……子宮にいる自分も。……異様な感覚です」

「神経分流器は装甲がとらえたセンサー情報を、きみの脳が処理できる形で、きみに提供する。きみが自分の身体から意識を分離できるようになれば、同調率の上昇に役立つ。いちばん難しい部分は、戦闘損傷を補うことだ。肩のサーボを通して成型炸薬弾を受けると、装甲はきみに苦痛反応を伝えるが、きみ本人の身体が打撃を受けた場合の強さと比べれば、お話にならない程度だ」

「この状態に慣れるまで、どのくらいかかりますか?」

「装甲におさまって、完全に戦闘可能とみなされるには六カ月。だが、その前に……つかめ」ギデオンは石を空中に投げ上げた。ローランドは手を開き、石は装甲の手のひらに落ちた。

「よし。ほとんどの計算は装甲がやってくれる。きみの心が、行動のきっかけとなる勢いを提供し、装甲が作業をこなす」

ローランドの指が石を握り、砕いてぎざぎざの破片にした。

「つぶすつもりで握ったのか？」

「はい。どのくらい力が出るか、興味があります」

「装甲子宮はいまのところ、きみにできることのほとんど全部を制限している。同調すれば、もっといろいろなことができるようになる」ギデオンが蹴り上げた石が、ローランドの兜めがけて突進した。ローランドの装甲の手が、血と肉を備えた人間の手足にはできない速さで動き、石をつかんだ。

「悪くない、ショー。それを投げて、どこまで飛ばせる？」

ローランドは腕を後ろに引き、胴を横にひねって、石を投げた。石はどんどん遠ざかり……見えないほど小さくなって、どこへ行ったかわからなくなった。

「戦闘準備ができるころには――」と、ギデオン。「――きみは宇宙船を引き裂けるようになるだろう。同時にふたつの砲で敵を撃ち、射程内にいる生身の異星人をひとり残らず片づけているあいだに、空爆を要請することもできるようになる。きみは人類の武力の象徴になる。だが、いまは歩きかたを覚えなければならない。来い」

ローランドはギデオンの横を歩きながら、凹凸（おうとつ）のある地表を進むギデオンの足取りを見つめた。ギデオンは手で、遠くの峡谷を示した。

「装甲機動兵団は、なぜ火星に基地を造った？」と、ギデオン。

「軍団は、二度目のザロス襲来のあいだに、ここに配属されました。ザロスが現われたとき、大砲は――巨大砲などの防衛設備は、準備ができていませんでした。大砲の設置予定地をザロスのドローンから守るため、装甲機動兵は二手に分かれました」

「兵団の半分は、戦闘で命を落とした」と、ギデオン。「〈るつぼ（クルーシブル）〉を奪う戦いや、トスとの戦いで失った人数に比べれば、はるかに少ないがね。戦死者の大半は、ドタリの新兵だった。ドタリは覚えが早く、装甲に入ればわれわれと同じように能力を発揮するが、戦闘経験がなかった。当時の兵団司令官カリウスが、その日の犠牲にちなんでオリンポス山を聖地にすると宣言した」

「あなたも、そこにいたんですね？」

「いた。あのころは、まだ一人前の〝槍〟と認められていなかったが、戦闘に対応できる高い同調率を示していたからな。人類を全滅から救うための戦いでは、すべての武器が必要とされたんだ――無知なひよっこでも、戦うしかなかった」

ギデオンは峡谷の縁（へり）で立ちどまった。ローランドは深さが百メートル近い峡谷の底をのぞきこんだ。

「われわれは、これを涸れ谷と呼んでいる」と、ギデオン。「アメリカの戦車がカリフォルニア砂漠で訓練したころからの、古い装甲軍団用語だ。きみは歩く練習をしたから、今度は落ちる練習だ」ギデオンはローランドの肩をつかみ、峡谷へ向けて押した。

ローランドは両腕を風車のようにまわし、もんどりうって峡谷の縁から落下した。みっともない叫び声を上げて峡谷の向かい側の斜面にぶつかり、撥ね返って回転しながら落ちた。もういちど斜面にぶつかったとき、手が突き出た岩をつかんだが、岩はすぐに崩れた。落下のスピードが少し落ちただけだった。オーストラリアの泥のなかをロボットのトスに引きずられながら無力感に襲われた瞬間を思い出し、ローランドは手を岩に叩きつけて指を食いこませた。

峡谷の切り立った斜面に指で筋を引きながら落下し、やがて止まった。地上を見あげたが、ギデオンはいなかった。

「ショー」背後からギデオンが呼んだ。

ローランドは向きを変えようとしたが、手がしっかり岩を握っている。

「身体でなく、頭を回転させろ」と、ギデオン。

ローランドの視界がパンし、兜が百八十度まわった。数メートル離れたところにギデオンが立っている。

「宙に浮いてるんですか？」ローランドはたずねた。かかとが空を蹴った。

「下を見てみろ」

下を見ると、ローランドの装甲は地面の二、三メートル上にいた。岩をつかむ指を一本ずつゆるめると、厚く積もった砂にドサッと落ちた。

ローランドは落下のあいだに岩にぶつかった部分や兜に触れ、細かい砂を払い落とした。

「きみは装甲だ。この弱い重力で少しばかり落下したからといって、ケガをすると思うか？」

「今日はずっと驚きの連続でした。次は、なんですか？ トンゲア教官が跳び出してきて、ガウス・ライフルでぼくを撃って、ぼくがびくつくかどうか確かめますか？」

ギデオンは砂のなかで、きびすを返した。ローランドは、にらみつけられているような気がした。

「すみません」

「前へ」ギデオンは谷の底を歩きはじめた。涸れ谷はしだいに幅と深さを増し、やがて細いとはいえ大きな峡谷になった。角を曲がると、断崖の上辺に焼け焦げた跡が現われた。ローランドは大きさが装甲くらいもある割れた岩を避けて、脇に寄った。

「ここで何があったんですか？」

「ギャレット提督とマーク・イバラが、勝ち目のないザロスとの戦いに打って出た」と、ギデオン。「わたしもいた。われわれが勝った理由は、ただひとつ――〈鉄の心（アイアン・ハート）〉が地球上でザロスの将軍を倒したからだ。ザロスのドローンは基礎プログラムに戻り、動きが予測されやすくなったので、敗北した。火星は……かろうじて持ちこたえた」

ギデオンは大峡谷を通る細道の少し手前で、ためらった。向かい側の斜面は影になっている。

「きみが先に行け」と、ギデオン。

ローランドは肩を前後にまわした。生身の身体よりも可動範囲が広い。ふいに思った――潜在的な戦闘に備えて機械の準備運動をするなんて、無意味だ。

さらに脇に寄って隙間を通ると、砂のなかに横たわる装甲が見えた。頭と肩を斜面に押し当て、両肘を曲げて兜を仰向かせた様子は、まるで死後硬直を起こした死体のようだ。胸当ての片方の脇に、四つの巨大な鉤爪の跡があった。装甲に食いこんで穴を開けるほど深い跡だ。なかにあるはずの装甲子宮は、なくなっていた。まわりで砂が小さく渦を巻き、装甲の脚はすでに赤い砂の流れに埋もれている。胸当てのユリの紋はちぎれて色あせ、すり切れていた。

ローランドは胃がむかついた。無意識に自分の本物の手を装甲子宮に押しつけ、装甲が後退した。

「だめ、だめだ、だめ……何が起こってるんですか?」ローランドは後ろへよろめき、勢いよく転倒した。装甲の片脚が空を背景に跳ね上がり、金属の両腕は陸に上がった魚のようにバタバタあばれた。

「作動停止、コード・ガンマ」ギデオンの声に、ローランドの装甲の動きが止まった。

「われは装甲。ショー、言ってみろ」

「われは装甲」仰向けに倒れたローランドの背に、砂と岩の冷たさが強調されて感じられた。

「きみの同調率は、装甲の残骸を見たときに十パーセント落ちたぞ。自分の身体に対するダメージを想像したために、きみと装甲との不調和が生まれた。装甲になりきるのだ。さあ、立て」

ローランドの手足に力が戻った。横に転がって立ち上がった。生まれたばかりで立ちはじめた子ジカのように、脚を大きく広げている。

「この装甲機動兵は、どうしたんですか？」

「ザロスの将軍が、われわれを待ち伏せした。ドタリの新兵の一人ハン＝ヴァが、最初に襲われた。ドラル大尉は何発か発砲したが……ザロスを殺すにはいたらなかった。わたしは四重水素弾を発射し、将軍の母体を破壊して、退去させることができた」

「あなたは、ここで何をしてたんですか？」

「役に立とうとしていた」ギデオンは答え、上を見た。

数十メートル頭上に、峡谷の両側の斜面にはさまる形で、傷ついて黒焦げになったフリゲート艦の残骸がひっかかっていた。外殻から装甲板がはがれて垂れさがり、艦体に醜い亀裂が走っている。

「〈ナッシュビル〉だ」ギデオンが言った。「ノアキア上空でエンジンのパワーをほとんど失い、焼けた状態で周回軌道に入った。艇長は、状況の割には立派な着陸を行なったが、艇は激しく地面にぶつかり、土を蹴立てて、この峡谷まで進んだ」

「生存者はいましたか？」

「八十三人いた。艇長は、そのなかにいなかった」

「なぜ、装甲をオリンポス山に戻さずに、このままにしてあるんですか？　ハン＝ヴァはどうなりました？」

「ハン＝ヴァはドタリの旅団とともに、ドタリの母星にいる。外気に触れた両脚と両眼を失ったが、あの男はまだ装甲機動兵だ。装甲は、まったく使えなくなった。ドラル大尉は、装甲の残骸をここに残しておくことにした。きみたちのようなひよっこどもに、戦いの意味を思い出してもらうためだ。大尉は優秀な〝槍〟の指揮官だった。大尉がいなくなったいま、われわれは二流だ。さあ」ギデオンは空を指さした。「登るぞ」

遠いクレーターの縁の向こうに、太陽が沈みかけていた。空高く舞い上がった塵を通して届く火星の黄昏（たそがれ）の輝きが、少しずつ消えてゆく。ローランドとギデオンが立っている小さな台地の上に、かすかな風が吹いた。

「故郷とは呼べないな」と、ギデオン。「長くいる場所ではない」

「また戦争がありますか？　シグナス星系での軍事行動で、われわれのメッセージは銀河系のほかの部分に届いたと思いましたけど」

「装甲機動兵は、生身の身体が行けない場所に行ける。深宇宙。高圧の大気圏。放射線に汚染された地域。太陽系一周旅行が、きみたちを待っている。火星上で戦うのは挑戦ではない」

「ぼくは、いつ〝槍〟に加われますか？　どんな仕事をするんですか？」

ギデオンは手で、近くの丘の向こうからのぼる煙を指した。蹴り上げられた塵だ。

「完全に装甲機動兵として認証されれば、〝槍〟の指揮官たちが、きみの行き先を決める。ほかの者とは違う、特別な者もいる。全員が〝槍〟に加わるわけではない。戦闘の専門家に向いている者は、直接、騎兵大隊司令官のもとに配属される……丘の横から来るのは誰だ？」

二体の装甲が歩いてくるのが見え、ローランドは答えた。

「マサコとトンゲア教官です」

「どうしてわかる？」

「歩きかたで」

「大変けっこうだ、ひよっこ」

地平線の上に光の柱が一本そびえ、大気の上層に届くと薄れはじめた。ローランドは後退し、ギデオンの反応を待った。

ローランドのマイクに、かすかな雷鳴が届いた。

「巨大砲だ」と、ギデオン。「航宙軍の艦では運べない大きさの、電磁加速砲だ。火星の表面全体に、何百も埋めこまれている。どの砲も、冥王星にあるゴール・ポストに砲弾を通せる精度を持つ。飛行機雲から見ると、いまのは目盛り調整のための発砲だな。火星が要塞であることを……そして、装甲機動兵が銃眼つき胸壁の見張りであることを、絶対に忘れるな。さあ、格納庫へ戻ろう。ドクター・イークスの診察を受けなければならない」

ローランドのプラグのまわりは皮膚がむけ、指がプラグをかすめるたびに神経末端がひりひりする痛みを伝えた。ローランドは片手で、禿げた頭をなでた。フォート・ノックスで最後に刈りこんだあと、ようやく髪がとかせるくらいに伸びたが、眠っているあいだにすっかり除毛されていた。

ローランドは顔に水を撥ねかけて洗面所を出た。

「どうだった?」通路で、同じように禿げ頭のエイナーがたずねた。

「うまくいったよ」ローランドは肩をすくめ、プラグを叩いた。

「そんなにいじってばかりいると、首にエリザベスカラーを巻かれるぞ」エイナーは首をひねって、ローランドの新しいインプラントを一瞥した。「おれは、もっとひどい手術を受けたことがある。少なくとも、プラグは無機質だ。おれの免疫システムは、新しく培養した臓器を取りつけたときみたいにプラグを攻撃しようとはしないだろう」指をパチリと鳴らした。

「こんにちは！」と、マサコ。髪はたくさん残っているが、前下がりのボブ・カットになっている。後ろはプラグがむき出しになるほど短い。一緒にいるチャ＝リルは……見た目は変わっていない。

「チャ＝リル、どうだった？」ローランドがたずねた。

「手術は成功したわ。なぜ？」と、チャ＝リル。異常があるのかと、自分の軍服を見おろした。

「おれたちの頭は兵舎スペシャル・カットなのに、きみの髪が変わらないのは、なぜだ？」と、エイナー。

「わたしの冠毛は〝髪〟ではないのよ。体温調節を助ける器官で、血管が詰まっている。これを切ったら、わたしは死ぬわ。あなたがたがしょっちゅう毛が抜けているからといって、銀河系じゅうの種族が同じだとはかぎらないのよ」

「プラグをつけると、あなたも、もっとゆったりするかと思った」と、ローランド。

「食堂で正式な宴会があるわよ」と、チャ＝リル。籠手を叩いた。「いまから六分後」

ローランドは足取りをゆるめ、マサコと並んだ。

「あなたがギデオン教官と一緒に、外にいるのを見たわ」と、マサコ。

「装甲に入ると、あの人はちょっと変わるな。きみの散歩は、どうだった？」

「地形に対応するのに骨が折れたわ」と、マサコ。急に顔の脇が引きつり、マサコはその部分を指先でこすって、ローランドに笑いかけた。「ドクター・イークスが立派な改修作業をして、きれいにしてくれた。あなたは、どうやらもっと簡単に……ああっ……」マサコは顔を横に向け、歯を食いしばって息を吸った。

「大丈夫かい？　ドクターのところへ戻ろうか？」

「迷ってた神経末端が、新しい居場所を決めただけ。なんでもないわ。新しいヘアスタイルみたいなものよ」マサコは頭の横に垂れかかる斜めにカットした毛先に、息を吹きかけた。「わたし、古いアニメに出てくるキャラクターみたいでしょ」

「似合ってるよ」ローランドは前腕の画面に触れた。医療ロボットを呼んでマサコを診察させたいが、原因がなんであれ、痛みは消えたらしい。ローランドの腹がグウと鳴った。

「わたしも、おなかすいた」と、マサコ。「着陸してから、いちども食事してないわ」

食堂には赤いリネンの布をかけた長いテーブルが、ずらりと端から端まで並んでいた。遠くの端にある小さなステージには装甲機動兵団の旗がかかり、両側に地球連合とドタリの旗がある。すでに二十五人ちかくの志願者が席につき、剃った頭と新しいプラグを誇らしげにさらしていた。隣の厨房から、皿のぶつかる音や蒸気の噴き出す音が聞こえた。

「これはなんだ？」エイナーがたずねた。

「ぼくたちの大事な日だよ」と、ローランド。「たぶん、パーティがあるんだ」

「でなきゃ、テーブルの下にデネブ星系のスパイダー・ウルフの群れが隠れてて、わたしたちはナイフとフォークでそいつらと戦わなきゃならないのよ」と、マサコ。「そんな顔して見ないで、チャ＝リル。教官たちが今度は何をする気か、わかったものじゃないんだから」

装甲機動兵支援部隊の軍服を着た曹長が、ステージに上がった。火星の色をした志願者の軍服と比べると、灰色にくすんで見えるが、胸一面にリボンが並んでいる。

「志願者諸君！　着席」

ローランドはチャ＝リルとマサコのあいだにすわった。偽物の床板があるのではないかと、片足でテーブルの下を叩いた。

「スパイダーはいない」ローランドはマサコにささやいた。

「きっと、天井からニンジャが何人もおりてくるのよ。油断しないで」

一人の大佐がステージに上がると、食堂は静かになった。軍服には、肩に〈聖堂騎士団〉の一員であることを示す十字形と、胸に装甲機動兵の記章しかつけていない。ローランドは椅子の座面を握り、立ち上がって〝気をつけ〟をしようと身がまえた。上官が部屋に入ってきたときは、この号令がかかる。

「着席したままでいい」大佐が言った。「わたしはマーテル大佐だ。きみたちは、みな手術から回復しているところだから、通常の礼儀作法はしばらく保留にしよう。最初の歩行の成功、おめでとう。きみたちは献身と不屈の精神で、ここまで到達した。きみたちをわたしの連隊に迎えられて、誇らしく思う」

マーテル大佐が顔を脇に向けると、六人の士官が入ってきて、大佐の横に一列に並んだ。四人は〈聖堂騎士団〉の十字形をつけ、二人は――そのうち一人はギデオンだ――別の〝槍〟の記章と、メダルとリボンをつけている。

マサコの膝の上で、片手が震えはじめた。マサコはその手を握りしめ、固く目を閉じた。ローランドはマサコの肩を肘で軽く突いたが、マサコはすばやく首を振ってローランドの手を押しやった。

「この六人は〝槍〟の指揮官だ」と、マーテル。「きみたちの次の訓練と、最終段階の訓練に参加する。たぶん、査定が完了したら、きみたちは誰か一人の下に配属されるだろう」

厨房から、下に車輪のついた三体のサービス・ロボットが出てきた。それぞれ、節のある何本もの腕で十枚のトレーを持っている。地球人の志願者には、みな同じ食事と青い液体の入ったボトルが配られた。ドタリは全員で分け合うらしく、湯気を立てるナッツを盛った椀(ボウル)がひとつだけだ。

「食べたまえ」マーテルは手で一同にすすめた。「きみたちは、自分で思っているより長いあいだ、固形の食物をとっていない。最初の指揮官を紹介しよう。シルバ中尉だ」マーテルがステージからおりると、代わりにシルバが進み出た。

突然、マサコが食いしばった歯のあいだから激しい息の音を立ててローランドを見た。苦痛で唇がめくれている。片手が皿の端に激しく当たり、皿がひっくり返って、テーブルじゅうに料理が飛び散った。マサコがもういちどローランドを見たかと思うと、眼球がクルリと上を向いた。マサコは手足を振りまわして後ろに倒れた。

ローランドは椅子を倒して跳び上がり、マサコの身体を捕まえて床に横たえた。マサコの両手首をつかんで、本人が制御しきれない動きを止めようとした。ローランドが手に力をこめると、マサコは椅子を蹴り上げた。

「医務兵、医務兵！」ローランドは叫んだ。

マサコがガクリと下あごを落とすと、口の端(はた)から血が流れた。舌を嚙(か)み切らないよう、ローランドは自分の手を横向きにマサコの口に嚙ませた。

取り囲む志願者たちを押しのけてマーテル大佐が近づき、マサコの脇に膝をついた。腰の後ろから皮下注射器を取り出し、二度マサコの首に押しつけた。マサコの痙攣(けいれん)はおさまりはじめたが、手足と顔はゆがんだままだ。

「部屋に戻れ！」マーテルは大声で命じた。「全員だ。いますぐ」

マサコはすすり泣き、身体を丸めた。ローランドはマサコに噛ませた手をゆすって抜き出した。皮膚が引き裂かれる痛みは無視した。

「マサコ？　聞こえるかい？」そっとマサコの肩をゆすった。

「ショー」マーテルがローランドの目を直視し、指揮官の威厳をこめて叱責した。「部屋に戻れ。医務兵がこちらへ向かっている。戻れ」

ローランドは両肩をつかまれ、引き上げられた。ギデオンだ。そのままローランドをつかんで、〝槍〟の指揮官たちが作る非常線の外へ連れ出した。マーテル大佐はマサコの脇にかがんだまま、片手でマサコの頭を支えている。

ローランドの目にはマサコしか映らなかった。数秒ごとに、ショックを受けたかのように痙攣する身体。弛緩した顔。うつろな目。

「こういうことも起こる」ギデオンは言い、片手をローランドの胸に置いて、そっと押した。

ローランドは心身が麻痺（まひ）したまま、その場に背を向けた。

16

ローランドとエイナーが共同で使う兵舎の一室は、フォート・ノックスであてがわれた部屋とは少し違って、窓の代わりにホロ・スクリーンがあった。火星の風景が順不同で次々と投影される。光の強さは、オリンポス山の外側の世界と同じだ。

ローランドは手に貼った噴霧皮膚の小片をこすりながら、室内を行ったり来たりした。エイナーは金属製の左の前腕(まえうで)にドライバーを刺していた。ドライバーが回転するたびに、左手のこぶしがきつく締まる。

「マサコは、どうしたんだろう?」と、ローランド。「教官やおえらがたは誰も、あんまりショックを受けてないようだった。こうなると、わかってたんだろうか?」

「みな、古参兵だからな。いままでに、いろんなことを見てきたはずだ。パニックを起こす者は、〝槍〟の指揮官に昇格させてもらえないだろう」エイナーの指が、それぞれ勝手にカチカチと大きく上下した。血肉を備えた手がこんな動きをすれば、骨が折れ、腱(けん)が切れるだろう。

「待った……大丈夫？　あなたまで……」ローランドは手のひらでピシャリと自分のプラグを叩いた。

「落ち着け。この手は地球を出たときから、おかしくなっていたんだ」と、エイナー。手の甲をバシンとテーブルにぶつけると、指が普通に開いたり閉じたりした。

「あなたはどうして、ただすわって、そんな……落ち着いていられるんだ！　マサコは、あなたの友だちでもある。食堂から追い出されたあと、あなたは、そこにすわってるだけだ」ローランドは憤然と両手を腰に当てた。

「何をしろというんだ？」と、エイナー。「下院議員に手紙でも書くか？　医療施設へ行って、ガラスに顔を押しつけて、治療されているマサコを見るのか？」

「せめて……せめて……心配してる様子を見せたっていいでしょう」ローランドは細いベッドに腰をおろすと、両膝に肘を載せて身をかがめ、頭の後ろで両手を組んだ。「こんなの、フェアじゃないよ。マサコはぼくたちの誰よりも成績がよかった。なぜ、マサコがあんなことに……？」

「戦争だってフェアじゃない」開いた戸口からトンゲアが言った。〝気をつけ〟をしようと立ち上がりかけるローランドとエイナーを、手で制した。「志願者ヤナギは出血性脳卒中だ。あのような合併症はめずらしいが、聞いたことはある。われわれは早い段階でヤナギには大きな危険があると認定し、本人にすべてを明かしたが、本人が選抜続行を希望した」

「わかってたのに、危険をおかさせたんですか？　なぜ？」ローランドは両手で、指関節が白くなるほど力をこめてベッドの端を握りしめた。

「われわれは装甲だ。どの戦場でも、勝敗を決定する軍隊だ。危険だというだけでしりごみするのは、われわれのやりかたではない」と、トンゲア。「軍団には兵士が必要だ。われわれは、意欲と能力のある者なら誰でも受け入れる。ヤナギは勇敢だ。神経系がプラグになじめば、立派な〝槍〟の一員になっただろう。ヤナギは、プラグを除去して地球へ帰らせる」

「ええっ？　そんな……」ローランドはベッドから跳び上がった。「マサコを、役立たずみたいに放り出すんですか？」

「ローランド……」と、エイナー。

「ショー、ヤナギが装甲機動兵として認められ、きみと同じ〝槍〟に配属されて戦場に出たとき、隣でヤナギが死んだら、きみはどうする？」と、トンゲア。「そら」流し台からタオルを取ってローランドの足もとの床にほうった。「ヤナギが死んだ。ヴィシュラカスの歩行装甲機(ウォーカー)が何台も向かってくる。どうする？」

「ぼくは――」ローランドが言いかけたとき、トンゲアのパンチが鼻先から三センチの位置で止まった。ローランドは思わずあとずさりした。

「われわれは、大事な相手を失ったからといって苦しむことは許されない」トンゲアはこぶしをひっこめた。

「おれは、最初の降下で分隊の仲間を失った」と、エイナー。「戦闘中は、嘆く暇はない。気力を取り戻して、突進しつづけなければならないんだ」

「ぼくは、仲間の〝槍〟のためなら命も惜しくありませんが、仲間を大事にしてはならないということですか？」

「時と場合による」トンゲアが答えた。「嘆けるときまで、苦しみは抑えておけ。その前に鉄を失うと、ほかの〝槍〟を――それに、任務を――危険にさらす」

「ぼくにはいま任務はありません。〝槍〟もいません。何もせずに、ただここにすわってることは、ぼくにはできません」ローランドは脇で両手をばたつかせた。「マサコをひとめ見ることもできないんですか？」

「ヤナギは手術を受けた。今後、数日は薬で眠っているだろう」トンゲアは首を振った。

「こんなとき、わたしは信仰に慰めを見いだす」

「そんなものが助けに――」言いかけたローランドは、トンゲアの表情を見て口をつぐんだ。多少は見えていた思いやりが、消えそうになっている。背後に、冷たく厳しいエイナーの視線を感じた。「すみません、教官、エイナー。ぼくは信仰を持たない人間です」

「志願者エイナー、聖者を知っているか？」トンゲアがたずねた。

「知っています」

「一緒に来るといい」トンゲアは大きくドアを開けてエイナーを待った。エイナーが飛び立つように教官と部屋を出ると、ローランドは腰をおろしてブーツのひもをほどきはじめた。トンゲアはその場を去ろうとローランドに背を向け、ためらった。首をうつむけ、ゆっくりとローランドを振り返りかけた。

「志願者ショー……どうも……きみも一緒に来たほうがいいような気がする」と、トンゲア。

「前にも言いましたけど。ぼくは祈らない人間です」

「来ても、失うものは何もない。得るものは多々ある。われわれと一緒に来れば、きみも、おそらく信仰を見いだすだろう。来たまえ」

ローランドは二本目のひもをほどく手を止め、ため息をついた。装甲機動兵団は戦没者に敬意を払う。記念公園で、装甲機動兵広場の彫像群を見て、知った。とにかく、マサコに敬意を示すほうが、ここにいてマサコを……自分を憐(あわ)れんでいるよりましだろう。ローランドはブーツのひもを結びなおし、トンゲアのあとについて部屋を出た。

ローランドとエイナーは小さな職員用軌道輸送車の狭い後部座席に並んですわり、トンゲアは前部に乗った。空気のないトンネルのなかで、外界から隔絶された軌道輸送車は磁気レールの上を疾走した。ハイパー・ループ軌道システムは、オリンポス山の地中を数層にわたってカバーし、入り組んだトンネルが武器設置場所や居住地、格納庫のすべてをつないでいる。

「教官、どこへ行くんですか？」ローランドは十分間の沈黙ののちに、たずねた。

「地球人は、なぜ〈残り火戦争〉に勝てた？」トンゲアは振り返りもせずに質問した。

ローランドは顔をしかめてエイナーと視線を交(か)わした。エイナーは肩をすくめた。

「われわれは異星人カ＝レシュから技術援助を受けました。マーク・イバラと一緒に活動した探査機は、カ＝レシュのものでした」と、ローランド。昔の宿題のあれこれを必死で思い出し、トンゲアの質問の真意は何かと考えた。「それから、ドタリ／ルハールド艦隊がわれわれと手を結んで、ザロスの指導者たちが銀河系侵略の拠点としたダイソン球(スフィア)〈頂点(エイペクス)〉に攻撃をかけることになり――」

「神意だ」トンゲアが口をはさんだ。「神意を――神の干渉によってわれわれが……銀河系全体が救われたと信じる者は、少なくない。航宙艦〈ブライテンフェルト〉は戦争中、多くの決定的な瞬間に居あわせた。〈ブライテンフェルト〉のモットーを知っているかね？」

「〝ゴット・ミット・ウンス〟」と、エイナー。喉のスピーカーから、ぎこちない発音で声が出た。「〝神はわれらとともに〟という意味です」

「われわれは戦争に勝てるはずがなかった」と、トンゲア。「ザロスは、地球と太陽系から人類の痕跡を一掃したあと、生き残った艦隊を破壊すればよかったのだ。ケレスをめぐる戦いは、あぶなっかしいタックルだった。二度目のザロスの侵入……〈エイペクス〉への攻撃。奇蹟だ。どれも例外なく。マーク・イバラには計画があり、何十年も前から準備していたが、さまざまな欠点もあった。われわれは負けて当然だった。だが、勝ち目のない場面に〈ブライテンフェルト〉が現われるたびに、艦とクルーが勝った」

「ヴァルダー提督なら、神意を持ち出さずに、戦いひとつひとつにどうやって勝ったか、説明してくれるでしょう」と、ローランド。

「きみは、提督が信仰を持たなかったと思うか？」と、トンゲア。

「……わかりません」

「提督は、われわれが墓地を造ったとき、火星に来て、聖者とほかの戦没者たちに敬意を表した。ヴァルダー提督はマーテル大佐に……いや、それはまだ、きみには早い。そら……」トンゲアは座席の下に手を入れて黒いフードを取り出し、二人にほうった。「墓地の場所は、〈聖堂騎士団（テンプラー）〉の者にしか知らせないのだ」

ローランドはフードを見て、笑いを噛（か）み殺した。エイナーに肘で腕を突かれ、ローランドは閉口して頭を振りながら、フードをかぶった。

軌道輸送車は何度か曲がり、やがて止まった。軽いうなりとともに車のドアが開くと、乾いた冷たい空気がローランドを包んだ。トンゲアはローランドのフードをひっぱってはずした。

表示ひとつない停留所の片側に、荒削りのトンネルが伸び、その先に真鍮のドアがあった。ドアを守る二人の装甲姿の兵士は、ローランドの背丈よりも長い剣を自分の前に立て、足もとの土を突き刺している。

真鍮のドアには、ザロスのドローンやトスの戦士、知らない異星人などと戦う装甲機動兵の姿が浮き彫りにされていた。火星の土に横たわる損傷した装甲と、そのそばの二人の装甲機動兵の絵で終わっている。

トンゲアは軌道輸送車を降りると、片方のこぶしで胸を叩いた。

「誰だ?」一人の装甲がたずねた。

「巡礼だ」と、トンゲア。「聖者を探している」

「誓いを立てていない者たちだ」と、もう一人の装甲。女の声だ。

「状況が……切迫している」トンゲアが言った。

「わたしは聖者に、ある者を助けてもらいたいのです」と、エイナー。「助けを必要とする者――マサコは、入院しています。わたしは前に、聖者に力づけられました。いま、マサコが同じ助けを必要としています」

装甲の一人がローランドを見た。

「ぼくは、あのう……マサコを助けるためなら、なんでもします」ローランドはうつむいた。

錠のはずれる音がして、真鍮のドアが大きく開いた。闇のなかへ細い通路が伸びている。ローランドはトンゲアとエイナーのあとから、なかに入った。ドアの裏には装甲板が並び、板と板のあいだに銀のフラクタル模様が張ってある。背後でバタンとドアが閉まった。通路の両側の岩に、装甲が入る大きさの部屋がいくつも掘ってあり、空の部屋が通路の奥まで続いている。トンゲアとエイナーは地面に片膝をつき、頭を垂れて祈った。

ローランドは後退し、空いている最初の部屋の隣の、目の高さにある名札を見た。文字は浮き彫りにされ、名札の左側はなめらかで、ほかの部分よりつやがある。そこに、ヴワディスワフという名の装甲機動兵の略歴が記されていた。部屋のなかには鉤状に曲がった未完成の翼が二枚あり、幅の広い白い羽根が根もと近くまで並んでいる。歩兵ではなく、兵士の入った装甲にふさわしい大きさだ。次の部屋にも翼が二枚あり、名札はアダムチクとなっていた。死亡日時は最初の名と同じだ。

トンゲアが立ち上がって、ふたつめの名札のなめらかな面に指を走らせた。

「遺体が見つからないときは、死の象徴を埋葬する。死者を思い出せるものを」トンゲアが静かに言った。「この〈軽騎兵〉は一人前の竜騎兵になりたかったが、そうなる前に死んだ」

ローランドは反対側の壁を見た。白い上着と赤い十字の入った部屋が並んでいる。

「これは……これは、みんな記念公園に彫像が残っている兵士たちですね。最後の戦いでザロス・マスターと戦って死んだ」と、ローランド。

「そのとおりだ」トンゲアは頭を傾けてトンネルの暗い奥を指した。

三人は、また違う象徴をおさめた部屋をいくつも通り過ぎた。小さな装甲機動兵の彫像。杖。縁（へり）にドタリの文字が刺繡（ししゅう）された、すり切れたシャツ。三人が闇に足を踏みいれると、一本の電気ロウソクが灯（とも）り、胸の高さの土台に載った等身大の女の像を照らし出した。うつむきかげんで車椅子にすわり、両手をきちんと膝の上に重ねている。像の背後の部屋には損傷した装甲が立ち、片手に折れた剣を握っていた。装甲の汚れは、赤い塵（ちり）と乾いた古い血だ。

エイナーが足を止めた。呼吸がしだいに速くなった。

「これは〈鉄の心（アイアン・ハート）〉の聖者カレンだ」トンゲアが、像の前のすり切れたふたつの記章を指した。

「この人は、最後の戦いには出てませんよね」と、ローランド。トンゲアとともにエイナーがひざまずいて像を見あげ、不器用に人工の手を合わせた。エイナーの背後に立ち、損傷した装甲を見つめた。

「出ていた……聖霊という形で」と、トンゲア。「カレンは火星で死んだ。わたしは、エリアスとボデルがカレンの装甲をオリンポス山に運んできた日を、いまでも覚えている。

クロエ牧師が意識していたのは、ここに葬られた者たちの魂だった……。ところが、エリアスが、〝来世ではカレンと肩を並べて戦った男として敬われたいから、最後に身につけていたものを、証人として一緒に葬ってほしい〟と頼んだ。その後まもなく、聖者崇拝が広まった。われわれ〈聖堂騎士団〉は、カレンに神へのとりなしを求める誓いを立てる。ザロス・マスターと対面して命を終えた者たちのように、宇宙空間に放り出されたとしても、魂が迷わず自分の道を見いだして神のもとへ戻れるようにと望んでのことだ」

「この女性は、どのように装甲機動兵になったんですか？」ローランドはたずねた。「そのころは、車椅子を使ってなかったんですね？」

「カレンは、装甲機動兵団が、身体的にほかの職種には不適格な志願者でも採用すると発表したその日に、車椅子でフォート・ノックスに現われた。カリウス大佐が、選ばれるチャンスはないから帰るようにと言い渡した。カレンは外で三日間、待った。動かなかった。食べ物も水もとらなかった。当時はひよっこだったエリアスとボデルが、週末の外出許可をとった。二人はメイン・ホールの外でカレンの脇に立つと決めた。カレンにものを食べさせ……しまいに、大佐も根負けした。カレンは子供のころから身体が麻痺していたそうだが、プラグを手に入れ、装甲を操縦することができた。

何年かのちにバッテン病になったが、治療を拒否した。このままでは死ぬとわかっていても、装甲を離れようとしなかった」

「装甲を離れなかったのは……〈鉄の心〉のほかのメンバーのためじゃないんですか？」と、ローランド。「自分がいない状態で仲間が戦わなきゃならないことを思って、このままじゃ自分が死ぬとわかっていても、仲間を見捨てることを拒否したのでは？」

「わかってきたな」トンゲアはカレンの像の横に面した部屋を指さした。なかには装甲の兜（かぶと）より大きく、血のように赤いフェイスプレートが、岩にボルトでとめられた鎖から下がっていた。目の位置に細いスリットのあるフェイスプレートで、巨人の手に握られたかのように縁（ふち）がゆがんでいる。「これは、知られるかぎりでは最新の、ザロス・マスターの遺物だ。エリアスは、惑星タケニで〝将軍〟と呼ばれるマスターを倒したあと、これを戦利品として奪った。死の象徴として使えるものは、ほかに何もここに置かなかった。〝将軍〟の遺体のもっと多くの部分は、エリアスがフェニックスで殺されたあとも残っていたが……われわれには見つけられない」

　ローランドはザロスの遺物をおさめた部屋に近づいた。フェイスプレートがかすかに揺れたように見え、空中にオゾンのにおいと煙が感じられた。これが、ぼくの両親を殺した敵の顔か。恒星間を渡るあいだに、何十億もの人間を……想像もできないほど多数の、罪もない知的生命体を殺戮（さつりく）した敵の顔。ローランドの口の片端が上がり、ゆがんだ微笑になった。地球のおかげで……ぼくも加わったと言っていい装甲機動兵団のおかげで、ザロスは永久に姿を消した。ぼくは、星の神が残した骨を見る特典を得た。銀河系の全知的生命体にとって悪の根源であるザロスは、消滅した。

背後に誰かの気配を感じて、ローランドは振り返った。だが、トンゲアとエイナーはもとの位置から動いていない。ローランドは何も入っていない部屋に、次々と視線を移した。本来なら、死んだ兵士たちが装甲ごと埋葬されたはずの場所だ。胸が締めつけられた。〈鉄の心〉や〈聖堂騎士団〉、〈軽騎兵〉は、ザロスに対する最終的な勝利を確実にするために、命を投げ出した……ぼくは装甲に入って、いちど歩いただけだ。激しい悲しみと卑小さの自覚が怒濤（どとう）のように心にのしかかった。孤児院で、長い孤独な夜を何度も過ごしたころの感情だ。

ぼくは、まだ取るに足らない存在だ……。

エイナーが地面に膝をきしらせて立ち上がった。二の腕で涙を拭き、こわばった手で、袖のすり切れた部分をつついた。

「きみの番だ、ローランド」と、エイナー。

「ぼくが祈ってもいいのかな」

「マサコのためだ」

ローランドは深呼吸をした。聖者に敬意を表する正しいやりかたなんて知らない。エイナーのサル真似をして祈ったら、うっかりばちあたりな言葉を使うかもしれない。そんな危険をおかしていいんだろうか？　ローランドはその場にひざまずき、頬をほてらせながら、幼いころに覚えた唯一の祈りを思い出そうと努力した――が、失敗した。ローランドは肩を落とした。

聖者カレン、ぼくはラテン語を知りません。あなたを讃える〈聖堂騎士団〉のやりかたを知りません。自分がほんとにこの話を信じてるのかどうかさえ、わかりません。でも、友だちのマサコ・ヤナギが、どこかの医務室にいます。装甲機動兵になるというマサコの夢は消え、身体は……よくない状態です。エイナーやほかの仲間たちはみんな、つらいとき、あなたに助けられたと言います。できれば、マサコを助けてください。ぼくに何か……恩寵が与えられるとしたら、それをマサコに与えてください。

ローランドは顔を上げ、像の顔を見た。カレンのきつい目鼻立ちと優しい目が、見つめ返した。そのとき、片方の目尻に血の色をした涙が湧き、カレンの顔の片側を流れ落ちた。

ローランドはのけぞって倒れ、そのままの姿勢で後退した。目にしたものを理解しようという努力で精神がすり減り、心臓が早鐘を打った。

「カレンが、きみに恩寵をほどこしている」と、トンゲア。

ローランドはショックでぽかんと口を開けたまま、像を指さした。そのとき、落ちる水滴が石を打つ音が聞こえた。像の頭上の岩の濡れた部分から、像の頭部――片耳の後ろ――に滴が垂れている。

「これは、どういうことですか?」と、エイナー。

「〈聖堂騎士団〉のなかには、お告げだと信じる者もいる」トンゲアは疑わしげに目を細めてローランドを見た。「涙を受け取る者は、装甲のなかで死ぬ運命だという」

「ぼくは聖者に、そんなこと頼んでません」と、ローランド。

トンゲアはローランドをひっぱって立たせ、像の土台のそばへ連れていった。

「何年もここに通っているのに、この恩寵を受けられない者もいる」と、トンゲア。「このチャンスを逃すな」

ローランドは片手を像のあごに伸ばし、人差し指の横で、像の上で細かく震える水滴に触れた。その〝涙〟を、唇に当てた……味は、火星の土のにおいと同じだ。

「退出の時間だ」トンゲアが言った。


軌道輸送車で、無言のまま長い道のりを兵舎まで帰る途中、エイナーがローランドのほうへ上体を傾けてたずねた。

「きみは涙を口へ持っていったな。どうして、そうすると知っていた？」

「知らなかった……ただ、それが正しいような気がしたんだ」ローランドは肩をすくめた。

「どんな気分？」

「息子が生まれたあと、こんな気分になったことはなかった。おれは幸せだ。生まれてはじめて、本当に幸せだ。きみは？」

ローランドが答える前に軌道輸送車がスピードを上げ、停留所をふたつ通り過ぎた。

「頭のなかが真っ白だ」と、ローランド。

17

ローランドは丘の険しい斜面に装甲を密着させ、斜面の端に右腕を当てると、肘を後ろに引いた。前腕のガウス砲に組みこまれた照準カメラが、岩の向こうの小さな谷間をすばやくスキャンした。開けた場所の中央に旗竿が立ち、緑の旗がだらりと垂れている。ローランドはその写真を、近くの物陰に隠れているエイナーとチャ＝リルに赤外線で送信した。

「障害物はないようだ」と、ローランド。

「それは問題ね」チャ＝リルが言い返した。「軌道上のセンサーは、最後のスキャンで防衛班を探知していたわ」

「誰を信じる?」と、エイナー。「おれたちの仲間のいつわりの瞳か、試験のあいだに十回以上もだましてくれた真空中の住人か?」

「ブルー・チームは防衛班を残さずに、旗を置いたに違いない」と、ローランド。「そいつらを攻撃班に加えることで、連中が衛星のデータをいじったことをこっちに知られるより先に、こっちの防衛班を負かせると考えたんだ。前も、そうだった」

「でも、もし、こっちが知っていることを向こうが――」

「旗を取って、エコー・ルートで基地に帰ろう」ローランドはチャ＝リルの言葉をさえぎった。「エイナーは見張り役だ。行くぞ。三……二……一」

ローランドは身体を横転させて丘をまわり、旗竿に向かって走った。装甲は、空中へ跳び上がりながら大股で進んだ。両肩の小さなスラスターが噴射して、あまり高く舞い上がらないよう調整する。受動センサーのデータが入り、地図に重なる形でローランドの視覚中枢に認識された。ローランドには、兜（かぶと）の視覚装置を通して〝見た〟ように感じられる。

ローランドは走りつづけた。金属の手足は疲れを知らず、耳にアドレナリンのうなりが聞こえた。

ふいに右側に標的のアイコンが現われた。ローランドは肩のガトリング砲と前腕のガウス砲を、センサーがパワー特性を探知した巨石に向けた。横向きに巨石をまわるローランドを援護しようと、チャ＝リルが反対側へ突っぱしった。

ガウス砲から引き抜かれたバッテリー・パックが、巨石の側面に押しこまれている。二枚の鉛にはさまれた、曲がった金属片だ。

「ブルー・チームは、これで衛星のセンサーをごまかしたんだ」と、ローランド。「連中は、ここにはいない」

「おしゃべりは少ないほうが、勝つチャンスが増えるわ」チャ＝リルは肩の砲を大きくまわして旗をねらった。

「エイナー、異常ないか?」ローランドは旗へ向かって走りながら、赤外線で送信した。足取りをゆるめ、返事を待った。

「エイナー?」

「何かで赤外線がさえぎられたのよ。帰りに合流させればいいわ」と、チャ＝リル。

ローランドはスリップしながら旗竿の横に止まり、足首まで砂に埋まった。かかとに軽い震動を感じた。

「なんだ、いまのは?」

砂から勢いよく腕が突き出て、ローランドの膝の裏を打った。ローランドは仰向けに転倒し、舞い上がった砂が視覚装置に降り注いだ。ローランドが転がると、目の前に二連のガウス砲身が現われた。砲にかかっていた砂が、脇にこぼれ落ちている。

ガウス砲が閃光を発し、ローランドの兜の接続が切れた。目視用のスリットを下の胸当てと装甲子宮に向けると、細く外界が見えた。外から加えられた打撃が装甲内部のローランドをゆすぶり、次の打撃でローランドは仰向けに横たわった。

のしかかるようにギデオンが立っていた。片足を上げ、かかとから出たアンカー・スパイクをローランドの目視用スリットに突き立てた。

ローランドの視野全体に〝パイロット殺害〟の文字がひらめき、装甲がシャットダウンした。動きを止めた装甲のなかで、じっと待つしかない。

数分後に、すべての機能が復活した。ローランドは、ギデオンと、同じように砂だらけのシルバ中尉が立っているところへ行った。ギデオンたちの前に立つエイナーとチャ＝リルは、兜を少しうつむかせ、肩をこわばらせている。

「ひどい」と、ギデオン。「まったく、ひどいものだ。きみは視野の狭さから、敵の待ち伏せのどまんなかへ踏みこんだ。ローランド、エイナーが通信に答えなかったあと、なぜ後退しなかった？　説明しろ」

「赤外線が、何かにさえぎられたんだと思いました」

「チャ＝リル、きみはなぜ、もういちど通信しなかった？」

「標的に注意を集中しすぎていました」と、チャ＝リル。頭が、さらにうつむいた。

シルバ中尉がエイナーに向かって言った。

「きみは見張りを選び、観察と射線方向に有利な位置で実行した。いかにも、見張りのいそうな位置でもある。だから、わたしはあそこに待ち伏せ班を置いた」

「雑音と信号との区別」と、ギデオン。「われわれは、これを乗り越えた。衛星がきみたちに送ったデータは、ここに防衛班がいるというものだった。きみたちは、われわれが改変したバッテリー・パックを見つけた。だが、きみたち全員が見落としたものは、なんだ？」

「教官は、ほかの場所では信号を出しませんでしたね」と、ローランド。「あなたが訓練場のどこかほかの場所にいたら、衛星はそこで……あちこちで、あなたの特性を拾ったでしょう。あなたのバッテリーを見つけたとき、あなたがたはもういないと思いました」

「結局は、きちんとした分析がものを言う」と、ギデオン。「だが、死んで五分後に自分のミスがわかってもしょうがない」

「あなたは、なぜ、わたしたちのセンサーにとらえられなかったのですか？」と、チャ＝リル。「地下にいても、パワー特性は受動センサーにひっかかったはずです」

「われわれはパワーを切っていた。どのシステムもオフラインにした。わたしは地面に響くきみの足音を感じてから、パワーをオンにした」

「わたしも同じだ」と、シルバ。

「忍耐は美徳だ」ギデオンが言ったとき、地平線上にミュール輸送機が現われ、まっすぐにローランドたちのほうへ向かってきた。「攻撃するべきときもあれば、控えるべきときもある。きみたちは間違った選択をした。三七＝Cゲートへ撤退しろ。そこで次の任務を与える」

三人の志願者は、その場を去った。

ローランドは地図を出して調べ、要塞を近くの宙港と結んでいる上層のハイパー・ループをたどって、オリンポス山へ戻ることに決め、その情報をほかの二人に送信した。ローランドは自分の装甲の両脚に注意を集中し、装甲の太ももとふくらはぎのケースから、たたんで収納してある走行用車輪を出した。この車輪を地面に当て、塵の雲を巻き上げながら、クレーターの縁へ向かって進んだ。

「ああ……もっとうまくやれたのにな」エイナーがぼやいた。

「チャ＝リル？」ローランドは左後方にいるチャ＝リルを見ようと、兜をまわした。

「わたしは、いくつもミスをしたわ。あなたが旗のほうへ移動するのを、止めるべきだったのに。磁力スキャンをすれば、ギデオン教官の細工が罠だとわかったのに」

「チャ＝リルの言葉としては、いままででいちばん謝罪に近いな」と、エイナー。

「期待しすぎないで、おサルさん」チャ＝リルがピシャリと言った。「オリンポス山のドタリのスタッフが教えてくれたけど、事後検討会で自己批判を表明するのが、地球人のあいだでは無難な姿勢ですってね。わたしは、あなたがた二人が良心の呵責を内に秘めて、わたしには知らせず、次の訓練でうまくやってくれるほうがありがたいわ」

「少しずつでいいんだよ、チャ＝リル。いっきに上達はできない」と、ローランド。「今回、ぼくははじめて攻撃班をひきいて、何もかも失敗した」

「少なくとも、チャ＝リル、きみは電磁加速砲で山頂をふっとばしはしなかった」と、エイナー。「きみは、それも考えたに決まっている。きみの代わりに、良心の呵責を外に向けて表明してやろう。きみも少しずつがんばれ」

チャ＝リルは走行用車輪でわざと石に乗り上げ、石をエイナーめがけて飛ばした。エイナーは飛んできた石を装甲の平手で砕き、大声で笑った。

「なあ、チャ＝リル、きみを相手にこんなたわごとをぬかすのは、きみが好きだからなんだぞ」と、エイナー。

「地球人の男性が愛情を表わすときは、植物の生殖器を切って渡すのだと思っていたわ……たわごとをぬかすのでなく」

「愛情のレベルはいろいろある」と、ローランド。

「どのレベルなら、わたしたちの仕事場が変わったときに、あの人の喉をキックできるの？」

「おれたちが仲よくなるか、少しずつ疎遠になるかは、誰にもわからない」と、エイナー。

「あなたたち二人が即興の実弾演習を始める前に、聞いておく」と、ローランド。「三七＝Cゲートに何があるか、知ってるかい？　場所は山の東側。イカの領土だ」

「イカ？　ルハールドがここにいるの？」チャ＝リルがたずねた。

「イカってのは航宙軍の兵士のことだ。古いあだ名だよ」エイナーが答えた。

「連中は、ぼくたちの汚れを落とすロボットを持ってると思うか？　それとも、兵士たちのねぐらに塵ひとつなくなるまで、ぼくたちが何時間も掃除機をかけさせられるのかな？」

「教官たちは、ロボットは勝者のためにとっておくだろうよ」と、エイナー。「いまは、おれたちは勝者じゃない」

三七＝Cゲート裏の格納庫は、大きさと容積の点では、新しいフェニックス大学の競技場に匹敵する。ローランドは子供のころ、孤児院で何度か、ほかの子供たちと一緒に無理やりアメリカン・フットボールの試合を見に連れていかれ、その巨大な建造物に驚嘆した。艦隊のメンバーからなるチームと宙兵隊員チームの試合だった。火星の技術者たちがオリンポス山の地中に、こんな大きなものを造ったという事実は、ローランドには――装甲の内部にいてさえ――正真正銘の見当はずれだとしか思えなかった。

格納庫の四隅にエスクイライン級のコルベット艦が一隻ずつあった。どれも改装中で、作業の段階が違う。それぞれの艦を足場やクモ型ロボットが囲み、外殻板をはずしたり、構成部分を交換したりしている。一隻は艦首から艦尾までまっぷたつに割れ、まるで生体解剖のように内部の作業現場が見えた。

「どれが〈スキピオ〉だ？」と、エイナー。

「補給品を受け取って、離昇前の点検を受けている艦よ」と、チャ＝リル。広大な格納庫の遠い壁ぎわにある艦から帰ってきた信号を確認し、目標の艦のアイコンを、エイナーとローランドに送った。〈スキピオ〉は電磁加速砲の砲塔を持ち、艦体外殻にいくつかの迎撃兵器がある。「論理的に考えて、わたしたちが艦の組み立て作業をするためにここに送られたとは思えないわ」

三人は造船所の周辺を進んだ。物資供給カートを操作するドローンが、カートの向きを少し変えて三人を通した。生身のまま徒歩で進んでいたら、ローランドは、機械が人をひかないように気をつけてくれるなどとは、あてにしなかっただろう。装甲に入っていると、生身のときの恐怖は、夜に何かがぶつかってくるという子供のころの記憶ではないかと思われた。

〈スキピオ〉のクルーは、士官と兵士を合わせて二十四人だけで、艦の荷積み用傾斜路のそばに二列に並んでいた。装甲姿のギデオンが女性艦長と話しているあいだに、装甲サポート・チームが設備を押して、艦内に運び入れた。

「時間きっかりですね」艦長がローランドたちに言った。「タガワ中佐です。わたくしの艦へ、ようこそ。改装を受けるのははじめてではありませんが、古い艦は注意が必要です。〈スキピオ〉は、ケレスで編成された新しい緊急対応特務戦隊に加わっています。われわれの主要な武器は、あなたがたくそ野郎どもです。あなたがた四人を収容する場所を造っただけで、ほかにたいしたこともしていませんが。われわれの旅は事実上、ベッドやシャワーを共有することになったクルーの偏屈ぶりを確かめる、いわば、不具合をなくすための確認です。都合のいいときに乗りこんでください。十分後に出発しますけど」

ギデオンが胸を軽くこぶしで叩くと、タガワ艦長はクルーに注意を戻した。

「ついてこい」と、ギデオン。先に立って傾斜路を上がり、もとは貨物用だった場所に入った。一機しかなかったミュール輸送機と艦外活動用の艇がなくなり、四つの装甲メンテナンス・ベイが取りつけられている。棺桶に似た装置で、立った装甲の胸を横切る形で足場が組んである。棚は、大部分が装甲の武器や予備の部品、弾薬箱でふさがれていた。床の何も置かれていない部分には、丸いハッチがある。

四人が装甲ベイに入ると、足場がたたまれて上へ消えた。

「きみたちの、最初の〝共同墓地〟だ」と、ギデオン。「ようこそ」

「装甲を運ぶには、恐ろしく小さな艦ですね」と、エイナー。「最高司令部はいつ、これがいいと決めたんでしょう?」

「グッド・アイデアを将軍の耳にささやく邪悪な妖精が、首都のキャメルバック山の下で、本部の誰かに助言したんだろう」と、ギデオン。「とにかく、これがきみたちの訓練の、次の段階だ。それぞれ棺桶に入って、技術者にやっつけ仕事をさせてやれ。装甲を出たら、医療ベイでチェックを受け、艦が周回軌道を離れたら徒手体操をしろ。航宙艦に乗ったことのない者のために言っておくが、クルーの邪魔にならないようにしろ」

ローランドがあとずさりして棺桶形のメンテナンス・ベイに入ると、装置が装甲をスキャンし、データをローランドに知らせた。外からチューブやパワー・ケーブルが装甲に接続され、足場がもとの位置に戻った。装甲のウエストに向けて、短い通路が伸びてきた。ローランドは装甲のパワーを落とし、身体の力を抜いた。ヘッドアップ・ディスプレイが信号音を立て、システムの更新を知らせた。断片的なメモをざっと調べるうちに、新しくできた装甲間の通信回線に目がとまった。

　ローランドは通信回線を開き、エイナーとチャ＝リルに通信した。

「ほら、また、始まった」個人用の赤外線回線から、エイナーの歌うような声が聞こえた。兵士が行軍のさいに唱和するかけ声だ。「いつものやつが、また」ローランドの視野の片側のウィンドウに、エイナーの頭と両肩が現われた。レンジャー部隊の軍服を着て、左右を見ている。「技術者たちは何もかも、おれがこう使うと考えたとおりに更新してくれたらしい」しゃべるときはエイナーの口が動き、喉のスピーカーは消えていた。

「エイナー……唇が動いてる」と、ローランド。

「いったい全体……」エイナーは自分の口と喉に触れた。「妙だな。おれのフリーク・ショーは、まだ同じ場面で止まっているはずだが」

　新しいウィンドウが開き、金髪で青い目の女が現われた。

「この艦の艦内通信には仮想現実（VR）模倣装置があるのよ」女がチャ＝リルの声で言った。

「ドタリ艦では何世代も前から、この種のシステムを使っているわ。ほかの艦にいる通信相手の姿が見えれば、感情移入しやすいし……あら、表現エラーらしいわ——あなたがたの口が開いたままよ」

「あなた、チャ＝リル？　ほんとに？」と、ローランド。

「もちろん、わたしよ。この艦のどこに、別のドタリが詰めこまれているというの？　エイナー、正直に言うわ。わたしたちが装甲から出ていたら、あなたの口にハエが飛びこむわよ。カメラの設定をチェックさせて……」チャ＝リルはドタリの言葉で、震え声とカチカチという音を発した。

「この牛の糞は何？」地球人の姿をしたチャ＝リルが、自分の髪をつついた。

「知らん……きみは、地球人にしてはちょっとどぎつく見えるな」と、エイナー。

「ユーザー・フィードバックを送ることにするわ。いま。すぐ」チャ＝リルのウィンドウが消えた。

「怒ったのかな？　ああ、怒ったな」と、エイナー。

「あなたが五分間チャ＝リルを怒らせずにいられたら、試験のあいだ、うまくやれるかもしれないよ」と、ローランド。

「愛情の表わしかたは人それぞれだ。あれを見たか？　おれたち、地獄穴を手に入れたぞ」

「なんの話？」

「床のハッチだよ。空中機動作戦用のミュールにあるような、ファストロープ降下や重力緩衝降下に使うハッチがある。この穴を通って、ねらいどおりの着地点に降りるのは、宙兵隊のパワー・アーマーを装着したときには実に心を揺さぶられるイベントだ。ギデオン教官が、われわれのために何を用意したか、見るのが待ち遠しいな」

「お楽しみの時間か」ローランドは熱のない口調で言った。「ぼくは仮眠する」通信を切り、メッセージ・フォルダーを見た。何もない。送信ずみメッセージのフォルダーをチェックし、マサコへの何通ものメッセージを確認した。どれも読まれている。

ローランドは外部からのすべての入力をシャットダウンし、深い闇に身をまかせようとした。だが、思考は落ち着かず、激しく沸き返りつづけた。

「ローランド」

呼ぶ声は聞こえたが、自分が目覚めているのか、装甲子宮のなかで夢を見ているのか、よくわからない。両脚を少し伸ばしたとき、暗闇のなかで点滅するカーソルに気づいた。意識がカーソルを横切ると、チャ＝リルの映像が――ドタリの姿で――現われた。

「通信システムに侵入して、別のユーザー・フィードバックを送ったわ」と、チャ＝リル。「プログラムのミスを列挙してやった」

ローランドはシステムをオンラインにし、〈スキピオ〉の遠隔測定によるデータをチェックした。すでに宇宙空間をケレスへ向かっているが、まだあと一日はかかる。

「それを知らせるために、ぼくを起こしたの？」

「エイナーとギデオン教官は仮眠中よ。わたし、オリンポス山との最後のデータ同期化のあいだに、あるメッセージを受け取ったの……あなたに見せていいかどうか、わからない。地球人の言葉は、ずいぶんたくさんの解釈ができるらしいから。でも、あなたの英語は、初心者を混乱させるためだけに、四つの違う言語がごっちゃになっているようだわ」

「そこまで言うなら、受け取ったメッセージを、ぼくに見せなきゃしょうがないよ」

「見せるなと頼まれたけど、わたしは賛成しなかった。ドタリは秘密を共有する前に、信任を得るの。マサコが機嫌を悪くしたら、わたしは文化の違いに気づかなかったふりをするわ」

ローランドは心臓にちくりと恐怖を感じた。

「マサコから連絡があったの？」

「マサコの近くにいると、あなたのホルモン・レベルが上がるから、あなたがマサコに同情していることは間違いない。マサコが心配で注意力が散漫になり、あなたの能力が打撃を受けている。エイナーの情熱は、事態に悪影響を及ぼすほどには拡大しないわ」

「マサコからメッセージを受け取ったんなら、ぼくに見せてくれたほうがいい。さもないと、ぼくはあなたの装甲にプラグを接続して乗っ取る」

「あなたに関するわたしの仮説は、当たっていたわね。いま、送るわ」

チャ＝リルの姿が縮み、映像ファイルが開いた。

病院のベッドにすわったマサコが、カメラに向かって弱々しい笑みを浮かべていた。髪の毛がなく、赤いバンダナを巻いている。顔はやつれ、疲れた様子だ。マサコは左手で右腕をこすった。

「こんにちは、チャ＝リル。わたしはいま、ハワイにいるの」笑みが少し広がった。「この回復センターは、とても印象的よ。わたしにはドクター・チームがついているし、呼べばすぐ来て、頼めば本物の食事を持ってきてくれるロボットもいる。ここには、兵士や宙兵隊員も何人かいるわ。シグナス星系から来た人たち。戦闘で撃たれたの――わたしは運がなかったわ」

マサコは左手で孫の手を取り、右足をかいた。右腕はまったく動かない。

「プラグは除去された」と、マサコ。笑みが消えかけている。「この……エピソードのあとじゃ、わたしが装甲機動兵になるなんて〝ダメ〟どころか〝絶対ダメ〟になったでしょうね。ドクターたちは、神経移植をすれば何もかももとどおりに動くようになると言うけど、神経の培養は時間がかかるわ。移植がうまくいかなかったら、神経ブリッジとか、人工神経とか、幹細胞療法とか……山ほど次の手が用意されてて、退院するときに百パーセント正常に近くなるとは、とても信じられない。

ドクター・イークスは、わたしの治療にアドバイスをくれないの」怒りに顔をゆがめた。

「わたしは、かまわないけど。あの人は、ここじゃあんまり人気がないのよ。今朝、製薬会社の販売員が来て、わたしが希望する経歴と仕事を約束してくれたわ。いま、医療隊から投薬を受けてるの……もしかしたら、手放せなくなるかもしれない。ここじゃ、みんな陽気で楽天的。毎回ずっと教官たちから冷たくあしらわれたあとだから、わたし、ちょっと疑い深くなってる。もっと悪いニュースを聞かせる前に、わたしをおだててるんじゃないかと……被害妄想になりかけてるのかな。

お願いがあるの――このメッセージを、エイナーやローランドには見せないで。エイナーに、あの人の……身体の状態を思い出させる必要はないわ。そっとしておきたい。エイナーがあんなに長いあいだ入院してられたなんて、驚異だわ。ローランドは、その……無分別な決断をするかもしれないし、こんな混乱してるわたしを見られたくないの。二人は、訓練に集中させせといてね。わたしも、いつかは、あなたたちに追いつくわよ。外には、わたしたちが探査する銀河系が広がってるけど、軍は、ときには小さな世界だわ」

マサコはカメラに手を伸ばし、映像のスイッチを切った。ローランドの視野に、ふたたびチャ＝リルが現われた。

「まだ返事は送ってないわ。あなたにも見せたと言ったほうがいい？　マサコがどのくらい怒るか、わたしにはわからない」

「ぼくのことは言わないでくれ。マサコは自分で決めたんだ」

チャ＝リルの映像がちらついた。

「ローランド、地球人の結びつきは、ドタリの関係周期とはずいぶん違うわ。わたしは、あなたがた二人が、おたがいに夢中になっていると思った。二人とも、なぜ接触をやめるほうを選んだの？」

「ぼくのことを人間関係の専門家だと思ってるなら、悪いニュースがある」

「マサコは〝無分別な決断〟と言っていたわ。あなたは、装甲でマサコのいる病院に押し入って、別の治療を受けさせるためにマサコを連れ出そうと考えているの？」

「それは無分別とは言わないよ、チャ＝リル。ばかげた決断だ。メッセージを見せてくれて、ありがとう」

「役に立った？」

ローランドは通信を切った。頭蓋骨の根もとのプラグに触れた。これが装甲子宮と装甲につながる、へその緒だ。教官たちやいままでに出会った装甲機動兵のなかに、結婚指輪をはめている者は一人もいなかった。エイナーだけが、家族のことを口にした。

ぼくは装甲機動兵を選んだ。装甲機動兵になった人たちの様子から、この仕事が要求する献身の度合も知った。マサコがいなくなって、装甲機動兵になるために自分がどれほど多くのものをあきらめたか、わかった。フェニックスで入隊処理局ビルに到着した日に、成人らしい生活の多くを捨てた……十八歳の誕生日を迎えてすぐ、この決断をくだすとは、恐ろしく近視眼的だった。

記念公園の装甲機動兵広場の外で、あの見知らぬ女性に会わなきゃよかった……石像という形で不朽の名声をとどめる英雄たちの話を、聞かないほうがよかった――心のどこかに、そんな気持ちがある。連想が聖者カレンの墓へ移り、像の優しい顔が思い出された。

カレンは装甲機動兵を志願して訓練を受け、無数の戦闘に参加し、楽な道を選べるときに〈鉄の心(アイアン・ハート)〉とともに戦いつづける道を選んだ。ぼくは、なんて自己中心的なんだろう――ローランドは恥ずかしくてたまらなくなった。

ぼくは装甲機動兵だ。人生のある部分を、利益のためにではなく、犠牲としてあきらめた。孤児院には、もっとずっと若い子供たちがいる。ぼくが戦闘で立派な戦いかたをしたら、たぶん、親が子供を守って死ぬことはもうなくなるだろう。家族が――家族全員が――持ちこたえるかもしれない。

ローランドは胸の前で交差させた腕を、それぞれ左右の手で握った。皮膚にかかる圧力を感じた。

もしかしたら、ぼくは、まぎれもなく無分別な決断を正当化しようとしてるだけかもしれない。〈スキピオ〉サイズの艦に、まず牧師はいない。いまの疑いを誰かに聞いてほしくてたまらないけど、〝槍〟の仲間やギデオン教官に打ち明けるのは、弱虫になったような気がする。

ここに、クロエ牧師がいてくれさえしたら……でなければ、トンゲア教官が。

ローランドは音楽プレイヤーを呼び出し、曲をかけた。大音量の歌が、プラグを通して大脳に届いた。

18

ローランドたちが配備された小惑星は、ゆっくりと宇宙空間を転がっていた。太古の衝突でできた、ちょうど装甲が入る大きさのクレーターの塵(ちり)まみれの表面に、ローランドは背を押しつけたまま、かかとを動かして、足もとの岩に差しこんだアンカー・スパイクがぐらつかないことを確認した。小惑星は青みがかった灰色の岩と塵のかたまりで、地球の第二の月と化したケレスを周回している。小さなスパイクで身体をとめたローランドの目に、装甲をおおうステルス・カバーを通して、空を通り過ぎる白い汚れのような天の川が映った。次々と空を通る月(ルナ)と地球と宇宙空間の光景は、この小惑星で配置についたときには魅惑的だった。

「時間は?」と、ローランド。

「十九時間と三十七分」エイナーが答えた。「チャ＝リルの番だ」

「二人とも、つまらない無益なゲームなんかしないで、標的が現われたらすぐに対応できるよう、警戒したほうがいいわ」小惑星の裏側から、チャ＝リルが言った。

「この試験は――ほかの試験全部と同じで――期限が明示されなかった」と、ローランド。「ぼくたちはステルス状態を維持しながら、何か議論するしかない。さもないと、ただここに横になって、〈スキピオ〉とギデオン教官が、ぼくたちをここに置いたことを忘れたんじゃないかと考えるしかなくなる」

「そっちの選択肢は思いつかなかった。ありがとうよ、相棒」と、エイナー。

「現われた標的を破壊するまで、無線を使わないことになっているのよ」と、チャ＝リル。

「ついでに言っておくけど、わたしたちは、ポッドでもっと長い時間を過ごしたこともあるわ――誰とも話せない状態で。なぜいま、話をする気になるのか、わからないわ――わたしをうるさがらせるためだけに、やっているのでなければ。それとも、そうなの、エイナー？　わたしの沈黙を破るために、退屈な試みを長々と続けているの？」

「どうやら、おれの勝ちだな！」

「この……ずるいぞ」と、ローランド。

「待って……あなたたち、何か賭けをしていたの？」

「きみがおれたちのどっちかに噛(か)みつくまで、二十四時間かかるかどうか――ってな。おれは、二十四時間かからないほうに賭け、ローランドは二十四時間以上に賭けた。今度いいビールが見つかったら、一杯目の勘定は誰が持つか、わかるだろ？」

「あなたたちはバカたれよ」チャ＝リルはオーストラリアなまりで侮辱を表明した。「おまけに、ろくど……ええと、ろくでもない」

「あなたが言いたいのは——」ローランドが言いかけた。

「ほうっておけ」と、エイナー。

ローランドのユーザー・インターフェイスにきらりと標的が現われた。

「来た……表示ではヴィシュラカスのシャトルで、十三マーク二＝二＝九へ向かっている。エイナー、弧を描いて発砲しろ」

「了解」

ローランドはステルス・カバーをひっぱってはずし、立ち上がった。背中から、電磁加速砲のレールが上がり、片方の肩の上へ傾いた。標的は小惑星の短い地平線すれすれに移動しつづけている。ローランドはエイナーの発砲を待った……何も起こらない。

「故障だ！」と、エイナー。「バッテリーは充電されているのに、レールが極性を持たない」

標的は地平線の下に消えた。

「チャ＝リル？」と、ローランド。

「標的は、わたしの攻撃射程外よ」

「冗談じゃない」ローランドはかかとのアンカー・スパイクを岩から引き抜き、ロケット・パックを噴射して前進した。小惑星をまわり、ふたたび標的をとらえると、新たに装甲を固定する位置を探して、レーダーで小惑星の表面をスキャンした。塵の積もった小さな地域が〝かろうじて可能〟と表示された。

「アンカーを降ろす」ローランドは右のブーツを上げた。かかとから、先端にダイヤを使ったスパイクが伸びた。地面に突き刺すと、スパイクは回転して表土に食いこんだ。

「身体を固定した?」と、チャ＝リル。

「もうすぐ」と、ローランド。太ももから、生身の前腕くらいの大きさの砲弾をはずして電磁加速砲にセットすると、レールがうなりを上げた。装甲が方向を微調整し、ローランドの頭のなかに、独特の音色のうなりが響いた。

二本のレールのあいだの強力な磁場で砲弾が発射され、宇宙空間に飛んでいった。反動でローランドの装甲は押し戻され、アンカー・スパイクが地中に深く食い入った。小惑星の一角が割れ、後方へ投げ出されたローランドはもんどりうって、ぎざぎざの巨石をアンカー・スパイクにつけたまま宇宙空間に投げ出された。回転運動が激しく、すぐに進行速度が落ち、ローランドの視野にはぼやけた星原と、そばを通る小惑星が交互に現われた。

大きな震動が装甲子宮内のローランドをゆさぶった。目の前の星々が動かなくなった。

「捕まえた」と、チャ＝リル。ローランドの足首をつかんでいる。チャ＝リルのアンカー・スパイクは小惑星からなかば浮き上がり、装甲は大きく伸びて、バスケットボールのレイアップ・シュートをするかのような姿勢だ。チャ＝リルにひっぱられたローランドは、塵まみれの地域にぶつかって弾(はず)み、アンカー・スパイクに刺さった岩のかたまりがはずれて、スパイクがかかとに収納された。

「標的に当たったか?」と、ローランド。

「標的は破壊された」と、エイナー。

「あなたはもうちょっとで、でんぐり返しをしながら宇宙のかなたへ飛んでいってしまうところだったのよ」と、チャ＝リル。「ラッキーだったわね――わたしが最悪の結果を予測して、あなたを止めた位置にアンカーを降ろしていて」

「ほんとだ、ありがとう。あなたを怒らせるような賭けは、もうしないよ」

「怒ると言えば……」チャ＝リルはグルリと向きを変えてエイナーを指さした。「説明して」

「おれの電磁加速砲が故障したんだ。診断では――」

「エイナーの砲は、わたしが遠隔操作で機能停止させた」無線でギデオンの声が届いた。

「エイナーのせいではない。きみたちは持ち場に固定されているあいだに、二次的三次的な交戦方針を設定しておくべきだった。また、アンカー・スパイクを打ちこむのは、いくつもの射界をカバーする位置にするべきだった。わたしが〈スキピオ〉に回収を指示しなかったのに、ローランドが〝さまよえるオランダ人〟よろしく宇宙をただようゴミくずにならなかったのは、奇跡だ……よくやった」

「いまのは、お世辞かな？」ローランドは赤外線ビームで仲間にたずねた。

「シーッ、夢を壊すな」と、エイナー。

「ローランドの背後のロッカーに、三個のロケット・パックが入っている。これから送る座標で、高軌道降下低高度開傘攻撃を指揮しろ。敵意のある標的をすべて破壊せよ。任務完了までの時間は……十分だ。いまから計測する」

ローランドは急いで小惑星に埋めこまれたロッカーの塵を払い、表面を引き裂いた。「そら」かけ声とともに、ロケット・パックをチャ＝リルとエイナーにほうり、最後のひとつを頭上に投げた。ロケット・パックは背中の正しい位置に落ち、磁気ロックで固定された。装甲からスクリューが伸びてロケット・パックのなかに入り、パックはローランドから離れなくなった。

「飛行プランはまかせろ」と、エイナー。「おれと同調して発進してくれ」

ローランドはわずかに身をかがめ、小惑星から跳び上がって離れた。ロケット・パックが噴射し、ケレス方向へ進みだした。ヘッドアップ・ディスプレイでは、とあるクレーターのなかで赤い輪が回転している。ローランドは姿勢を調整してエイナーを先に行かせ、エイナーの左についた。右にはチャ＝リルがいる。

ロケット・パックを全力噴射させれば、六分でケレスに降下できそうだ。

「これは近いな」と、ローランド。

「標的の情報は何もない。クレーターは塵でいっぱいだ」と、エイナー。クレーターの縁(へり)の外側に着地できるよう、コースを調整した。

加速度で、身体が装甲子宮の内壁に押しつけられた。ローランドは仲間たちとともに宇宙空間を疾走しながら、目を見張った。数カ月前、ぼくはレストランのウェイター助手だった。いまは小惑星から発進して、ケレスへの降下をめざしてる。〈スキピオ〉の誰かが、この映像を記録してくれてるといいが。両親が生きてたら、感動するだろう。

「地球人の軍隊の訓練は、どれもこんなふうなの？」チャ＝リルがたずねた。「混沌(こんとん)に次ぐ混沌？」

「戦争自体が、そういうもんだ」と、エイナー。「何ひとつ予定どおりには進まない。失敗する可能性があるものは、最悪の瞬間に失敗する（マーフィーの法則をもとにした言葉）。おれの実体験だ。マーフィーのくそったれ」

「誰？」と、チャ＝リル。

「古代の地球人哲学者だ」

「攻撃計画が必要だ」ローランドが口をはさんだ。視覚装置を通して見る標的地域は、まだ不毛の平原でしかない。ケレスが球形になって以来、何十億年もかけて降り積もった塵におおわれている。

「急激な活動あり」と、エイナー。「動きを止めるな」

塵の下から、いくつかの階段状ピラミッドとどっしりした建物がせりあがってきた。建物から武器を載せた台座がすべり出てくると、ヘッドアップ・ディスプレイではクレーター内部に要警戒を示すアイコンがいくつも現われた。

「飛びこめ、大冒険だ」エイナーは頭をケレスに向け、三人はまっさかさまに地表に落下した。赤いエネルギー・ビームがローランドとチャ＝リルのあいだを走った次の瞬間、三人は上体を引き上げ、地表の一メートルほど上を地面に沿って飛んだ。ケレスの地平線が邪魔をして、砲台は三人をねらえない。

「三人でやる？　それとも一人？」ローランドはたずねた。

「一人よ」と、チャ＝リル。「攻撃前に、データを共有しましょう」

「おれが敵の攻撃を引きつける」と、エイナー。「おれの合図で分かれろ。三……二……分かれろ！」

エイナーが勢いよく上方へ出ると、ローランドは大きく左へ曲がり、前腕のガウス砲を赤く光らせた。弾痕の見える建物群の映像をエイナーがとらえ、ローランドの装甲に送った。ローランドはすばやく映像を調べ、優先させる標的にしるしを付けると、ロケット・パックのスイッチを切った。

「ミサイルだ」エイナーが叫んだ。「標的はおれだ。射線を遮断するために引き戻す」

ローランドは惰性で地平線を越え、両足を大きく前に出して、垂直に地表に降り立った。

速度が落ちて足が地面に着くと、走りだした。クレーターが見えてきた。

クレーターの縁の上にあるガトリング砲が旋回し、ローランドに砲口を向けた。ローランドは前腕のガウス砲をすばやく発射してガトリング砲を破壊し、クレーターの縁を跳び越えると、不規則に並んだ――動いている――建物群のなかへ入りこんだ。デストリア輸送機ほどの大きささの建物が、地中に埋めこまれた軌道の上を移動している。

ローランドは肩のガトリング砲で、ミサイルの照準装置をずたずたにした。一カ所にとどまって回転している建物に背を押しつけ、開いた壁板のなかのレーザー砲をねらって、一発で片づけた。

突然、背後の壁が開き、ローランドはその場に両膝をついた。頭上で巨大なガウス砲が、何発も砲弾を発射した。ローランドはなめらかに横に退避し、立ち上がって片手をガウス砲に叩きつけた。装甲の指で金属の砲を曲げ、台座からもぎとって投げ捨てた。砲は回転する建物にぶつかって撥（は）ね返り、街路をバウンドしながら遠ざかった。

通りの向かいで、装甲よりも丈の高い二枚のドアが勢いよく開き、巨大な物体が現われた。圧縮した水晶でできたクラゲのような形の装甲機械だ。ローランドは発砲をやめ、その場で身体をまわした。敵の装甲機械がローランドに向けて手を伸ばし、指から炎が発射されると、浮遊板と熱線で対抗した。

黒い楕円形をした金属製の物体が三つ、階段ピラミッドの上から出てきた。ひとつひとつが、ローランドの装甲と同じくらいの大きさだ。側面から曲がった金属の腕がいくつも伸びて、ローランドに飛びかかった。いまは全滅した、ザロスのドローンを実物大で復元したものだ。ローランドはガウス砲の一発でドローン一機を破壊し、二機目のレーザー・ビームをかわすと、三機目の進路に立ちふさがった。

三機目のドローンの先端に正面からパンチを浴びせて外殻を割り、機体にこぶしから手首までのぎざぎざの跡を残した。ドローンの残った部分を盾にして、もう一機が発するレーザー・ビームを防ぎながら、ドローンが接近するとひょいと頭を下げた。ローランドの前腕の鞘(さや)からナイフが飛び出た。ローランドは頭上を通り過ぎるドローンの腹にナイフを突き刺し、まっぷたつに裂いた。

手にしたドローンの残骸を蹴りのけ、回転する建物のあいだを通り抜けながら、背中合わせになって戦うエイナーとチャ＝リルを見つけた。

建物の屋根から無数のミサイルが飛び出し、二人に向かってゆく。

「装甲連結」と、ローランド。三人の装甲がつながり、肩のガトリング砲が雨のように砲弾をまき散らして、ミサイルの弾幕を切り刻んだ。チャ＝リルは装甲の太ももに一発を受けたが、あいかわらず正確な射撃を続けている。

三人は力を合わせて、建物の開いた壁から現われた新手の模造ドローンの集団を、即座に破壊した。やがて、回転する建物の動きが鈍くなり……止まった。

三人は武器を構えたまま、あたりをスキャンした。三人のガウス砲に新しい砲弾がおさまり、空(から)になった砲弾収納容器が背中からはずれて、くるくるまわりながら落下した。

「訓練完了」通信器からギデオンの声がした。「報告のため、〈スキピオ〉に戻れ」ローランドのヘッドアップ・ディスプレイに新しいアイコンがきらめき、クレーターをいくつか越えたところに〈スキピオ〉がいることがわかった。

「こんないい気分は久しぶりだ」と、エイナー。

ローランドは全身を駆けめぐるアドレナリンを感じ、装甲子宮のなかで、握りしめていた生身の手を開いた。

頭上で、ジャンプ・ゲート〈るつぼ(クルーシブル)〉が白光を放った。ローランドが視覚機能で映像を拡大すると、〈クルーシブル〉から出てくる一隻の駆逐艦が見えた。側面に長い裂け目ができ、宇宙空間へ漏れる空気が尾を引いている。血を流しながら水中を移動しているかのようだ。艦体のあちこちに焼け焦げが見える。

「〈スキピオ〉に戻らなきゃ」と、ローランド。「いますぐ」

空気のある〈スキピオ〉の〝共同墓地〟と真空に近いケレスの地表をへだてるフォース・フィールドを、ローランドは水中を歩くようにゆっくり通り抜けた。装甲についた塵のほとんどがエネルギーの障壁で払い落とされ、艦内に入ると、またセンサーの音が聞こえるようになった。

　ギデオンは足場の上部区画でコンソールに向かい、両手を動かしていた。ギデオンが入れるよう、装甲の胸が開いている。ほかの三つの棺桶形メンテナンス・ベイは開いており、サポート技術者が一人ずつ待機していた。レーシングカーが立ち寄るのを待つピット・クルーのように、心配そうだが熱意をみなぎらせている。

　ギデオンの頭上のスクリーンに損傷した駆逐艦が映り、別のスクリーンには白髪まじりでしわの寄った女の顔が出ていた。ギデオンの隣にホロ映像のタガワ艦長が立ち、ブリッジにいるタガワ本人と同じように、同じ映像の出たスクリーンを見ている。

「生命兆候があるのに、なぜ呼びかけに応答しないのでしょう？」と、タガワ。

「〈クルーシブル〉から救助隊を送りました」スクリーン上の年配の女性が答えた。「〈スキピオ〉は、あとどのくらいであの艦と合流できますか？」

「反重力装置が温まりしだい離昇します。離昇は三分後です。〈タイコンデローガ〉とのドッキングは、おそらく十分後でしょう」

　ローランドは装甲メンテナンス・ベイに入り、右腕を伸ばした。下部区画から技術者が鉤爪に似た機械を上げ、装甲の前腕の武器にかけて引いた。鋭い音とともに、武器がはずれた。背面の装甲板が開き、バッテリー・パックがそれぞれのケースから飛び出ると、メンテナンス・ベイの自動補充装置が新しいバッテリー・パックを入れた。

「何が起こったんですか?」ローランドは主任技術者にたずねた。エンリケという年長の男だ。

「アッシュ星系で、何かあったらしい」エンリケは答えた。「ギデオンはやる気満々だぞ。おれたちに、きみたちのシステムの制限をゼロにしろと命じた。完全戦闘形態を適用するらしい」

「戦闘? エンリケ……誰との戦い?」

新しい二連砲身のガウス砲が前腕に取りつけられた。今度の砲には火炎放射器も付いている。背中に擲弾発射器がおさまった。装甲が運べるだけの弾薬を技術者たちが詰めこむと、ローランドのヘッドアップ・ディスプレイに弾薬追尾機能のスイッチが入った。

ローランドの周囲で、世界が明確な輪郭を帯びた。これは教練ではない。

ギデオンの司令コンソールに、新たなホロ・スクリーンが現われた。カメラのスイッチを入れた送信者は、肩とヘルメットの半分に緊急密封テープを張った宇宙服姿の航宙軍士官だ。その背後で、天井から一本の梁が落ちて艦長席をつぶしている。外殻の破損した艦の内部を外の真空から守っているフォース・フィールドが、ちらついた。

「〈クルーシブル〉司令部、こちらは〈タイコンデローガ〉のファァロン中佐。三十分前に、アッシュ星系の〈クルーシブル〉からヴィシュラカスの特務戦隊が現われて、惑星の遮断を宣言した。惑星表面から出る通信はすべて攪乱されたが、われわれは、惑星バラダにいるローウェン博士が発信したタイト・ビームの受信に成功した」ファロンはデータ板(スレート)を上げ、粒子の粗い映像を見せた。厚い眼鏡をかけた髪の長い女が、ジャングルの高い木々と紺碧(こんぺき)の空を背景にしている。女がしゃべると映像がゆがみ、小さく画面と音が飛んだ。

「――われわれがバラダの廃墟で、ガンマ・レベルの人工遺物を見つけたこと……開拓部隊のチームは、シャード・ジャングル――破片樹(シャード・ツリー)の密林のどこかで行方不明になり……ヴィシュ……知っていますが、まだ届きません。われわれはいま――ぐ支援が必要です！」

「われわれが周回軌道を離れると、ヴィシュラカスが発砲した」と、ファロン。「われわれが〈クルーシブル〉に近づくと、追跡をやめた。連中はヘイル条約の正確な文言(もんごん)を固守している。ろくでなしめ」アッシュ星系内の配置図が現われた。惑星バラダと〈クルーシブル〉のあいだに、二十四隻の異星人の主力艦が封鎖線を構成している。

「世話係、〈クルーシブル〉を通って消えたヴィシュラカスの艦はいるのですか？」ギデオンがたずねた。

「いいえ」年配の女性は首をかしげて答えた。目が、どこか別の場所を見ている。「ヴィシュラカスは〈クルーシブル〉の近くで、量子歪曲フィールドを作動させました。狡猾(こうかつ)なやり口で……しかし、あと数時間あれば、わたしはパターンを破って、われわれの特務戦隊を通すことができます」

「では、人工遺物は、まだ惑星バラダにあるのですね」と、ギデオン。「〈スキピオ〉を送りこめますか？」

「ちょっと待ってください」と、タガワ。「断言しますが、あの数のヴィシュ艦に対して本艦ができることは、何もありません」

「〈スキピオ〉だけなら……送れます。連中の歪曲アルゴリズムを壊すまでは、荒っぽい片道航行になるでしょう」〈クルーシブル〉の世話係が言った。ローランドは年配の女性の顔を拡大した。いちど会っただけだが、なぜかよく知っているような気がする。

「これはわたくしの艦です」と、タガワ。「何をさせようとお考えですか？」

「ローウェン博士が言ったシャード・ジャングルの近くへ、われわれを運んでいただきます。わたしの〝槍〟が降下して、人工遺物を確保します。あなたがたは開拓部隊の艦と軌道上でランデブーし、邪魔にならないよう退避してください」

「狂気のさたです」と、タガワ。

「ガンマ・レベルの人工遺物があれば、すべてを変えられるのです、艦長」と、ギデオン。

「オムニウム反応炉の技術と……地球人なりの〈クルーシブル〉の造りかたを教えてくれた、カ＝レシュの古文書と同等の力を持っています。ヴィシュラカスに奪われれば、力の均衡が崩れ、地球人には適応できない状況になるかもしれません。われわれは、バラダへ行かなければならないのです」

「フェニックス司令部からのメッセージでは――」世話係が言いかけた。

「〈スキピオ〉に、アッシュ星系へ行けというんでしょう」タガワは片手をひらひらと振った。「わたくしはこのアイデアに反対だということを、記録に残します。われわれ全員が死んだら、わたくしはあの世で〝だから言ったでしょう〟と言って過ごします。操舵手、出発しなさい」

デッキがゴロゴロと音を立て、〈スキピオ〉はケレスを飛び立った。

〝槍〟の指揮官ギデオンが、装甲子宮に入るために自分の装甲をよじのぼっている。見ているローランドは、自分を包みこむ擬似羊水が前より冷たくなったような気がした。ギデオンの装甲子宮が閉まり、ローランドはエイナーとチャ＝リルに向けて赤外線回線を開いた。

「急げ、ギデオン教官がまだ回線に接続しないうちに。二人とも、この話はほんとだと思う?」と、ローランド。「あの人は最初の日から、ぼくたちをもてあそぶばかりだった」

ローランドのヘッドアップ・ディスプレイにウィンドウがふたつ開き、エイナーとチャ＝リルの顔が出た。

「本当のつもりで行動するべきね」と、チャ＝リル。冷静な口調だ。「どんな訓練展開でも、受け入れられる結果は成功と勝利だけよ。ぐずぐずしている場合じゃないわ」

「これは戦闘任務だ」と、エイナー。「おれたちをひきいるのは、俳優でなく士官だ。この雰囲気を感じるのは、シグナス星系での戦い以来だな」

「ぼくたちは数週間、装甲で活動しただけだ」と、ローランド。「ほんとは何年も――」

「何年も待っている暇はない」ふいに、ローランドのインターフェイスの中央にギデオンが現われた。「危機的な状況があり、装甲機動兵なら解決できる。われわれがじっと委員会の結論を待っていたら、人工遺物はヴィシュラカスの手に落ちるだろう。行動するべきときだ」

「どんな計画がありますか?」と、エイナー。

「わたしの考えでは……いや、きみたちは、まだ低軌道降下低高度開傘を経験していない……悪条件下での訓練もしていない。ちくしょう」

「この状況は、どのくらい〝悪条件〟なんですか?」と、ローランド。

ギデオンが、アッシュ星系のデータ・ファイルを三人に送った。ローランドは調査データをより分け、ほかのふたつの居住可能惑星ニクトとクラートゥについては軽く読み流した。バラダは、かつては知的生命体の母星で、その種族は亜光速播種船を使って、近隣いくつかの星系にコロニーを築いた。バラダの地図に重なって、つる草におおわれた石造りの寺院と葉むらに埋もれて崩れかけた都市の風景が現われた。最初の開拓部隊が断片的な情報をつなぎ合わせ、バラダにいた種族は数百年のうちに全滅したことを明らかにした。

ザロスのドローン艦隊が、死滅した惑星に来て〈クルーシブル〉を造り、バラダ人の痕跡すべてを静止フィールド内に置いて、時や風雨による容赦ない磨滅から守った。

「この天候パターンは……異常ね」と、チャ＝リル。北極から赤道まで伸びる山脈に沿って形成された大陸のタイム・ラプス映像で、巨大なハリケーンが大陸の南側三分の一を襲う様子が示された。嵐の進みかたは遅く、数日以上も大陸にとどまっている。ローランドが映像を拡大すると、大陸上のハリケーンには目がいくつもあった。

「教官、〝悪条件〟とおっしゃいましたが、ぼくたちは周回軌道からハリケーンのなかへ投入されるということですか？」

〝シャード・ジャングル〟とラベルのついたアイコンが出た……ハリケーンに重なり、安定した目のひとつから少し離れている。

「軌道からの降下で重要なのは、速度制御と、まともな着陸地帯だ」と、ギデオン。「今回の降下は、もっと複雑なものになる。強風と……雷のせいで」

エイナーが小声で悪態をついた。

「よし、三人で分析しろ」と、ギデオン。「ヴィシュラカスがシャード・ジャングルで人工遺物を見つけたとしたら、人工遺物はいまどこにある？」

「ヴィシュラカスの航空機は、ハリケーンのなかでも飛べる？」と、チャ＝リル。

「いや」と、エイナー。「ヴィシュラカスも、しかるべき戦闘艇と歩兵隊は持っているだろうが、大気中を飛ぶ機械は回転翼機だけだ。強風には対応しきれない。宇宙戦闘艇なら対応できるかもしれないが、酔っぱらいみたいな動きになりそうだな」

「ぼくたちの艇なら？」

「大気中が雷だらけじゃ、無理だ」

「それなら、ヴィシュラカスも徒歩か地上車で移動するしかない」と、ローランド。「開拓部隊の調査映像には、道路がひとつも出てこない……ジャングルは深い……すると、徒歩かな？」

「バラダ人は建物を保存したのに、なぜ道路は保存しなかったのかしら？」

「税金の関係じゃないか？」と、エイナー。

「脱線するな」ギデオンがピシャリと言った。

「ヴィシュラカスは、嵐の中を徒歩で進むとして……どこへ向かう？」と、ローランド。

「ハリケーンの目」と、チャ＝リル。ジャングルにいちばん近い嵐の切れ目を信号で示した。「ここなら、条件は安定しているわ。らせん状に降下すれば、着陸艇も周回軌道とのあいだを往復できる——燃料を食うし、難しいけど、不可能ではない」

「それなら、おれたちも目のなかに降下して、連中が現われるのを待とう」と、エイナー。

「ヴィシュラカスも同じことを考えるんじゃないか？」と、ローランド。「こんな大事なことなのに、なんで二人とも自分からは言わないんだ？」

ハリケーンの目の周辺の地形図が現われた。三つの広い谷が、シャード・ジャングルを通って目につながっている。

「どの谷を選ぶ、ローランド？」ギデオンがたずねた。

「ええと……」ローランドは谷をひとつずつ拡大し、進行をはばむ崩れた峡谷や深い地溝がないかと探した。開けた谷ばかりだ。「ぼくはヴィシュラカスをよく知りません……ザロスに対抗する古い同盟では、主力メンバーだった。連携したいくつかの種族のリーダー格……でも、ヴィシュラカスの戦いかたは知りません。エイナー、あなたはシグナスでの戦いの経験者でしょ。どう思う？」

「おれは一週間、ヴィシュの弾丸やら殺人ロボットやらをかわしながら過ごした。敵を殺しているあいだは、連中の高等戦略なんかたいして考えなかったな」

「教官……ぼくにはわかりません」ローランドは言った。

「ヴィシュラカスの指揮官たちは用心深い」と、ギデオン。「自分たちの数が多いときは、甘んじて空間と引き換えに時間を手に入れ、戦闘の減少を歓迎する。やつらはまず軌道上を制圧する……われわれは、開拓部隊のチームが行方不明になった場所をつきとめなければならない。ヴィシュラカスは、ハリケーンの目にいちばん近いルートを使うだろう」

「警告します。よく聞きなさい」艦のスピーカーから大きな声が出た。「異論もあるワームホール・ジャンプを行ないます。ジャンプに備えなさい」

「ローランド、なぜルートを選ばなかった？」と、ギデオン。

この言葉に、ローランドの心は沈んだ。

「いい答えが見つからなかったからです。見当をつけることはできましたが、仲間を連れて、そんなあぶなっかしいチャンスに賭けたくはありません」

「よくやった、ローランド」ギデオンの言葉に、志願者たちは耳をそばだてた。「三人とも、見事な分析を聞かせてくれた」

「ほかの仲間に〝教官に褒められたぞ〟と言えるまで、生きていたいもんだな」と、エイナー。

「そんなことを言うのは、まだ早いぞ、志願者。きみたちは誰も、まだ一人前と認められてはいない」と、ギデオン。

「はい。すみません、教官」

ローランドの全身が冷えた。周囲の色が、あせて白くなった。

「わたしがやられても、とにかく人工遺物を奪え」と、ギデオン。「ほかに大事なものは何もない」

〈スキピオ〉がワームホールを通ると、ローランドを囲む世界全体が白い深淵に落ちこんだ。

19

〈スキピオ〉は白い平原を突き抜けて惑星バラダのジャンプ・ゲート〈るつぼ〉の中央に実体化し、弧を描いて、放たれた矢のように眼下の惑星へ向かった。

ブリッジではタガワ艦長が司令席の肘かけを握りしめ、あごをこわばらせてホロ映像を見つめた。惑星バラダの全貌と〈スキピオ〉の針路、バラダの南極付近にある小さな大陸の上空に配置された二十四隻のヴィシュラカス艦が映し出されている。

「赤外線通信でローウェン博士に呼びかけて」と、タガワ。「操舵手、惑星をまわるコースで、調査ステーションは飛び越えて進んで。わたくしの合図で、二度目の周回を開始しなさい」

「ローウェン博士が出ました」通信係の下士官が言った。「このあと……五分間は、通信波が届く範囲にいます」

「回線を開いて」タガワは籠手の画面をスワイプし、ギデオンを呼び出した。

「〈スキピオ〉、こちらはマゼラン基地のローウェンです……残りの艦隊は、どこですか？

〈タイコンデローガ〉は、ここがどんなに危険な状態か、お知らせしなかったのですか?」

「ヴィシュが破壊フィールドを作動させたので、この艦より大きな乗り物は通れません、博士」と、タガワ。「この艦は小さいかもしれませんが、凶暴です」

「開拓部隊のチームから最後の通信があったのは、どこですか?」ギデオンがたずねた。

ローウェンがスクリーンから離れたキーパッドを叩くと、ローウェンの映像に重なって、座標を表わす文字が流れた。

「タガワ艦長、シャード・ジャングルのいたるところにヴィシュラカスがいます。フェニックスの司令部は、あなたがたに何ができると考えているのですか?」

「この艦は、四体の装甲機動兵を積んでいます。〈鉄の竜騎兵(アイアン・ドラグーン)〉です」と、タガワ。

「四体?」ローウェンはカメラに向かって身を乗り出した。「たった……四体?」

「そうです」と、ギデオン。

ローウェンはすばやく首を振った。その映像が灰色になり、雑音が交(ま)じった。〈スキピオ〉がマゼラン基地から通信不能の地平線の裏側に入ったためだ。

「わたくしは、あなたを信じています」タガワがギデオンに言い、ローウェンが送ってくれた座標を、ホロ映像で艦の針路に沿って示し、二度、叩いた。「ここですか?」と、

「そこに違いありません」と、ギデオン。

「その場で、もう少し待ってください。あまり早く艦を離れると、降下中に、善意と計画不備のかたまりが炎を上げて燃えることになります。惑星のこちら側には、ヴィシュラカス艦は一隻もいません。あるかなきかの利点ですね」

「わたしたちに聞こえることを、艦長は知らないの？」と、チャ＝リル。

「シーッ、静かに」エイナーが強い口調でささやいた。

「人工遺物を手に入れたら、収容してほしいという信号を送ります」と、ギデオン。

「成功を祈ります」タガワは言って、回線を閉じた。「操舵手、投下準備。われわれの小さな作戦行動にヴィシュがけちをつけてきた場合に備えて、艦尾スラスター全部に燃料を注入しておきなさい」


ローランドは装甲ごとメンテナンス・ベイから出ると、装甲の肩を前方へまわした。ガトリング砲をすばやく回転させ、前腕（まえうで）のガウス砲に砲弾をまわした。ぼくは人類が製造したいちばん重い装甲で、武器システムを備えている——頭では、わかっている。だが、装甲子宮のなかでは不安と恐怖が、心臓に合わせて脈動していた。

〝槍〟の指揮官ギデオンは閉まっている地獄穴ハッチへ進み、ドンと鉄靴で床を踏みしめた。足底が磁力で床板に固定された。

「身体を支えろ」と、ギデオン。「降下中は、スラスターを充分に使え。装甲が針路を知っている」

ローランドは少し足を広げ、靴底を床に固定した。

ギデオンは一緒にハッチを囲む三人の志願者に、自分の視覚装置がとらえた映像を送った。ローランドは自分の装甲姿を見た。背が高く、強そうだ。地獄穴から後退して、棺桶(かんおけ)に似たメンテナンス・ベイに戻りたくなるような感情の乱れは、少しも見えない。

「われは装甲」ギデオンが歌うように言った。兜(かぶと)がほかの三人を見た。

「われは装甲」もういちどギデオンが言った。

「われは装甲」ローランドとエイナーとチャ＝リルは、同じ言葉を繰り返した。

「われは憤怒」

仲間と一緒にとなえると、気持ちが穏やかになってくる。

ハッチが横にスライドして開き、下の空を灰色のまだらに染める雲が見えた。〈スキピオ〉は進行方向のスラスターを切り、艦首を下げている。ハッチの縁(ふち)に並ぶ琥珀(こはく)色のライトが点滅した。

「われは失敗せず」ギデオンが言い、ライトが緑に変わると同時に、足の磁力を解除してハッチに踏みこんだ。エイナーが十字を切って、あとに続いた。チャ＝リルがローランドの肩を叩いて、飛び降りた。

「われは装甲」ローランドは前へ跳び、ハッチから落下した。

〈スキピオ〉は、ローランドとほぼ同じ速度で進みながら上昇した。ハッチが閉じ、コルベット艦はスラスターを噴射させて勢いよく遠ざかった。ローランドのまわりに、惑星バラダが広がった。大気は地平線上の青い帯になり、この星系の太陽に照らされた大きな積乱雲が反対側に長く影を引いて、巨大ハリケーンの単調な灰色の雲をふたつに分けている。

それは、かつて地球最大の都市の雑踏のなかで迷子になった孤児ローランドが、想像したこともない光景だった。

ローランドは前に身をかがめ、頭を惑星に向けた。ヘッドアップ・ディスプレイが前方に輪を連ねて投影し、ギデオンが選んだ着陸地帯への進路を設定した。人工遺物を手に入れた開拓部隊から、最後の通信があった地点に近い。ほかの三人の装甲機動兵を示すアイコンが脈動した。

南にあるハリケーンの目が、ローランドをあざけっているように見えた。空が晴れ、着陸が楽な場所。完璧な円形の湖のように、ちらちら光っている。

大気が濃くなり、装甲に当たる風が音を立てた。ローランドは空中を落下する煉瓦(れんが)になったかのように身動きひとつせず、進路に注意を集中した。ふらついて、進路を示す輪から外へ出そうになっても、ロケット・パックを噴射させたいという衝動に抵抗した。反重力粒子の噴流や、かすかに尾を引く熱漏れが探知されれば、ヴィシュラカスに、シャード・ジャングルの上空に不都合なことがありそうだと疑わせてしまう。

「雲の層に突入すると、数秒間は、赤外線通信が使えなくなる」と、ギデオン。「ビーコン――れるな」

ギデオンのアイコンがあわただしく点滅し、ローランドのヘッドアップ・ディスプレイから消えた。

「誰か、あの岩くずに戻りたいやつはいるか？」と、エイナー。「ケレスを周回するだけの……つまらん小惑星だった」

「あなたの注意力散漫が、困ったところだわ」と、チャ＝リル。

「いまのおれは、風に乗る木の葉にすぎない。大きな金属の葉だ。武器を備えている」

「また、わたしを動揺させたいのなら、成功しそうよ」

「雲だ。若者たち、地上で会おう」エイナーのアイコンが点滅して消えた。

「地球人は戦闘におもむくとき、いつも、こんなふう？　こんな……軽はずみ？」

「ぼくは知らない。この状況に、笑える部分なんか全然ないよ。ひとつも」

「奇妙ね」

ローランドはハリケーンにのみこまれるチャ＝リルを見つめた。

灰色の雲が近づくと、ローランドは最後にちらりと頭上の空を見た。次の瞬間、風の一撃を受けて宙を転がり、進路とは反対側へ押しやられた。視覚装置に雨が横なぐりに襲いかかり、雲はますます暗くなった。ローランドはスラスターのスイッチを入れ、身体を水平にした。

「よし……覚えたぞ」

目の前で、フォーク状の稲妻が空を切り裂いた。目もくらむ光の洪水を、視覚装置がぼやけさせた。雷がローランドを打って押しのけた。装甲子宮のなかの本人を揺さぶるほどの力だ。

ローランドが飛行進路の中央に戻ると、すべてが大きく右に傾いた。ローランドは進路を表わす輪のうち遠くのものへ向かい、鉄靴の底と両脚の上下にあるスラスターを作動させた。ヘッドアップ・ディスプレイが赤く脈動し、進路に戻るよう、うながした。スラスターを切ったとき、ローランドは最外縁の輪の端に来ていた。

ローランドの両脚の外側を、わずかな電気が流れた。

装甲は稲妻の命中に耐えると評価されているが、戦闘降下中に技術者たちの約束をテストする気はない。

ヘッドアップ・ディスプレイに〝高度。高度〟という文字が点滅し、耳のなかで音声が響いた。ロケット・パックから炎が何本もあがり、強い熱が子宮のなかまで伝わってきた。装甲の足首部分に損傷アイコンが現われた。

雲が分かれ、ローランドは断崖の面に向かってまっすぐ落下していることに気づいた。装甲の向きを大きく曲げ、なんとか岩の面との衝突をやわらげた。しがみつく両手両足が、雨の流れる岩に溝を彫り、破片や小石をザラザラと下へ流した。

ロケット・パックが噴射をやめ、ローランドは命がけで山腹につかまりながら、止まった。ロケット・パックが短い信号音を発した——過熱と、燃料切れが近いしるしだ。激しい雨が、幕のように視界をさえぎった。地平線に濃い灰色の柱が点々と並び、周囲のいたるところに滝のような雨が降っている。

「あんまりよくないな」ローランドは下を見た。小さな峡谷の底は真っ暗だ。谷の向かい側に亀裂の入った斜面がそびえ、ジャングルまで続いている。ロケット・パックが復活した。

「ここにいたら丸見えで、ねらい撃ちを要求してるようなもんだ」と、ローランド。「それがイヤなら……」谷の向こうの斜面へ向かおうと、手足のスラスターで崖を押しのけて後ろへ飛び、山腹を蹴った。ロケット・パックを噴射させて前へ跳び出したが、膝だけは崖の端を離れなかった。膝にひっぱられた勢いで崖の一部がゆるみ、砕けながら谷底へ落ちた。大きな音は、頭上の雷にかき消された。

装甲が作動装置を利用して着陸の姿勢を制御し、ローランドは足の下半分をこわばらせたまま身体を起こした。神経系が装甲に正しく実行できない指令を送り、生身の自分のふくらはぎと足首がずきずき痛んだ。

鉄靴を地面から持ち上げると、足首がパキッと音を立ててもとに戻った。一瞬ひどい痛みが走ったが、ずきずきする痛みは弱まった。

ローランドは使いきったロケット・パックを地面に落とし、谷底へ蹴り落とした。ヴィシュラカスに見つかりそうなものを残しておくつもりはない。装甲の武器システムのスイッチが入り、ローランドはあたりを見まわした。

大気中に、岩を打つ雨の衝撃と、とどろく雷と、風に揺れてこすれ合う木々の音が満ちている。はじめての異星――情けない環境だ。

「ローランド、こっちよ」赤外線回線からチャ＝リルの声が聞こえた。ゆがんだ耳ざわりな音だ。ジャングルのはずれに、チャ＝リルの位置を示すマーカーが現われた。ローランドは大股に斜面をくだり、その位置に向かって走った。

ジャングルのはずれに、ほかの三人がいた。誰も疲れた様子はない。

「おお、あんなすごい着陸をしても、歩いてこられたな」エイナーが、木から流れ落ちる雨水を肩に受けて言った。

「わたしは、開拓部隊のチームを見つけた」と、ギデオン。「三キロ南だ。V字隊形で進む。ついてこい」斜面から流れ落ちる深さ数センチの雨水を撥ね散らしながら、歩きだした。

「教官、ぼくたちの位置を三角法で測定するのに、レーダー信号を使いましたか？」ローランドはたずね、ギデオンの右側についた。

「使っていない。開拓部隊は山地に、どんな地形のところでも、可能なら赤外線ビーコンを設置する。受動システムだ。信号の正確な周波数を知らなければ、ヴィシュラカスには見つけられない。ビーコンはGPSで、信号がどこから来たかを正確に把握する。赤外線ビームで信号を送れば、きみの位置を教えてくれる。これは、来週の訓練で学ぶはずだった」

ローランドは倒れた木をまたぎ越した。むき出しになった根が、空中へ伸びて雨に洗われている様子が、神経系の末端を連想させる。

「武器類は禁止ですか?」と、エイナー。

「禁止ではない。だが、人工遺物をガウス砲で撃ってしまっては、任務を達成したことにならない。慎重に標的を見きわめ、ねらいを定めろ」

ジャングルの木々がまばらになり、枝のない、青い樹皮の木々に変わりはじめた。ギデオンは足取りをゆるめ、奇妙な木の一本から腕ひとつ分の距離を置いて止まり、木に向けて手を伸ばした。木から樹液の固まったとげが突き出てギデオンの手に当たり、砕けた。先の折れたとげは樹皮のなかへひっこもうと何度かもがき、ようやく姿を消した。

「知っておくとよい」と、ギデオン。

「破片樹（シャード・ツリー）の密林か――なるほど」と、ローランド。

「あそこだ……」ギデオンはシャード・ツリーを縫って走り、あふれた川に沿って積んである石の塚を指さした。部下の〝槍〟たちがギデオンのまわりに三角形を作って周囲をスキャンするあいだに、ギデオンは塚から人頭大の石をはずした。

近くの一本の木に、いくつか弾痕がある。ローランドはガトリング砲を大きく左右に動かし、視覚装置を赤外線に切り替えた。暗い雨のなかに、何か別の小さなものが見えた。

「見つけたぞ」ギデオンが両手で別の石を持ち上げた。六人の地球人兵士のずぶぬれの死体が、大枝や兵士たちの装備を積み上げたなかに横たわっている。ギデオンはふたつの死体のあいだに両手を差し入れ、ひとつを持ち上げた。二十代前半らしい男性兵士で、見開いた薄い色の目をぼんやり空に向けている。ギデオンの左手首の下からセンサー棒が飛び出し、死体をくまなくスキャンした。

「身体的外傷はない」と、ギデオン。

「ヴィシュの殺しかたではないな」と、エイナー。「連中の殺しかたは、自分の目で見た」

「チャ＝リル、ローランド」ギデオンがジャングルの奥を指さした。「兵士たちは、この方向に百メートルほど行ったところで、非常ブイを作動させた。何があるか、見てこい」

「はい」ローランドは答え、チャ＝リルと並んで前進した。丈の高いアシが密生し、ギデオンに言われた場所が見えない。ローランドはブーツの前面をアシの根もとに押しつけ、植物の厚い壁を倒した。徒歩の兵士には、こんなことはできない。茂みのなかの爬虫類が悲鳴を上げ、急いで逃げ去った。一本の木に、ひっくり返った荷運びロボットが寄りかかっていた。上を向いた車輪が、雨のなかで、まだまわっている。

「開拓部隊の荷物ロボットだ」と、ローランド。周囲の木から樹皮が細かくはがれ、樹液が幹のあちこちから流れ落ちている。

「なぜ、こんな高いところを撃ったのかしら？」と、チャ＝リル。兜より高い位置にある傷を指した。「ヴィシュラカスは、ここで航空隊の支援は受けなかったはずよ」

「連中は、アリみたいな格好をしてるんでしょ？　木に登って待ち伏せしていたのかもしれない」

「ばかなことを。援護もないのに、動けない位置で待ち伏せなんかする？　殺されるには最適の方法ね。ドタリは周到な待ち伏せのなかへ突撃するよう、訓練されるわ。地球人も」

ローランドは荷運びロボットを軽く押して、木から離した。脇に急いでとめたリュックサックが並んでいるが、大きな貨物の収容場所には何もない。

「六人分の荷物があります」ローランドは通信した。

「死体も六人だ」通信器からギデオンが答えた。

「貨物の収容場所は空です。何か大きなものを運んでいたと思われます」と、ローランド。根のそばにちらりと光の反射が見え、兜の視覚装置で拡大した。「非常ブイがひとつ、ブイだけがありました。襲撃されたとき、ブイのひとつが気球を上げたに違いありません」

「え、何を?」と、チャ＝リル。

「かぎられたテキスト能力しか持たないビーコンだよ」と、ローランド。「解放されると、その位置だけがわかる。ヘリウム気球はその情報を、どんな地形も越えて——このとんでもないハリケーンも、ものともせずに——運び、見通し線がさえぎられないかぎり、どんな衛星にでも地上のステーションにでも、メッセージを公開送信するんだ。開拓部隊がガンマ・レベルの人工遺物を持っていて、危険にさらされていることをローウェン博士が知ったのも、そのメッセージを受信したからだろう」

「チームを殺したのがヴィシュラカスかどうか、疑わしくなってきたわ」と、チャ＝リル。「銃創がひとつもないもの。攻撃を受けながら、重要な情報を含む遭難信号を打ちこむ暇なんかあったと思う? 何か、おかしいわ」

「毒だ」と、ギデオン。「死体の顔と手に、いくらか残留物がある。バイオセンサーがピリピリ反応している」

「ヴィシュラカスではない」と、エイナー。「だが、死体を発見した状況からすると……ヴィシュラカスだ。シグナス星系で、何度かやつらの大きな墓に出会った。ちょうど、こんなふうだった。装備の上に石を積むんだ」

雑木林の揺れる木々と高いシダのなかで、ポキポキと骨の鳴る音がした。ローランドが視覚装置を赤外線に切り替えると、枝葉の陰の熱源が明るく輝いた。

「チャ＝リル、きみの――」言いかけたとき、明るい熱源が茂みから跳び出した。兜に撥ねかけられた何かを、視覚装置が洗い流した。ローランドが胸の補助カメラに切り替えると、車くらいもある青と灰色の縞模様の獣（けもの）がぶつかってきた。衝撃でローランドはよろめき、一歩あとずさりした。

針のような歯が並んだ広い口がローランドの左の前腕に嚙（か）みつき、激しく左右に振った。装甲のサーボ機構がうなりを上げるほどの力だ。ローランドが腕を勢いよく空中に振り上げると、湾曲（わんきょく）した刀ほどもある鉤爪（かぎづめ）が胸と足をひっかいた。獣の首根っこを打つと、ボキッと背骨の折れる音がした。獣の身体から力が抜けたが、あごはローランドの腕をくわえたままだ。

先端に黒い目のついた二本の眼柄（がんぺい）が、平らな頭の後方へだらりと垂れた。あごがゆるみ、獣は地面にくずおれ、ローランドの腕から緑の粘液がはがれ落ちた。ローランドは汚れた視覚装置のそばに片手を上げた。一本の指が割れて窒素ガスが噴射され、視覚装置に付着した汚物を一瞬で凍らせた。頭の横を叩くと、凍った汚物が落ちた。

「助けてくれて、ありがとう」と、ローランド。

チャ＝リルの足もとに獣が二頭、横たわっている。チャ＝リルが鞘（さや）から抜いた剣が、黒い血を滴（したた）らせていた。チャ＝リルは刃先で一頭のあごをこじあけ、その口の横に指を押し当てた。口の脇の腺から、緑の液体が噴出した。

「毒でしょうね」と、チャ＝リル。「殺害犯人はこいつらだと思うわ」

「ぼくを食いたかったらしい……でも、開拓部隊のチームの死体は、どれも手つかずだ」

「きみたち、そのへんに静止フィールドつきの輸送箱はないか？」ギデオンがたずねた。

「見てません」と、ローランド。

ギデオンが近づいてきて、片足で死んだ獣をつついた。

「ガウス砲を使わなかったのは、よかった――ヴィシュに、われわれがここにいることを知られるかもしれないからな」と、ギデオン。

「はい。ガウス砲は控える予定でした」ローランドは答えて、腕から乾いた毒液を払い落とした。

「これを見つけました」ローランドは、指先ではさんだ小さな装置を差し出した。「静止フィールドつき輸送箱の追尾装置です。貨物は、航宙艦一隻と同じくらいの価値があります。行方不明のままにはできません」

「ヴィシュどもがここに来たんだな」と、エイナー。「輸送箱を奪ったに違いない」

「装置が追尾できる範囲は？」

「高いところに行けば、それだけ追尾しやすくなる」ギデオンは装甲の前腕を開き、小さな隙間に追尾装置を落としこんだ。「山の頂上に登らなければならない」

20

四人は険しい斜面を登った。猛烈な雨と、軽装の人間なら吹き飛ばされそうな突風のなかを、重い足取りで進むうちに、ようやくギデオンが平坦な頂上に到達して足を止めた。ローランドは、またすぐに歩きだせる体勢をとった。雲に包まれた山を登る途中、いままでに何度も立ちどまっている。

ギデオン中尉は、追尾装置をおさめた腕を高く上げて待った。

ローランドはエイナーに向けて個人用の赤外線回線を開いた。

「ヴィシュラカスを見つけたら、どうする？　開拓部隊を殺したのが野生動物なら、厳密に言えば、われわれはヴィシュと戦争状態にはない」

「見つけたら、殺す」と、エイナー。「ひとり残らず。ヴィシュは、指導者階級以外は消耗品だと考えている――われわれにも同じ作法を期待している」

「われわれがヴィシュラカスの指導者と出会ったら？」

エイナーは崖の面に寄りかかった。腕の剣を飛び出させ、同じようにすばやくしまった。

「低周波無線のパルスが三回、届く……」と、ギデオン。三人とのデータ接続を開始し、腕の追尾装置が短い信号音を発した。一瞬後に静止フィールドつき輸送箱が応答し、ローランドのユーザー・インターフェイスに広い破線の円形アイコンが現われた。輸送箱がもういちどパルスを発し、円が縮んだ。ローランドは次の信号を待ったが、届かなかった。

「ヴィシュが輸送箱を壊したのでしょうか？」と、チャ＝リル、

「あるいは、電波を攪乱(かくらん)しているかだ」と、ギデオン。「いずれにせよ、ある場所はわかった……ハリケーンの目の近くだ」

「ここか……」ローランドは自分の地図を拡大し、沼地を通ってハリケーンの目につながる道路の遺跡を見つけた。「ヴィシュラカスが目に到達するには、この地域を通らなければならない。待ち伏せしましょう」

「沼地には、隠れる場所があまりないぞ」と、エイナー。

「恥を知りなさい、地球人」と、チャ＝リル。「火星で、何も学ばなかったの？」


ローランドの胸当てに開いたのぞき窓を通して、灰色の光が揺れた。荒れ狂うハリケーンを通ってくるわずかな日光は、ローランドが身体を沈めている水面下二メートルまで届くころには、さらに弱まって、かすんだ光の名残でしかない。ローランドの装甲は、完全にパワーを切っていた。装甲子宮の生命維持システムまで停止している。それでも、酸素

含有量の多い擬似羊水のおかげで、数日は生きられる。

四人は道路脇の沼のなかで、何時間も待機していた。六角形の煉瓦(れんが)を組み合わせた道路は、長年のあいだに侵食され、煉瓦のあいだにいくつも隙間(すきま)ができている。路肩は水面下に没し、ローランドが横たわる沼底は煉瓦ででこぼこしていた。

バラダ人って何者だろう?――ローランドは考えた。滅亡に向かっているとき、未来の種族が、自分たちの帝国の残骸を舞台に戦うことを知ってただろうか? ザロスの侵入を目の前にして、自分たちを消滅させたのか? ひょっとしたら、何かがドローンより長持ちすると思って、それに、ある種の不死性を与えたのかな? でも、バラダ人を覚えている者が別の者に、これはいいアイデアだと気づかせることになっては困ると思ったかもしれない。

ローランドは首を振った。擬似羊水がかすかな音を立てて顔を横切り、子宮のなかで渦(うず)を巻いた。

戦闘任務で、そんなことまで考えてもしょうがない。

のぞき窓の前を、手先がひれになった長い腕を持つ青い電気ウナギが、くねくねと横切った。横長の虹彩(こうさい)を持つ大きな目が、ローランドの装甲をのぞきこんだ。

ここで、より異質(エイリアン)なのはどっちだろう?

重いドスンという音が、背中の下の地面から伝わってきた。ローランドは装甲を作動させた。さらに二回、同じ音が続き、ローランドは水中から跳び出した。泥と水草が装甲の上を流れ落ちた。

ヴィシュラカスのホバー戦車が二台と兵士が十二人、道路を通っていた。先頭の戦車の砲塔が、崩れかけた道路の片側の土手にいるローランドと、反対側にいるギデオンのあいだで揺れた。チャ＝リルとエイナーはギデオン側にいて、ヴィシュラカス部隊の側面に向かっている。教科書どおりのL字形の待ち伏せだ。

装甲機動兵たちは、不意打ちを受けたヴィシュラカスのすぐ手前の道路に砲を向けた。歩兵たちは、ホバー戦車に近づくにつれて、急に現われた装甲機動兵に対するショックが薄れたらしい。武器をかまえているが、装甲との戦いかたを訓練されていない。

こんな相手は、一瞬で叩きつぶせたはずだ――ローランドは思った。でも、ギデオン教官は、この形を望んだ。

先頭の戦車のハッチが開いて、金色の打ち出し模様のある弾倉帯をつけたヴィシュラカスが立ち上がり、大あごをせわしなくカチカチと鳴らした。

「どけ」ローランドの装甲が通訳した。

「おまえたちは、われわれのものを持っている」と、ギデオン。一歩、横へ踏み出し、戦車の正面に立った。「われわれに渡せば、自由に通ってよい」

「われわれは遺品回収作業をしていた。滅びた文化の遺品を回収した。ヘイル条約にしたがって、われわれのものだ」と、戦車の指揮官。「条項を読み上げてほしいか？」

「第九項C節、回収と探索に関する記述で、現物を所有している生命体に完全な所有権が与えられている」と、ギデオン。ヴィシュラカスの青白い身体を、青い線が波打って走った。

「われわれが見つけたとき、これは地球人の所有物ではなかった。地球人は死亡していた。われわれのせいではない。われわれは獣(けもの)を追い払い、死体に敬意を払った」

「おまえの種族が現在も生き永(なが)らえている唯一の理由は、それだ」ギデオンの肩のガトリング砲が左右に回転した。

　ローランドたち三人はガウス砲に弾薬を装塡(そうてん)した。

「人工遺物を渡してもらおう」と、ギデオン。「これが、おまえたちに対する最後の礼儀だ」

　ローランドの膝のまわりで、水が細かく波立った。背中のカメラを作動させると、雨のなかを進んでくる二台の歩行装甲機(ウォーカー)が見えた。手足を根もとに引きつけ、反重力フィールドで宙に浮いている。ウォーカーの脚が道路に突き刺さると、沼の水が波立って道路を洗った。巨大な砲がローランドとギデオンの方向へ伸びた。

　ローランドは向きを変えた。装甲機動兵として、自分が航宙艦より小規模なものにやられるとは思えない。二台のウォーカーは、歩兵ほどおじけづいてはいないようだ。

ギデオンは根が生えたようにその場を動かない。

「わたしは、おまえのような忌(い)まわしいものと会話した」と、ホバー戦車の指揮官。「そこをどけ。さもないと……待て……そのしるしは……。おまえはシグナスにいた地球人だな」

一台のウォーカーが前進し、砲のついた腕の根もとと胴体の中央部をつなぐパワー・ケーブルがうなりを上げた。

「おまえのせいで、われわれはあの惑星を失った」と、ホバー戦車の指揮官。

「ローランド」ギデオンが赤外線タイト・ビームを発した。「わたしの合図で――」

先頭のホバー戦車が発射したプラズマ砲弾が、ローランドの脇腹をとらえた。ローランドは装甲を引き裂かれ、前方へ飛ばされて膝をついた。立ち上がろうとしたが、装甲の反応が鈍い。周囲にプラズマ砲とガウス砲の発射音が満ちた。

装甲の傷に呼応して、ローランドの肋骨が焼けるように痛んだ。

ローランドは左腕の盾を広げ、片足を前に立てた。近くのウォーカーが砲を向けた。砲の衝撃を盾で受けたローランドは、胸に神の平手打ちを受けたような気がした。崩れかけた道路から水中へ押し戻され、手足に鋭い痛みが走った。

意識が出す指令を身体と装甲が受け入れず、ローランドはなすすべもなく水中をただよった。遠くに光点がひとつ現われ、身体の痛みが冷たい恐怖に変わった。

これは……ぼくは……。

光が明るくなった。ローランドは身を引こうとしたが、逃げ道はなかった。

「ローランド」女の声が言った。「立ち上がらなければいけません」

目もくらむ光のなかから、車椅子に乗った姿が現われた。顔はガーゼのように薄い星々のベールに隠れている。女はローランドの目をのぞきこみ、首をかしげた。

「戦いなさい」

いっきに現実の世界が戻ってきた。ただちにインターフェイスが損害報告を出した。装甲は機能を失っていない。ローランドは水中に横たわったまま、身体の半分を水面上に出していた。ウォーカーは二台とも、ローランドと仲間たちとのあいだにいる。仲間たちは二台のホバー戦車を相手に戦っていた。

ローランドは水面から横転して、道路でよつんばいになった。身体が片側へ傾く。見ると、左腕の肘から先がねじれ、つぶれた金属のかたまりになっていた。ローランドはアンカー・スパイクで地面の上に身体を安定させ、レーダー・パルスでスキャンした。

ローランドはよろよろと立ち上がり、装甲の片足を上げて道路のまんなかを踏みしめた。片膝をついて背中の電磁加速砲を肩の上に傾け、砲弾をセットすると、近くのウォーカーに砲口を向けた。

「われは装甲」ローランドが電磁加速砲を放つと、二本のレールで加速された砲弾の雷鳴のようなとどろきが、谷間一帯に反響した。高速の砲弾は、ウォーカーの上部を斧のように切り裂いた。

ローランドはアンカー・スパイクをひっこめ、もう一台のウォーカーに突進した。ウォーカーの背面にあるミサイル収納装置にガウス砲のねらいを定めて連射するうちに、一発が収納装置の装甲区画を貫通した。超小型ミサイルの爆薬部分が波打って噴出し、ウォーカーは地震が起こったときの地震計の針のように大きく前後に揺れた。

ウォーカーはパワーを砲にまわし、燃えているホバー戦車をねらった。燃える戦車の陰に、チャ＝リルとエイナーが隠れている。

ローランドは走りだし、右腕の剣を出して、ウォーカーの後ろ脚を切り刻んだ。ウォーカーは後方に傾き、砲弾は上空のハリケーンのなかへ撃ち上げられた。

ウォーカーは体勢を立てなおし、ローランドに向けて砲身を棍棒のように振った。ローランドは首を前方へ倒して砲身を避け、宙へ跳び上がると、ガウス砲がついている無事な右手で、ウォーカーの装甲板の端をつぶした。ウォーカーの側面を蹴り、かかとのアンカー・スパイクを突き刺した。

後退して、ウォーカーに剣を突き刺した。ウォーカーはぐいと胴体を引き、砲身をローランドに叩きつけた。ローランドは砲を払いのけ、もういちど剣を胴体の横に突き刺してよじると、大きな音を立てて乗員区画まで切り裂いた。剣がすべってウォーカーを離れた。

異星人の血で濡れている。

ウォーカーは震動して、胴体を地面に落とし、ゆるんだ煉瓦のあいだに砲身を食いこませた。

ローランドはアンカー・スパイクを引き抜き、ウォーカーの脚につまずいて、またスパイクをおろしながらガウス砲を上げた。

「みんな……大丈夫?」大声でたずねた。ヴィシュラカス兵の死体が地面に散乱している。ホバー戦車は二台とも叩きのめされ、後ろにいた戦車の砲塔は飛ばされて、沼地の横に落ちていた。

「こっちだ」と、ギデオン。

ローランドは、ヴィシュラカスの指揮官を囲んで立つ三人を見つけた。指揮官の脚は折れ、胴体は引き裂かれている。血だまりが少しずつ大きくなってゆく。

「おまえに……慈悲を示してやったのに」と、指揮官。

「だからわたしも、おまえの苦しみを止めてやる」ギデオンは答え、ヴィシュラカスの頭を踏みつぶした。

「輸送箱を見つけろ」ギデオンは三人に命じた。「ローランド……」損傷した装甲を見やった。「状態を報告しろ」

「装甲子宮が破損しましたが、密閉はされてます」と、ローランド。装甲の右脇の穴に…

…続いて兜の大きな凹みに触れた。「まだ――」背後の亡霊に気づいたかのように振り返った。「――戦えます」

「見つけました」と、チャ＝リル。壊れたホバー戦車の後部区画から立方体の箱を取り、高く上げた。

「持ってこい」と、ギデオン。エイナーを指さし、続いてローランドに指を向けた。

エイナーはローランドの肩をつかみ、ローランドの傷ついた胸当てをレーザーでスキャンした。

「どえらい一発を食らったな」と、エイナー。「死んだと思ったぞ」

「エイナー……ぼくは見た。聖者を見た」

エイナーは一瞬、身体をこわばらせたが、ローランドの兜の後ろに片手を当てた。

「信じるよ……だが、いまは、おれたちだけの秘密にしておこう。いいな？」

ローランドの兜が上下に動いた。

「エイナー？」と、ギデオン。静止フィールドつき輸送箱を磁力でチャ＝リルの背にとめている。

エイナーが答えた。

「ローランドの装甲子宮は、危険な状態ではありません。同調率は低いですが、損害報告は安定しています」

「変形できるか?」ギデオンはローランドにたずねた。

ローランドは脚のケースから走行用車輪を出し、尻を落とした。途中で左脚がそれ以上曲がらなくなり、サーボ機構がかんだかいうなりを上げた。エイナーがこぶしでローランドの脚を打つと、尻が妥当な位置におさまった。

「よくやった、〈竜騎兵(ドラグーン)〉」と、ギデオン。「だが、まだ終わっていない」


一行がハリケーンの目に近づくにつれて、風雨が弱まった。くっきりとそびえる雲のあいだから日光が照りつけ、目の周囲を、雲の帯が層をなして流れている。

装甲機動兵部隊は足取りをゆるめ、長距離走行用の車輪を収納して、足のある形に戻った。遠くで、つる草におおわれた建物が日光を浴びている。

「おれがおかしいのかな? それとも、ここの環境が異常なのかな?」と、エイナー。

「天気は、いつでも不平の種だ」と、ローランド。「滅びたバラダ人は、それをなんとかしようとしたんじゃないかな」

「あそこにフォース・フィールドが張ってあるとしたら、通れるかしら?」と、チャ＝リル。

「ヴィシュラカスのホバー戦車は、ここから来たはずだ」と、ギデオン。背から一本の管(くだ)を取り、片端を腕の穴に当てた。管を擲弾(てきだん)発射器に落としこむと、管は重い音を立てて空中に放り出された。管の端から気球が現われ、管はそのまま上昇して雲のなかへ消えた。

「まもなく収容部隊が来る」ギデオンは言い、ガウス砲に砲弾をまわすと、走りだした。

ローランドも遅れずについていった。片腕が半分なくなり、左脚をかすかにひきずっているため、足取りはぎごちない。装甲子宮のなかで左手を握ったり開いたりしていると、装甲から厳しく制止された。

「やめろ。でないと安全限界を越えるぞ」ギデオンが言った。「装甲とプラグのあいだの共鳴を崩すと、脳を焼き切りかねないフィードバック・ループが構成される」

「すみません」と、ローランド。

「自分の担当区域を見張れ」

一行は都市の入口に立った。都市を囲む深いダムに大量の雨水が集まって、ハリケーンの目とは反対端にある海へ流れこんでいる。ダムには石造りの橋がかかり、こちら側のたもとに高い彫像が二体、立っていた。苔におおわれた彫像は、どちらも大きなヒューマノイドの姿だ。幅の広い頭とひょろ長い腕を持ち、ローランドには、むしろカエルに似て見えた。

ギデオンはレーダー・パルスで橋をスキャンし、片手を上げた。

「持ちこたえるだろう。だが、いちどに一人ずつだ」ギデオンは言い、走って渡った。

次にローランドが渡り、つる草の密生する建物の隣に身を隠した。建物のどの角にも、カエルに似た頭をいくつも積み重ねたような柱が立っている。ローランドは屋根のまわりの、すみきった紺碧の空を見まわした。通り過ぎる嵐とは対照的に、穏やかだ。その空にピンで突いたような黒い点がいくつか現われ、しだいに大きくなった。

「シャトルが来た」と、ローランド。

「たしかに」と、ギデオン。「だが、われわれのシャトルではない」

ローランドのインターフェイスに拡大映像が入った。スラスターの束を備えた丸屋根つきの艇の集団が、ハリケーンの上端のすぐ下を横切った。たくさんの大型着陸艇を、二機のヴィシュラカス戦闘機が先導している。

「われわれの収容要請通信を傍受して、ここに向かっているのかな?」と、エイナー。

「それとも、ほかのヴィシュラカス部隊がガウス砲を収容しにきたのかな?」

「それは問題ではない」ギデオンがガウス砲のある右腕を上げた。「われわれ三人は、電磁加速砲で対抗する。ローランドは見張りだ。連中の着陸地点を見つけよう。そこが、いちばん連中を倒しやすい場所だ……われわれのシャトルも、そこに着陸したがるだろう」

四人は廃墟の都市を走った。中心部に近づくにつれて、建物が高くなる。つる草は、三階以上の高さには伸びていない。どの建物も、角に同じ彫像があった。みな平らな頭とふたつの目を持つカエルのようなヒューマノイドで、異様に長い指で球体を持っている。

道路の先は、低い建物に囲まれた小さな広場になっていた。草地だったかもしれない土地が、いまではアシと、小さな釣り鐘形の花が作るいくつもの輪に侵食されている。

「航空機を射程内にとらえました」と、チャ＝リル。

「アンカー・スパイクをおろせ。一回の一斉射撃だ」と、ギデオン。

ローランドが足にからみつく下生えを引きちぎりながら進むと、装甲の聴覚装置が、つる草だらけの建物の陰に物音をとらえた。ローランドは頭を低くし、ガラスが割れて窓枠に破片だけが残る窓から、なかをのぞいた。開いた裏口から、十二人のヴィシュラカス兵がなかに押し入ってきた。さらに、もっとたくさんの兵があとに続いている。

ローランドはその場にかがんでガトリング砲を回転させ、作動させた。

先頭の兵士が一声かんだかく叫んだ直後に、ローランドの砲がその兵士を引き裂き、その後ろの三人の兵士を血まみれのかたまりに変えた。ローランドは、続いて建物の壁にガウス砲を撃ちこんだ。重い砲弾が裏の壁を突き抜け、古代の建造物を破片に変えて、建物の陰に密集したヴィシュラカスの歩兵隊を粉砕した。

ローランドは擲弾発射器を作動させ、広場に続く道路と建物の反対側に、高く擲弾を撃ち上げた。

建物の前面が崩壊し、塵（ちり）が雲のように舞い上がった。逃げ惑うヴィシュラカス兵が路上を埋（う）め、全員が装甲機動兵の格好の標的になった。

ローランドの迫撃砲弾がヴィシュラカスの頭上で爆発し、噴き出した榴散弾（りゅうさんだん）が兵士たちに降り注いだ。頭上からの爆撃とガトリング砲やガウス砲の速射で、ヴィシュラカス兵は混乱し、列を離れて逃げ出した。

ローランドの背後で雷のような音がとどろいた。三人が同時に発射した電磁加速砲の爆風で、ローランドは前に押しやられ、崩れた建物に突っこんだ。

頭上ではヴィシュラカスの二艇の着陸艇が、膨張する火球と化した。空中でふらついた三艇目は、ハリケーンに飛びこんで風に流され、灰色の沼地に墜落した。何度か爆発が起こった。

「ミスしたのは誰だ？」ローランドはたずねた。

「くだらんことを言うな、この野郎」と、エイナー。

「戦闘機が来るぞ」ギデオンが、いちばん高い建物のあいだの通りを指さした。

ローランドが建物の残骸を踏みつけて進むと、まだ建っている壁のそばに動きが見えた。ヴィシュラカス兵が一人、仰向けに横たわって胸を上下させている。四本の脚のうち二本を苦しげに曲げ、一本の腕を、壁に立てかけたプラズマ・ライフルに伸ばした。ローランドは兵士にガトリング砲を向けた。

「ここで死にたいか？　まだ死にたくないか？」と、ローランド。

兵士は武器を押しやった。

ローランドは、負傷した兵士が見えなくなるまでガトリング砲を向けたまま、細い通りを走った。

通りを走る四人に影が落ち、道のはずれのダム湖がちらちら光った。バラダ人が作った峡谷に、ジェット・エンジンのうなりがこだましました。

「六時の方向」と、チャ＝リル。

「方陣」ギデオンが言い、四人は横に広がって一列に並んだ。ヴィシュラカスの戦闘機が四機、建物のあいだをぬって、まっすぐ四人に向かってきた。一筋のエネルギー・ビームが空気を切り裂いて道路を縫い、六角形の煉瓦をふっとばした。ローランドたちは戦闘機の針路に嵐のように砲弾を発射し、即座に二機が爆発した。三機目は脇へそれて高層ビルに衝突し、ビルからビルへバウンドした末に、道路に落ちて砕けた。

四機目は急上昇して向きを変え、視界から消えた。

「反対側」と、エイナー。

ローランドのインターフェイスに琥珀色のアイコンがきらめいた。

「弾薬が少なくなってる」と、ローランド。

「わたしも」と、チャ＝リル。

無数のヴィシュラカス戦闘機がダム湖の上空で隊形を取り、ローランドたちに向かってきた。最上層の機が空中分解した。続く二機は逆さになって、らせんを描きながら煙を引いて舞い落ちた。ほかの戦闘機は攻撃者の方向から逃れようと上昇し、建物にぶつかって爆発した。

はるか上空で、二機のイーグル戦闘機が空気を切り裂く音がした。

「救助にくる騎兵隊の役は、われわれだと思っていたが」と、ギデオン。「急げ」

無線通信が入った。

「〈鉄の竜騎兵(アイアン・ドラグーン)〉、こちらはスカル・リーダー、〈マッターホルン〉から派遣された。きみたちが飛ばした収容要請通信はキャッチしたが、きみたちを視認できない。聞こえるか?」

ギデオンが答えた。

「スカル・リーダー、こちらは〈竜騎兵〉隊長。荷物は確保した。これ以上ヴィシュが現われないうちに、撤収する必要がある」

「こちらは、それ以上のことができるぞ。いま、デストリアがらせん降下中だ。シュトールツォフ提督と第三艦隊の残りの者たちが、悪さをするなとヴィシュを説得したらしい」

装甲機動兵の一行は道のはずれに出て、白濁した青色のダム湖の岸に立った。イーグル戦闘機に側面を守られた地球のデストリア輸送機が、一行に向けて機首を下げた。

ローランドはチャ=リルの背にとめてある輸送箱を見た。なかに何が入っているか……これほどの死と破壊に値するものかどうか、詳しいことはわからない。ガトリング砲を回転させておろすと、両肩にとほうもない重さがかかったような気がした。ローランドは横に倒れ、湖に落ちる前にエイナーに捕まえられた。

「大丈夫か？」

「ローランド、きみの同調率は最低まで落ちそうだ」と、ギデオン。装甲の指関節で、ローランドの胸当てを叩いた。「きみは何者だ？」

「ローランド・ショー――」

ギデオンは強くローランドの胸を叩いた。擬似羊水にさざなみが走るほどの力だ。

「いいや、きみは何者だ？」

ローランドは身体を引き上げて立ち、エイナーを押しのけた。

「装甲。われは装甲」

「われは憤怒」と、エイナー。

「われらは失敗せず」チャ＝リルがローランドの肩に触れ、優しく揺すった。輸送機が近づいてきた。

21

ローランドは礼装軍服の襟をひっぱった。長く装甲子宮に入っていたあとで本物の衣服を着ると、時間がたつにつれて、ますます、いつもと違う気がしてくる。ローランドは胸につけたわずかなリボンをもういちどチェックし、多彩なリボンが並ぶエイナーの胸を見た。続いてチャ＝リルに視線を移した。ドタリの礼装軍服は明るい白の上着と長いスカートにサンダルという姿で、胸に飾り帯をかけている。

三人は火星のオリンポス山の地下で、岩にはめこまれた両開きの金属のドアの前に立っていた。

「ローランド、きみが最初だ」と、エイナー。

「あなたのほうが――」

「きみが、あの日の英雄だよ」エイナーはローランドの肩を小突いた。「この次は、死者のなかからよみがえって、おれのけつを守ったり（「おれを救う」の意）するのはやめてくれ」

「そんなこと、起こらなかったよ。たしかに、あなたのけつは無事だった。ほかの部分は知らないけど」

「わたしのけつが無事で、ありがたいわ」と、チャ＝リル。ローランドの反対側の肩を小突いた。「慣用句！　おもしろいわね」

「ドタリの惑星に地球人の装甲機動兵が行くようになったら、こんな会話に耐えられるかな」ローランドはつぶやいた。

ドアの一枚がわずかに開き、三人は姿勢を正した。ドアが大きく開いて、礼装軍服姿のシルバ中尉がローランドを手招きした。ローランドは、ほかの二人を外に残してドアの向こうへ進んだ。

幅の広い赤のカーペットが奥のステージまで続いている。カーペットの両側に装甲姿の兵士たちがぎっしり並び、カーペットをはさんで向かい合っていた。ローランドはシルバと並んで歩いた。二人が通ると、横の装甲機動兵がこぶしで胸を打ち、鐘のような音を立てた。

ステージ上にマーテル大佐とギデオンが立ち、その隣に立つ大佐の副官が銀の盆を持っていた。装甲機動兵の列はステージの後ろまで続いている。

シルバがローランドの胸に手を当てた。人型装甲の立像の陰からトンゲアが進み出て、ローランドの行く手に立ちはだかった。

「この志願者はふさわしくない」マオリ族の戦士トンゲアは言った。「この者の行為を、わたしは知らない」

「ぼくは志願者――」

トンゲアが手の甲でローランドの顔を打った。ローランドの口のなかに血の味がし、怒りがこみあげた。トンゲアは親指で、自分の胸にずらりと並んだリボンをなでた。

「ぼくは惑星バラダでヴィシュラカスと戦いました。ヴィシュラカスの歩行装甲機（ウォーカー）と兵士たちを倒しました。〝槍〟の指揮官が、ぼくの行為を目撃しています」ローランドはギデオンに視線を走らせた。

「誰にもできないことだ」と、トンゲア。「おまえは何者だ？」

「志願――」言いかけたローランドは、トンゲアが片手を上げて打とうとするのを見て、口をつぐんだ。

「自分が何者かわからないのなら、なぜ戦ったかを答えろ」と、トンゲア。

「仲間に入れてもらうためです」と、ローランド。頭を垂れた。「英雄たちと並んで立ち、価値ある者と認められるためです」

トンゲアが脇へよけた。

ローランドはステージ上のマーテル大佐の前へ進んだ。大佐は演壇から剣を取り、切っ先を両足のあいだに置いた。

「請願者」大佐がギデオンに言った。「この者を受け入れるか？」

「何者ですか？」ギデオンがたずねた。

「われは……装甲」と、ローランド。

「わたしは、この者の鉄を見ました」と、ギデオン。「この者を、わたしの〝槍〟として受け入れます」

「ひざまずけ」大佐がローランドに命じた。

　ローランドは片膝をついた。

「装甲よ、おまえは行為においても、名誉と軍団に対する献身においても、価値ある者と認められた。われらが軍団のもっとも崇高な伝統と、われわれの世界の法を守り、罪なき人々のために命を投げ出すことを誓うか？」

「誓います」ローランドは答えた。首の後ろとプラグをそっとなでられる感触があり、惑星バラダで見た女の顔が心に浮かんだ。

　マーテル大佐は剣でローランドの両肩に触れてから、剣をひっこめ、手でローランドの顔をなぐった。ローランドの上体が揺れ、耳がガンガン鳴った。

「いまの誓いを忘れさせないためだ」と、大佐。「立て……〈鉄の竜騎兵（アイアン・ドラグーン）〉よ」

　ローランドが立ち上がると、装甲姿の兵士たちがいっせいに喝采（かっさい）した。大佐がローランドの左手に、金属製の記章を押しつけた。ローランドが視線を落とすと、きらりと装甲機動兵団の紋（もん）が光った。

「よくやった、若いの。よくやった」と、大佐。

トンゲアがローランドの肘をつかんで誘導し、ステージからおろした。トンゲアはローランドの頬を軽く叩いた。

「教官」ローランドは急いで言った。「ちょっと待ってください」

「まだ、試さなければならない者たちが残っている」と、トンゲア。

「お話ししたいのです……あの人のことを……聖者カレンのことです」ローランドは顔をそむけた。感情の高まりを恥じる気持ちがあった。

「きみを聖者のところへ連れていこう。あとで」

ローランドはうなずいた。トンゲアの胸の〈聖堂騎士団(テンプラー)〉を表わす十字形にしばらく目をとめ、自分の手にある装甲機動兵団の記章に視線を移した。金属の記章を握りしめると、とがった端が手に食いこんだ。

22

世話係——本人はそう呼ばれることを好んだ——は後ろで手を組み、開いた静止フィールドつき貨物箱のまわりを歩きまわった。背筋がまっすぐ伸びた初老の女という、いつもの形をとっており、外側の殻（から）をフラクタル模様が横切っている。

立方体の輸送箱のなかには固体光でできた金色の格子があり、白い細かな塵（ちり）が光線に沿って不規則に動いていた。

最新のザロス・ドローンが世話係の片手を格子の上で動かすと、世話係の指が長く伸び、人工遺物の上でたわむれているように見えた。詳細な検査の日々が続いたあと、世話係はふたつの結論に達した。どちらも避けがたく、恐ろしい内容だ。

ジャンプ・ゲート〈るつぼ（クルーシブル）〉の奥深くにある実験室で、世話係が天井のセンサーに向けて手を動かすと、室内にふたつのホロ映像が現われた。

ひとつはギャレット大統領で、自分のデスクに向かってすわり、データ板（スレート）を見ている。いちど世話係に目を向けたあと、はっとして見なおした。もうひとつのホロ映像は情報が攪乱(かくらん)され、輪郭が何度も繰り返し崩れた。

「それで？」ギャレットは立ち上がり、データスレートを脇へ放り出した。「不老の泉か、異星人の詩の古いコレクションでも見つかったか？」

「カ＝レシュの古文書です」と、世話係。「間違いありません。バラダ人が翻訳できたとは思えません。バラダ人の遺跡に、その気配はまったくありませんから」

「時間稼ぎをしているな」輪郭の定まらないホロ映像が声を発した。改造された、人工的な声だ。

「カ＝レシュのテクノロジーにアクセスするのは、簡単ではありません……でも、これはカ＝レシュの船の航宙日誌です。最後の書きこみは、衝突と救助活動でした。カ＝レシュのテクノロジーは幅広く応用がききます。この船は、まだ宇宙のどこかにあるはずです。見つける時間が必要です」

「カ＝レシュの船か……」と、輪郭の崩れたホロ映像。「銀河系から姿を消す前は、技術面でザロスと肩を並べる種族だった。カ＝レシュの船を見つければ、銀河系は完全に変わるだろう」

「もしこれが宝探しのレースなら、われわれはだいぶ遅れています」世話係は頭を振った。「わたしが調べる前に、何者かがこの遺物にアクセスしているのです。量子格子に、あの女性の指紋がありました。あの人でしかありえません。われわれをあざけるつもりで、これを残しておいたのです」

ギャレットは悪態をつき、デスクからデータスレートを叩き落とした。

「いますぐ、われわれに必要なものではない」と、ギャレット。「ヴィシュラカスとその同盟種族は、いまにも宣戦布告してきそうだ。船を見つけるほうが大事だと、自信を持って言えるか？　確信があるか？」

「はい」と、世話係。「イバラ一族は、われわれより先にこの装置を見つけました。あの一族が、われわれより先にカ＝レシュの航宙船を見つけたら……」

「われわれは、あの一族に何も借りはない」と、輪郭の崩れたホロ映像。「連中が銀河系の残りをわれわれに敵対させないうちに、連中を滅ぼすべきだろう」

「賛成だ」ギャレットは椅子に沈みこんだ。「世話係は？」

「やりましょう」

解説

SF評論家
堺　三保

パワードスーツを着用した機動歩兵。

それは、現代的なミリタリイSFの嚆矢にして代表作のひとつ、ロバート・A・ハインラインの『宇宙の戦士』が生み出したもっとも画期的なガジェットだ。歩兵に戦車の機動性と戦闘力を付与するというこのアイデアは、普通の個人に強力な力を付与するという、男の子垂涎の画期的な未来兵器である。そしてそれが、シリアスでリアルな軍隊描写の中に置かれることによって、より強烈な印象を残したのだった（日本においては、原書の数百倍かっこいい、スタジオぬえによるイラスト化が、さらにそれを強化したことはまちがいない）。

この『宇宙の戦士』とパワードスーツがなければ、ハリイ・ハリスンの『宇宙兵ブルース』も、ジョー・ホールドマンの『終りなき戦い』もなかった。いや、『機動戦士ガンダム』に始まる日本のいわゆる〈リアルロボット〉アニメもなかったかもしれないのだ（『ガンダム』におけるモビルスーツの着想の原点は、『宇宙の戦士』のパワードスーツなのだとか）。

ことほどさように重要なＳＦガジェットであるパワードスーツだが、案外その後のミリタリイＳＦにおいては、大きく扱った小説はそんなにはない。たとえば、『宇宙の戦士』の現代的なリブートのようだと言える快作、ロバート・ブートナーの〈孤児たちの軍隊〉シリーズにおいても、ことパワードスーツに関する描写はすっぽりと抜け落ちているのだ。だいたい一九九〇年代以降は、宇宙空間での戦艦同士の戦闘が眼目の作品のほうがメジャーだったりするわけだし。

前振りが少し長くなってしまったが、そんな風潮にガツンと一撃を食らわせてくれるのが、リチャード・フォックスによる本書『鉄の竜騎兵』（原題 *Iron Dragoons: Terran Armor Corps Book1*）である。なにせ、〝鉄の竜騎兵（アイアン・ドラグーン）〟と呼ばれる地球連合装甲機動兵団の一部隊が大活躍するという物語なのだから。

とある異星人との激しい戦いを経験した人類は、一時は劣勢に陥ったものの、なんとか挽回して、今では強固な軍隊を作り上げ、多くの異星人たちが戦いに明け暮れる銀河系宇宙に橋頭堡（きょうとうほ）を築きつつ、生き延びることに成功した。人口は激減、地上は荒廃し、町には孤児が溢れ、人々は従軍が義務づけられるという厳しい状況ではあったが、それでも、大規模な戦争は終わりを告げ、地球には一応の平和が戻っていた。

そんなある日、戦争で孤児となった少年の一人、ローランドは入隊の日を迎え、さまざまな兵種の中から、勇猛さと共に謎の多さでも知られる装甲機動兵部隊を志願する。しかしそこには、他の兵種とはまったく異なる、何段階もの厳しい選抜と訓練とが待ちかまえていたのだ……。

とまあ、「異星種族の侵略」「荒廃した地球」「軍事国家化」「新兵訓練」そして「装甲機動兵」と、まさに『宇宙の戦士』をなぞるかのような筋立てなのだが、大きな違いがひとつある。それが「装甲機動兵」の特殊性だ。

まず第一に、装甲機動兵になるには、特殊な装置を身体に埋めこみ、装甲と神経的に接続する必要があって、個々人の身体的適正の問題がある点だ。これは『宇宙の戦士』での誰もが装着できるパワードスーツとの最大の違いで、どちらかというと月村了衛の『機龍警察』に登場する「龍機兵」に近いと言える。装着者は、この装甲を身につけることができるという時点で、すでに常人とは違う「何か」を持っているというヒーロー性が付与されているのだ。

そしてもうひとつ、装甲機動兵が『宇宙の戦士』の機動歩兵と大きく違うのは、彼らが自分たちのことを大昔の騎士になぞらえて捉えており、それが大時代な呼称や習わし、合い言葉などといった形で現れていて、いわゆる「近代軍隊」的なふるまいからはずれた、われわれ読者の目からするといささか時代錯誤めいたものであるところだ。

しかし、その時代錯誤な立ち居振る舞いこそが、この作品に強烈なエキゾチズムと独特の魅力を与えてくれているのである。彼ら装甲機動兵こそ現代に（未来に？）甦った、高潔な騎士道精神に満ちあふれた騎士そのものなのである。その勇気も自己犠牲の精神も、宇宙ＳＦよりは異世界ファンタジイにこそ似合いそうなものだが、だからこそそれが未来の宇宙を舞台に発揮されるとき、強烈な異化作用となって、読者を魅了するのだ。

（ちなみに、よけいなお世話かも知れないがここで少し用語解説を。〈聖堂騎士団（テンプラー）〉とは、中世ヨーロッパで実際に存在した騎士修道会の名前で、日本語では〈テンプル騎士団〉と呼ばれることもある。構成員が騎士であるだけでなく、キリスト教修道士でもあったのが特徴で、一時はヨーロッパ全域に広がった。一方、〈竜騎兵（ドラグーン）〉はもともとはぐっと時代が下がって近世ヨーロッパにおける兵科のひとつを指す。剣だけではなく銃器を所持している騎兵のこと。つまり、〈テンプラー〉にしても〈ドラグーン〉にしても、古き良き時代の騎士のイメージが投影された呼称なのだ）

そして最後に、本書に登場する装甲機動兵部隊には、その装備や設立過程において謎や秘密が隠されているという点が、これまた『宇宙の戦士』よりも『機龍警察』に近いところだ。実はこの秘密は、さらに大きな世界設定上の秘密と結びついているのだが、残念なことにその謎解きは本書ではなく、その続篇で為されることになる（そして、それが明かされる辺りから、ＳＦっぽい大風呂敷を広げたスペオペ度がグッと上がってくる）。

そう。実はこの作品、嬉しいことにまだまだ続篇がある。『宇宙の戦士』にしても『終りなき戦い』にしても、お話の半分は新兵の訓練風景で、もう少し実戦が読みたい、という心持ちにされるのだが、本作は次巻以降、実戦また実戦と、アクションが大盤振る舞いされる。このへんがシリーズものの強みだろう。

さて、作者のリチャード・フォックスだが、アメリカ陸軍士官学校を卒業後、十年間従軍、二回のイラク派遣を経験していくつかの勲章を得たのち除隊、二〇一五年に本書と同じ宇宙を舞台にした *The Ember War*（エンバー・ウォー）を自費出版したところ、とたんに人気が出て、そのままミリタリイＳＦを書きまくっていて、共著も含めると五年間で二十九冊も出版しているという強者だとか。ところで、この〈エンバー・ウォー〉サーガは彼の代表作となり、本篇シリーズと四つのスピンオフ・シリーズ（その中には、本書では脇役扱いだった宙兵隊が主役のシリーズもある）から構成される壮大な宇宙戦記となっており、現在全二十五巻を数えている。しかも、まだまだ続巻がありそうな雰囲気だ。

リチャード・フォックスは、この〈エンバー・ウォー〉サーガのスピンオフ・シリーズのひとつの第一話である本書『鉄の竜騎兵』でドラゴン賞の最優秀ミリタリイＳＦ／ファンタジイ部門を受賞し、また二〇一九年には短篇“Going Dark”でネビュラ賞短篇部門候補と、識者の評価も高い。

ミリタリイＳＦ界期待の新星の、意欲に溢れた本書を存分に楽しんでいただきたい。

二〇二〇年三月

訳者略歴　北海道大学文学部卒，英米文学翻訳家

HM=Hayakawa Mystery
SF=Science Fiction
JA=Japanese Author
NV=Novel
NF=Nonfiction
FT=Fantasy

鉄の竜騎兵

新兵選抜試験、開始

〈SF2280〉

二〇二〇年四月二十日　印刷
二〇二〇年四月二十五日　発行

（定価はカバーに表示してあります）

著　者　リチャード・フォックス
訳　者　置田房子
発行者　早川　浩
発行所　株式会社早川書房

郵便番号　一〇一 - 〇〇四六
東京都千代田区神田多町二ノ二
電話　〇三 - 三二五二 - 三一一一
振替　〇〇一六〇 - 三 - 四七七九九
https://www.hayakawa-online.co.jp

乱丁・落丁本は小社制作部宛お送り下さい。
送料小社負担にてお取りかえいたします。

印刷・信毎書籍印刷株式会社　製本・株式会社明光社
Printed and bound in Japan
ISBN978-4-15-012280-5 C0197

本書は活字が大きく読みやすい〈トールサイズ〉です。